KB045897

유키시로 아리사입니다.
처음 뵙는……
것은 아니었군요.

맞선 보고 싶지 않아서
억지스러운 조건을 달았더니
동급생이 온 일에 대해서

유키시로 아리사

"어쩌다가, 우연히 만났어."
유즈루가 그리 말하자……
세 사람은 얼굴을 마주 봤다.
""그건 무리가 있어." 있어요.
얼버무리지 못했다.

타카세가와 유즈루

"좋잖아. 커플이라는 느낌이라."
싱글싱글 웃으며 말한 것은……
타치바나 아야카였다.
"아, 이건 그러니까……."
"이건?"

사타케 소이치로

타치바나 아야카

우에니시 치하루

웃으면 평소보다도
훨씬 더 매력적인 표정이 된다.
유즈루만이 아는 사실이었다.

"됐어요, 해냈어요!"

맞선 보고 싶지 않아서

억지스러운 조건을 달았더니

동급생이 온 일에 대해서

사쿠라기사쿠라
일러스트
clear
story by sakuragisakura
illustration by clear

Contents

story by sakuragisakura
illustration by clear
designed by AFTERGLOW

어느 고등학교 옥상.

방과 후.

본래라면 출입이 금지된 그 장소에서 두 남학생이 수다를 떨고 있었다.

교복을 살짝 흐트러뜨린 모습이 얼핏 그다지 행실이 바르지는 않은 것처럼 보였다.

"하아……."

그중 한 사람인 검은 머리카락에 파란 눈동자 소년, 타카세가 유즈루는 크게 한숨을 내쉬었다.

지독하게 나른해 보이는 표정을 띠고 있었다.

"왜 그래, 유즈루. 갑자기 한숨을 쉬고."

"들어봐."

유즈루는 자기 옆의 소년, 사타케 소이치로에게 불평을 털어놓기 시작했다.

"최근에 결혼 가능 연령이 남녀 모두 15세가 됐잖아?"

"그러네. ……그게 어쨌는데?"

"그 탓인지 모르겠는데…… 중학교 졸업한 뒤로 우리 할아버지랑 할머니가 결혼하라고…… 맞선보라고 성화시거든."

무슨 일만 있으면 "애인은 생겼느냐?" "좋아하는 사람은 있느냐?"라며 묻고, 그리고 끝내는 멋대로 혼담을 꺼내거나 맞선 이야기를 진행하거나 했다.

　물론 자기가 모르는 사이에 진행된 혼담 따윈 처음부터 흥미라고는 없으니 단호하게 거부하고는 있지만……

　"하지만 너, 아직 열다섯이잖아? 성급한 데도 정도가 있는데 말이야. ……어째서 또 그런 이야기가."

　"증손주의 얼굴이 보고 싶대."

　"그건…… 확실히, 빨리 결혼을 시키지 않으면 못 보겠네."

　깔깔 크게 웃음을 터뜨리는 소이치로.

　유즈루의 입장에서는 웃을 상황이 아니었다.

　유즈루는 혼자서 살고 있으니까 평소에 조부모와 볼 일은 없지만 본가로 돌아갈 때에는 얼굴을 마주할 수밖에 없는 것이었다.

　5월 초의 연휴에는 반드시 듣게 될 테고 맞선을 보게 될지도 모른다.

　"좋아하는 사람이 있을 리도 없고, 연애를 하고 싶은 것도 아니지만……. 앞으로 하고 싶어졌을 때 약혼자가 있다면 방해될 테고, 약혼할 생각이 요만큼도 없는데 맞선을 본다니 시간 낭비고……. 어떻게 회피할 수 없을까?"

　"그럼…… 억지스러운 조건을 꺼내 본다든지?"

　"억지스러운?"

　"내게 맞선을 보도록 만들고 싶다면 엄청난 미소녀를 데려와라! 그런 거."

"그건…… 응, 좋은 생각이네. ……억지스럽다니, 구체적으로는 뭐가 있을까?"

"으─응, 금발 벽안이라든지? 너희 할아버지도 그런 사람은 준비 못 할 거 아냐?"

"아니, 해외에서 데려올지도 모르잖아. 할아버지, 해외에도 인맥 있으니까."

일본에서 찾는 것보다는 훨씬 어려울지도 모르겠지만, 그러나 증손주를 보고 싶어 하는 노인을 얕봐서는 안 되리라.

"일본어가 능숙하다는 조건을 단다면? 언어의 벽이 있으면 귀찮으니까 일본 국적, 적어도 일본어가 뛰어난 사람으로 해달라고. 여기까지 좁히면 그리 간단히는 찾을 수 없지 않을까?"

"확실히……. 뭐, 집안으로 맞아들이는 이상은 어느 정도 신원이 확실한 사람으로 한정될 테니까. 그에 더해서 일본어가 능숙하다는 조건까지 있다면 확실히 어렵겠네. ……좋아, 그걸로 갈까."

유즈루가 그렇게 결정한 그때.

때마침 휴대전화가 울렸다.

"예, 여보세요."

『유즈루! 연휴에 돌아올 때…… 맞선을 봐주지는 않겠느냐? 평생에 한 번뿐인 부탁이다. 내가 살아있는 동안에 증손을 보고 싶어서…….』

"알겠어."

『그걸 어떻게…… 어어?! 괜찮겠느냐, 유즈루!』

"다만 조건이 있어."

전화 너머에서 깜짝 놀라는 할아버지를 상대로 유즈루는 '억지스러운 조건'을 던졌다.

"금발 벽안에 하얀 미소녀가 상대라면 맞선을 생각할게. 아, 물론 나랑 같은 또래에 일본 국적인 아이야. 나이나 언어의 벽이 있으면 귀찮으니까. 그리고……."

유즈루는 소이치로에게 눈짓을 했다.

그러자 소이치로는 휴대전화에 무언가를 입력해서 유즈루 앞으로 들었다.

그곳에 적힌 문장을 유즈루는 그대로 읽었다.

"거유에 엉덩이가 큰…… 어—, 그러니까 스타일이 좋은 아이. 다정하고 단아한 현모양처. 그리고…… 요리를 잘하고, 머리가 좋고, 운동도 되는 아이야. ……이런 거, 있을 리가 없잖아."

유즈루가 어이없다는 표정으로 소이치로에게 말하자 그는 어깨를 으쓱였다.

그리고 휴대전화 화면에 "없으니까 되는 거잖아?"라고 입력해서 보여줬다.

『그, 그건…… 아, 아무리 나라도, 조금 힘들…….』

"무리라면 그냥 무리라고 넘어가도 되는데? 나는 곤란할 것 없고."

『윽…… 알았다. 연휴까지 찾아둘 테니까 각오해라!』

"예예."

무엇을 어떻게 각오하느냐, 유즈루는 어이없어하며 전화를 끊었다.

그리고 소이치로에게 물었다.

"그렇게나 증손주의 얼굴이 보고 싶은 걸까?"

"글쎄? 나이를 먹어봐야 알겠지……. 그러고 보니 아까 그 조건에 해당하는 아이, 가까운 곳에 있는데?"

"가까운 곳?"

"유키시로 말이야. 너희 반에 유키시로 아리사."

유키시로 아리사.

교내에서는 무척 유명한 같은 학년 여학생이다.

머리카락은 살짝 색소가 옅은 갈색(속칭 아마색)이고 눈동자는 아름다운 초록색.

피부는 하얀 눈처럼 아름답고 도자기처럼 매끄럽다.

몸은 가냘프지만 자세히 보면 굴곡이 있는 체형이다.

다른 사람이 쉽게 접근할 수 없는 분위기를 두르고 있다.

그런 여자아이다.

신비한, 그림으로 그린 것 같은 미소녀라서 남학생들로부터 선망의 시선을 받으며 흔하게 고백을 받는다고 들었다.

그리고 연애에 대한 이야기는 전혀 들리지 않는다고 할 수 있을 정도니까 모조리 격침당했으리라.

"벽안이 아니라 비취색 눈이지만 말이지. 머리카락도 금발이라기보다는 색깔이 옅은 갈색이라는 느낌이고. 요리를 잘하고 현모양처인지는 모르겠지만······."

애석하게도 됨됨이를 알 정도로 친하지는 않았다.

가볍게 인사를 나누는 정도의 관계로, 상대도 자신을 어느 정도 인식하고 있는지 알 수 없었다.

"유키시로 아리사가 온다면 재밌겠는데."

반쯤 농담처럼 소이치로는 말했다.

그렇지만 미묘한 머리카락이나 눈동자의 색깔 차이, 성격, 가사 능력은 제외하더라도 유즈루가 내세운 조건에 가장 들어맞는 인물은 그녀니까 아예 불가능하지는 않았다.

"찾는다고 해도 딱히 신문에 광고를 실어서 모집하는 것도 아니고, 어디까지나 할아버지의 인맥 안에서 우리 또래의 여자아이를 고르는 거니까. 과연 할아버지의 인맥 가운데 유키시로가 있을까. 게다가······ 애당초 유키시로가 나랑 맞선을 보려고 그럴까? 저쪽도 조금은 의욕이 있지 않고서야 맞선은 시작되지 않는다고."

"뭐······ 애당초 우리 나이에 맞선을 보려고 하는 게 이상하니까."

"그렇지?"

옛날 옛적의 귀족이나 무사도 아니고.

애당초 '여자아이'를 찾을 수 있을지 의심스러운 레벨이라고 유즈루는 생각했다.

"그럼 혹시 말이지. 혹시나······ 유키시로 아리사가 온다면 어떻게 할래? 받아들일래? 그 아이는 엄청난 미소녀인데."

과연, 유키시로에게 반한 학생이나 진즉에 격침된 학생에게는, 유키시로 아리사와 맞선을 본다니 더없이 탐나는 전개이리라.

하지만 유즈루로서는…….

"미인이라고는 생각하지만 딱히 좋아하는 건 아니니까. 나쁜 아이라고 생각하지는 않지만 뭐라고 할까, 차갑다는 느낌이라고 할까…… 거북한 타입이거든. 적어도 결혼 상대로 삼고 싶지는 않아."

유키시로 아리사는 감정 표현이 서투른 것도 아니고, 그리고 희박한 것도 아니고…… 단순히 타인과의 관계를 거절하는 것처럼 보였다.

학급이라는 틀에서 벗어나지 않는 정도의 적절한 거리만 유지하면 되니까 친구나 애인 같은 것은 만들 생각이 없다.

그런 이미지였다.

"그리고 그 아이……. 살짝, 눈빛이 죽어 있지 않나? 색깔은 예쁘지만 감정이 없다고 할까."

지나치게 맑아서 물고기가 한 마리도 살지 않는 호수.

아리사의 눈동자는 그런 색깔이었다.

그녀에 대한 유즈루의 감상에는 소이치로도 동의하는 부분이 있었는지 천천히 고개를 끄덕였다.

"듣고 보니 그러네. 게다가 평생을 함께할 상대라면……

얼굴보다 성격으로 선택하는 게 무난하겠지. 중요한 건 내면의 상성이야. 이러니저러니 해도."

유즈루도 역시나 고개를 끄덕였다.

"그래그래, 같이 있으면 즐거운 게 중요해. 유키시로 아리사는…… 관상용, 그런 느낌이겠네."

바라보는 것뿐이라면 눈보신이 될 것이다.

실제로 가끔씩 들키지 않도록 유즈루도 쳐다본다든지 그러기도 했다.

그만한 미인이라면 보는 것만으로도 살짝 힐링이 되는 것이었다.

"농담, 안 통할 것 같으니까. 진지한 표정에 차가운 눈빛으로 쳐다볼 것 같아. ……아니, 그건 그것대로 괜찮나."

"기분 나쁘다고, 야. ……뭐, 그래도 조금은 알겠어."

깔깔깔, 유즈루와 소이치로는 크게 웃음을 터뜨렸다.

……이때의 유즈루는 아직 알지 못했다.

증손주의 얼굴을 보고 싶은 노인의 집념을.

※

그리고 얼마 후.

5월 초순의 대형 연휴──골든 위크──의 후반.

도내 모처의 요정.

일본식 옷을 입은 유즈루 앞에 아마색 머리카락의 소녀

가 정좌하고 있었다.

아름다운 수국이 그려진 기모노를 입었다.

피부는 비칠 듯이 하얗고 얼굴 밸런스도 참으로 단정했다.

그야말로 절세의 미소녀라고 할 수도 있는, 그런 여자아이는 녹색 눈동자로 유즈루를 가만히 바라보더니 다다미에 손을 대고 인사했다.

"유키시로 아리사입니다. 처음 뵙는…… 것은 아니었군요."

맑은, 하지만 생기가 느껴지지 않는 눈동자로 이쪽을 가만히 바라보며 아리사는 그리 말했다.

'……어째서 이렇게 됐지.'

유즈루는 마음속으로 머리를 부여잡았다.

※

맞선을 보고 싶지 않았으니까 절대로 충족시킬 수 없을 법한 억지스러운 조건을 말해봤더니 동급생 미소녀가 나타났다.

이런 바보 같은 이야기가 있을까?

유즈루는 한숨을 내쉬었다.

'설마…… 할아버지의 인맥 가운데 유키시로 아리사가 존재했다니, 그럴 줄은 몰랐어. ……조금 얕봤구나. 할아버지의 인맥망을.'

그렇게 새삼 노인의 굉장함, 집념에 감탄하며…… 아리

사를 정면에서 바라봤다.

언제 봐도 예술품처럼 단아한 미모였다.

"저야말로, 타카세가와 유즈루입니다. ……오랜만이네요."

유즈루도 정좌해서 손을 대고 인사로 답했다.

이렇게 된 이상은 실례가 되지 않도록 거절할 수밖에 없다.

맞선은 유즈루와 아리사는 제쳐놓고 보호자들끼리(유즈루의 경우에는 할아버지와 아버지, 아리사의 경우에는 양아버지와 양어머니) "설마 동급생이었을 줄이야, 놀랐네" "이건 운명일지도 모르겠네요"라며 멋대로 이야기를 진행하기 시작했다.

유즈루와 아리사는 애써 가져다 붙인 것 같은 미소를 띠고 "그러네, 놀랐어" "깜짝 놀랐습니다"라며 적당하게 맞장구를 쳤다.

그리고 어느 정도 시간이 지나서…….

두 사람은 각자의 보호자에게 "젊은 둘이서만 요정의 정원 풍경이라도 바라보면서 친교를 다지면 어떠냐?"라는 제안을 받았다.

도저히 싫다고 말할 수는 없었던 유즈루는 아리사와 함께 정원으로 나섰다.

아리사를 에스코트하며 정원으로 나왔다.

맞선 장소로 사용되는 만큼 무척 아름다운 정원이었다.

'자, 그럼…… 어떻게 거절할까.'

평범하게 "별로 안 맞는다고 생각했다"라고 해서 맞선을 거절해도 되겠지만 그것은 에둘러서 "너는 매력적이지 않다"라고 그러는 것이나 마찬가지.

적어도 맞선을 나온 이상은 유즈루에게 흥미가 있는 것이…… 섣불리 거절한다면 그녀에게 상처를 주고 만다.

애당초 그다지 인연이 없었다고는 해도 같은 반인 것이다.

앞으로의 일을 생각해도 어색한 사이가 되고 싶지는 않았다.

"저기, 타카세가와 씨……."

"유키시로?"

유즈루가 망설이는 사이, 이제까지 잠자코 있던 아리사가 목소리를 높였다.

기모노 천을 꼭 붙잡고, 그리고 머리를 숙였다.

"죄송해요. 이 맞선…… 양아버지가 억지로 밀어붙이셨어요. 저는…… 애당초 약혼할 생각은 없었어요."

그 말을 듣고 유즈루는 가슴에 걸리는 것이 가시는 느낌을 품었다.

그래서 그럴까, 저도 모르게 한숨과 함께 안도의 목소리를 흘렸다.

"……뭐야, 너도 그런가."

"……너도?"

"나도 너랑 마찬가지로, 억지로 끌려 나왔거든. ……억지스러운 조건을 단다면 물러날 거라고 생각해서. 맞선을 보게 만들고 싶다면 금발 벽안의 여자아이를 데려와라! 라고…….

설마 정말로 데려올 줄은 몰랐어."

한숨과 함께 유즈루가 그리 말하자 아리사는 그렇군요, 라며 손뼉을 쳤다.

"그런 일인가요."

"그런 일?"

"타카세가와 씨 쪽에서 저를 지명했다고 들었으니까요. ……납득했어요."

"……폐를 끼쳐서 미안해."

"아뇨, 그건 피차일반이에요. 정확하게는…… 양아버지께서 폐를 끼쳤어요. 타카세가와 씨한테 이야기가 와서 혼자 들떠버린 모양이라."

서로가 약혼을 바라지 않는다는 사실이 명확해지고…… 어쩐지 두 사람의 거리가 좁혀졌다.

서로가 좋아하지 않는다는 것이 공통된 화제로 기능하여 친근하게 느낀다니 이상한 이야기라며 유즈루는 내심 쓴웃음 지었다.

"타카세가와 씨. ……하나, 제안이 있는데요."

"제안?"

"거짓말, 가짜, 허구로 '약혼'을 맺지 않으실래요?"

"……그러네."

그러니까 '약혼'을 가장해서 쌍방의 보호자를 속이자는 제안이었다.

유즈루와 아리사가 '약혼' 관계인 동안에는, 양쪽에서 귀찮은 맞선 이야기를 들이밀지는 않는다.

'약혼'을 방패로 맞선을 막고 그 틈에 둘 다 자유로운 연애를 한다.

그리고 성인이 되어 보호자에게 거스를 수 있게 된다면 '약혼'을 파기한다.

그런 이야기이리라.

"으—응……. 그 이야기, 지금 당장 『예』라며 받아들일 수는 없겠는데. 어쨌든 큰일일 테니까."

하지만 '약혼'을 가장하여 장기간 계속 숨기는 노력이 맞선을 계속 거절하는 노력과 균형이 맞는지는 미묘했다.

연기를 계속한다면 정신적인 에너지를 소모한다. 그렇게 쉽사리 대답할 수는 없었다.

"그런, 가요……. 그럼 좋은 대답을 기대할게요."

아리사는 조금 침울한 모습을 드러냈지만 금세 온화하게 미소를 띠었다.

학교에서는 은근히 칭송을 받고 남자들을 오해하게 만드는, 온화한 표정이었다.

유즈루에게는…… 그저 꾸며낸 미소로밖에 보이지 않았다.

그때.

야옹—, 고양이 울음소리가 들렸다.

"타카세가와 씨, 타카세가와 씨! 저기!"

"응? 저건…… 고양이네."

유즈루는 고양이의 나이 같은 것은 모르지만 아마도 한

살 미만이리라.

자그마한 고양이가 나무 위에서 야옹─야옹─ 울고 있었다.

"얼빠진 녀석이네. 자기가 올라가서는 못 내려오게 되다니."

"어째서 내려오지도 못할 텐데 올라갔을까요. ……하지만 어쩌죠. 저대로는 떨어져 버릴지도 몰라요."

정말 걱정된다는 목소리로 말하는 아리사. 아무래도 그녀는 고양이파 인간인 듯했다.

나뭇가지에서 고양이가 우왕좌왕할 때마다 아리사도 우왕좌왕했다.

"요정 종업원을 부를까."

"하, 하지만…… 그 전에 떨어져 버리지 않을까요?"

"……뭐, 확실히."

조금 전부터 고양이의 움직임은 무척 위태로웠다.

딱히 특별하게 고양이를 좋아하는 것은 아닌 유즈루도 살짝 조마조마하고 말았다.

"어쩌죠……. 저, 나무를 탄 경험 같은 건 없어서……. 저기, 타카세가와 씨는?"

넌지시 나무에 올라가서 고양이를 구해주지 않겠나? 그런 부탁을 받은 유즈루.

딱히 고양이를 구할 이유도 없고 아리사의 부탁을 들어줄 사이도 아니지만…….

고양이가 나무에서 떨어져서 죽는 것은 꿈자리가 조금

사납다.

"나는 강아지파인데…… 어쩔 수 없네."

유즈루는 그리 중얼거리더니 허리띠를 풀고 옷을 벗기 시작했다.

그러자 아리사는 우윳빛 피부를 장밋빛으로 물들이며 당황해서는 눈을 피했다.

"자, 잠깐만요! 가, 갑자기 옷을 벗지 말아요!"

"아, 미안해. 밑에 티셔츠랑 바지, 입고 있으니까 괜찮아."

"그, 그렇다면 그렇다고, 말을 해줘요……."

누구와도 교제하지 않는다는 이야기는 사실인지 남성에게 익숙하지 않은 모양이었다.

옷을 살짝 벗은 것만으로 얼굴을 새빨갛게 물들이며 당황하다니 아무리 그래도 지나치게 면역이 없는 모습이지만.

유즈루는 벗은 일본식 옷을 대충 개어서는 아리사에게 건넸다.

"유키시로, 너…… 스포츠는 잘하지?"

"예? 아, 예."

"혹시 내가 올라가기 전에 고양이가 떨어진다면 그걸 쿠션 대신에 써서 받아."

그렇게 말하고는 멋들어진 나무에 손을 댔다.

나무를 타는 것은 오랜만이지만…… 다행히도 올라가기 쉬워 보이는 나무(그래서 고양이가 올라갔을지도 모르지만)니까 어떻게든 될 것이다.

유즈루는 나무 위로 쑥쑥 올라갔다.

다행히도 고양이는 도망치려는 모습을 보이지 않았다.

"좋아…… 잡았다."

어렵지 않게 고양이를 포획하는 것에 성공했다. 안도하여 한순간 마음을 놓았다.

……그것이 잘못이었다.

"야옹!!"

"아얏! 자, 잠깐, 너, 생명의 은인한테…… 이 녀석, 날뛰지 말고…… 앗…….”

몸의 균형이 크게 무너졌다. 순식간에 지면이 가까워졌다.

고양이를 안고 있으니까 손을 짚어 착지할 수는 없었다.

유즈루는 황급히 자세를 잡았지만…….

"으가아아!!"

"아, 타카세가와 씨?!"

성대하게 오른쪽 발목이 구부러졌다.

※

"뭐라고 그러더냐? 유즈루."

"최소한이라도 일주일은 목발을 짚으래. 전치 한 달 반 정도라던데.”

그다지 걱정하지 않는 모양인 할아버지에게 유즈루는 대답했다.

그리고 마음속으로 '그 고양이 자식…… 다음에 만나면, 기억해둬'라고 투덜거렸다.

"아, 타카세가와 씨!"

아리사와 그녀의 양부모가 안색이 바뀌어서는 유즈루에게 다가왔다.

양부모라고 해도 입적한 것은 아니라서 그들과 아리사는 성씨가 달랐다.

아리사가 『유키시로』인 것과 달리 그들은 『아마기』였다.

그럭저럭 이름이 있는 가문이라고는 들었지만, 최근에는 자금 사정이 좋지 않다는 소문 역시도 들었다.

그런 아마기 부부는 얼굴이 새파랬다.

한편으로 아리사는 어쩐지 겁먹은 것 같은, 적어도 학교에서는 결코 보여주지 않는, 울 것 같은 표정을 띠고 있었다.

무척 초췌한 모습이었다.

"이 아이가…… 이상한 짓을 부추겨서, 죄송합니다!"

"치료비도 위자료도 지불할 테니……."

"죄송합니다……."

아리사의 양부모는 그녀의 머리를 눌러 억지로 머리를 숙이게 만들었다.

그 동작은——의식해서 그러는지, 아니면 무의식적인지는 모르겠지만——조금 난폭해서 마치 위에서 머리를 때리는 것처럼도 보였다.

필사적으로 사죄하는 아마기 부부와 아리사를 상대로

유즈루의 할아버지와 아버지는 담담하게 대답했다.

"아뇨아뇨…… 나무에 올라갔다가 떨어진 건 이 녀석이 멍청해서 그렇습니다."

"애당초 멋대로 나무에 올라간 건 이 아이니까요."

치료비도 위자료도 필요 없다며 딱 잘라서 거절했다.

실제로 유즈루가 멋대로 올라가서 멋대로 떨어졌으니까 아리사한테 잘못은 없었다.

"고개를 드세요. 잘못한 건 저니까요. 게다가……."

문득 유즈루는 깨달았다.

아리사의 뺨이 살짝 부어 있다는 것을.

……아무래도 그녀는 양부모에게 그다지 좋은 대우를 받고 있지는 않은 모양이라고 유즈루는 추측했다.

"그만, 좋아하는 사람 앞에서 멋을 부리고 싶어지는 바람에. 이것 참, 한심하네……."

좋아하는 사람.

유즈루는 분명히 그렇게 말했다.

이 말에는 유즈루의 할아버지도, 그리고 아리사의 양부모도, 아리사 본인도 눈을 동그랗게 떴다.

"나랑 '약혼'해주지 않겠어? 유키시로, 아니…… 아리사."

물론 위장 '약혼'이었다.

진의는 아리사에게 제대로 전해진 듯했다.

어렴풋이 뺨을 붉게 물들이며 아리사는 작게 고개를 끄덕였다.

"기꺼이…… '약혼'할게요. 타카세가와 씨…… 아니, 유즈루 씨."

이리하여 경사스러운 약혼이 성사되었다.

※

그 후, 둘이서 이야기하고 싶다며 유즈루는 아리사를 데리고 나왔다.

이미 해가 지려는 참이라 하늘은 노을빛으로 물들어 있었다.

유즈루는 야외에 있던 벤치에 앉으려고 했지만…… 목발을 짚고 있어서 제대로 앉을 수가 없었다.

어떻게든 아리사의 도움을 받아서 앉았다.

"정말로, 미안해요."

희미하게 물기가 어린 목소리로 아리사가 말했다.

석양이 아마색 머리카락을 비추어 황금빛으로 보였다.

하지만 그런 아름다운 모습이면서도…… 어쩐지 당장에라도 사라져버릴 것 같은 공허함을 느끼게 했다.

"왜 사과하는데."

"……폐를 끼치고 말았어요."

"나무에서 떨어진 건 어디까지나 내 책임이지……."

"그, 그게 아니라……. 그러니까 '약혼' 말이에요. 감싸준 거죠? 파담이 되면 제 경솔한 행동 탓, 그렇게 보일 테니

까. 아마기 가문에서의 제 입장을 생각해서 '약혼'을 받아
들여준 거죠?"

아리사가 원인이 되어 타카세가와 가문과의 혼담이 무
산되었다.

혹시 아리사의 양부모가 그렇게 생각한다면 그녀에게
심하게 행동할지도 모른다고, 유즈루는 그렇게 생각한 것
이었다.

"애당초 내가 나무에서 떨어진 게 잘못이야. 이야기를
복잡하게 만들어버렸어. 그러니까 네가 괴로워할 필요도,
은혜라고 느낄 필요도……"

"그걸 제외하더라도, 말이에요. 정말로…… 덕분에 살았
어요. 그대로는 저, 좋아하지도 않는 사람과 억지로 결혼
하게 되었을지도 몰라요. ……돈과 맞바꾸어서, 몸을 노리
는 사람과 결혼하게 된다니, 정말로, 싫었어요."

몸을 양손으로 끌어안고 떨면서 아리사는 말했다.

그러고는 유즈루를 올려다보고 심약한 미소를 띠었다.

"타카세가와 씨는 은인이에요. 여하튼 어려운 상황을 벗
어날 수 있었어요."

"……남의 집안 사정에는 그렇게 쉽사리 참견할 수 없어.
하지만 뭐, 동급생으로서의 인연이야. 곤란하다면 나한테
말해줘. 가능한 한 힘이 될게."

그녀의 처지를 동정한 유즈루는 스스로도 의지가 안 되
는 말이라고 생각하면서도 그렇게 약속했다.

명확하게 법률에 위반되지만 않는다면 "집안사정에 참견하지 마라"라며 퇴짜를 맞고 만다.

섣불리 헤집었다가는 쓸데없이 아리사의 입장이 악화될 수도 있다.

아리사도 바보는 아니니까 어차피 구두 약속에 불과하다는 것은 이해할 터.

하지만…….

"그렇게 말해주는 것만으로도, 정말로, 든든해요."

비취색 눈동자에 눈물을 글썽이며 어쩐지 구원을 받은 것 같은, 안도한 것 같은, 그런 표정으로 그리 말하는 것이었다.

※

그로부터 사흘 뒤, 골든 위크가 끝나고.

유즈루는 본가에서 자택인 아파트로 돌아왔다.

부모나 조부모는 본가에서 통학하라며 유즈루를 붙들었지만…… 본가에서는 편도로 한 시간이 넘게 걸린다.

차로 실어다주더라도 시간이 걸린다.

조금 망설였지만…… 아침 일찍 일어나고 싶지는 않았던 유즈루는 이제까지처럼 아파트에서 다니기로 한 것이었다.

'알바는 쉴 수밖에 없나. 하지만…… 이제부터 불편한 생

활이 시작되겠는데.'

등교일 이른 아침, 열심히 학교에 가려고 목발을 짚으며 유즈루는 아파트 문을 열었다.

그러자 그곳에는…….

"안녕하세요. 타카세가와 씨."

"……어째서 네가?"

색소가 옅은 갈색 머리에 비취색 눈동자의 미소녀.

유키시로 아리사가 서 있었다.

그녀는 평소의 평온한 표정으로, 하지만 아름다운 눈동자에 강한 의지를 품고서 결의에 찬 목소리로 말했다.

"타카세가와 씨가 나을 때까지 서포트를 해줄게요."

이것 참 귀찮게 되었다며 유즈루는 머리를 긁적이려다가…….

손에서 목발을 놓치는 바람에 성대하게 휘청거렸다.

"이, 이런…….'

"위험해!"

유즈루는 성대하게 휘청거렸지만, 순간적으로 움직인 아리사 덕분에 땅바닥과 키스를 하는 일만큼은 회피할 수 있었다.

"괜찮나요?"

"어, 어어…… 고마워."

'지, 지금 부드러운 게…….'

부축을 받아서 일어나며 유즈루의 안면을 받아낸 아리

사의 '부드러운 쿠션'에 대해 생각했다.

다행히도 아리사는 깨닫지 못한, 혹은 신경 쓰지 않는 기색이었다.

'좋은 냄새가 났지……. 그리고 부드러웠지, 이래저래.'

아리사한테 건네받은 목발로 몸을 지탱하며 유즈루는 다시금 생각했다.

이건 이것대로 조금 이득 아닌가? 그렇게 생각했지만…….

"그 마음은 고맙지만, 괜찮아. 너한테 폐를 끼칠 수는 없어."

여자한테 보호를 받는 것은 멋없다.

시시한 유즈루의 프라이드가 여기서 그렇게 작동했다.

게다가 무엇보다…… 아무리 그래도 학교에서 소문이 날 것이다.

유즈루와 아리사가 친밀하다고 알려진다면 관계를 억측하고, 그리고 두 사람이 맞선을 통해서 약혼을 맺은 관계라는 사실에 다다르는 학생도 있다.

그 학교에서는 타카세가와 가문과 친밀한 가문의 아이도 적지 않은 것이다.

사람의 입에 자물쇠를 채울 수는 없다. 순식간에 교내에서 주목의 표적이 되어버린다.

"조금 전에 넘어질 뻔했던 사람이 잘도 말하는군요."

"으그그……."

그것은 부정할 수 없었다.

어제도 방 안에서 홀로 고전했던 것이다.

"빚을 만들고 싶지 않을 뿐이에요. 은혜를 갚도록 해주세요."

"하지만 말이지……. 너랑 같이 있는 모습을 다른 사람들이 본다면……."

"안심하시길, 타카세가와 씨. 저도 이상한 소문이 나고 수군대는 대상이 되는 건 싫어요. 알고 있어요. 등교할 때는 아파트를 나설 때까지예요. 그러면 다른 학생이 볼 일은 없겠죠?"

"그건…… 응, 그러네. 그럼 감사히 도움을 받도록 할게."

억지로 거절해도 따라오리라 생각한 유즈루는 얌전히 도움을 받기로 했다.

실제로 엘리베이터 스위치를 누르는 것만으로도 조금 힘들었으니까 아파트를 나설 때까지라도 도와주는 것은 고마웠다.

"그럼 저는 먼저 가도록 할게요. ……괜찮은, 거죠?"

"그래, 문제없어."

오히려 빨리 가줬으면 할 정도였다.

유즈루의 아파트에서 학교까지 도보로 10분 정도. 언제 학교 학생이 지나가도 이상하지 않았다.

"그 전에 연락처를 교환해도?"

"그러고 보니 안 했네."

확실히 그것은 필요하리라고 유즈루는 받아들였다.

그렇지만 목발 때문에 양손이 막혀 있으니까 휴대전화

를 가방에서 꺼내는 것까지 포함해서 아리사가 해주었다.

"됐어요. 그럼 돌아갈 때 연락을."

"그래, 알았어."

아리사는 감정이 드리우지 않은 표정으로 인사를 하더니 가볍게 달리듯이 학교로 향했다.

그리고 유즈루는 천천히, 신중하게 목발을 짚으며 등교했다.

※

유즈루의 고등학교는 칸토 모처에 있는 사립학교다.

교내에는 독립된 도서관이 있는 등등 설비는 그럭저럭 충실했다.

진학 위주·전통이 있는 학교로 지역 일대에는 인식되고 비교적 유복한 집안의 자제가 다수 다니는 것으로 여겨진다. 다만 실제로는 지극히 평범한 일반 서민 학생이 다수파지만.

그리고 목발을 짚은 유즈루의 등교는 주위를 놀라게 만들었지만…… 증상이 심각할 뿐이지 염좌라는 설명으로 같은 반의 많은 학생들은 납득했는지 딱히 추궁하지는 않았다.

점심시간.

유즈루는 친구를 포함한 셋이서, 교실에서 책상을 마주

하고 있었다.

"자, 요청했던 빵이야."

"오, 고마워."

유즈루의 친구 중 하나인 소이치로는 자리에 앉아서 기다리던 그에게 매점에서 획득한 빵을 던졌다.

그리고 또 하나의 친구가 사온 차를 유즈루의 책상에 아무렇게나 내려놓았다.

그리고 살짝 난폭하게 의자에 앉았다.

"그래서…… 너 말이야. 다친 그거, 무슨 일이야."

그렇게 물은 것은 유즈루의 악우 중 하나, 료젠지 히지리였다.

어쩐지 껄렁껄렁한 인상을 주는 학생이었다.

그 역시도 유즈루와 소이치로처럼 교복을 살짝 흐트러뜨려서 입고 있었는데……. 덧붙여서 검은색 목걸이를 걸고 있었다.

하지만 이 학교의 복장 규정은 '고등학생에게 걸맞은 복장과 머리 모양일 것'(최소한의 상식을 지킨다면 자유)이라서 딱히 교칙 위반으로 취급되지는 않았다.

"다친 너를 생각해서 학생 식당을 포기하고 빵을 사다 줬잖아. 자, 대답해."

소이치로 역시도 의자에 앉아서 유즈루에게 물었다.

유즈루, 소이치로, 히지리.

이들 세 사람은 그럭저럭 친해서 평소부터 함께 행동했다.

다만…… 사실 세 사람 모두 다른 반이었다.

평소에는 학생 식당에서 식사를 하지만 오늘은 유즈루를 배려해서, 유즈루의 교실에서 먹기로 한 것이었다.

"아니…… 고양이가 나무 위에 있어서…… 명예로운 부상이야."

유즈루가 그렇게 대답하자…….

우선 소이치로가 웃음을 터뜨렸다. 이어서 히지리가 유즈루를 가리키며 대폭소했다.

"나무 위에 있는 고양이를 구하려다가, 나무에서 떨어졌어?!"

"아무리 그래도 너무 얼빠진 짓이잖아!"

"시끄러워…… 고양이가 날뛰었다고."

"……네가 구해주는 게 어지간히도 싫었나 보네."

"너, 고양이 때문에 떨어졌냐! 완전 웃기잖아."

깔깔깔 대폭소하는 소이치로와 히지리. 유즈루는 흥, 그러면서 팔짱을 꼈다.

"자, 자…… 그렇게 화내지 마. 잘못했어…… 큭."

"그만, 너무 웃겨서 말이야. ……풉."

"너희 인격이 의심되네."

유유상종이라는 사자성어가 한순간 뇌리를 스쳤지만 유즈루는 그것을 구깃구깃 뭉쳐서는 밖으로 던져버렸다.

두 사람은 한동안 계속 웃었지만…… 질렸는지 다른 화제를 꺼냈다.

"그러고 보니 유즈루. 맞선은 어떻게 됐어?"

"아, 그런 이야기가 있었지! 금발 벽안 하얀 거유 미소녀라고 주문했잖아? 주문 그대로인 미소녀는 왔어?"

"야, 너희들, 너무 크게 말하지 말라고……."

이 교실에는 아리사도 반 친구와 함께 식사를 하고 있었다.

금발 벽안에 하얀, 까지는 몰라도 '거유 미소녀' 부분은 썩 들려주고 싶지 않았다.

다행히도 아리사한테는 '거유 미소녀' 부분은 들리지 않았는지 그녀는 아무런 반응도 드러내지 않았다.

평소처럼 친구와 대화를 나누고 있었다.

'여전히…… 꾸며낸 미소라고 할까, 뭐라고 할까.'

아주 잠깐 시선을 향하여 유즈루는 아리사의 분위기를 살폈다.

생글생글 붙임성 있는 미소를 띠고 철저하게 듣는 역할에 매진했다.

아리사는 무척 용모가 아름다운 소녀지만 의외로 이렇게 보면 눈에 띄지 않았다.

아마도 눈에 띄지 않도록 행동하는 것이리라.

아리사는 스포츠 만능·두뇌 명석·용모 단정, 그리고 한눈에도 '혼혈'임을 알 수 있는 용모였다.

반의 여왕님, 중심인물이라도 되지 않고서야 기척을 죽이고 스스로를 죽이지 않는다면 괴롭힘의 대상이 된다…… 고까지 그러지는 않더라도 주위에서 소외될 위험이 있다.

맞선을 보면서 알았는데 아무래도 아리사는 저래 보여도 유약한 성격인 듯했다. 따라서 반의 중심인물이 될 수 없으니 취할 수 있는 수단은 철저하게 눈에 띄지 않도록 행동한다는 선택지뿐.

그것이 유키시로 아리사의 사교성 중 하나이리라.

……그다지 연애 이야기가 들리지 않는 것도 눈에 띄지 않기 위한 행동으로 여겨졌다.

'현명한 태도라고는 생각하지만…… 그렇게 좋아할 수는 없겠네.'

딱히 눈에 띌 필요는 없다고 생각하지만 좋아하지도 않는 인간과 재미도 없는 이야기를 듣고, 금붕어 똥처럼 달라붙어서 사는 것 같은 인생은 시시하리라.

두리번두리번 주변의 안색을 살피듯이 살 바에야 혼자 지내는 편이 나을 것이다.

유즈루는 그리 결론을 지은 뒤, 마음이 맞은 친구에게 대답했다.

"결론부터 말하면, 안 왔어. ……올 리가 없잖아, 그런 사람이."

"시시하네."

"하아―, 그건 거짓말이라도 일단 왔다고 그래."

유즈루의 결혼 이야기 따위는 두 사람에게는 농담거리, 남의 일에 불과하다.

……뭐, 물론 진지하게 받아들이더라도 유즈루로서는

곤란하니까 그건 그것대로 상관없지만.

'아무리 거짓이라고는 해도 유키시로 아리사와 『약혼』했다고 말할 수는 없지.'

일단 입은 무겁다고 믿으니까 퍼뜨리고 다니지는 않을지도 모르지만……

그래도 죽을 만큼 놀려대는 모습은 빤히 보이는 것이었다.

"그보다도 소이치로. 너, 아야카랑 치하루는 어떻게 됐어?"

"오, 그렇지. 이 인간쓰레기! 확실하게 하라고!"

"아, 아니…… 잠깐만. 갑자기 창끝을 돌리지 마."

억지로 이야기를 돌리며 유즈루는 이 이상의 추궁을 회피한 것이었다.

※

방과 후.

유즈루는 두 친구의 도움을 받아서 계단을 내려간 뒤, 홀로 아파트로 향했다.

아파트 앞에서는 아리사가 기다리고 있었다.

"짐, 들게요."

"고마워."

아리사의 친절에 순순히 응하고 문 앞까지 함께 갔다.

엘리베이터가 있지만, 역시 사람의 보조가 조금은 있는 것이 편하고, 무엇보다 옆에 사람이 있다는 사실에 그 나름대로 안도감이 있었다.

"그럼 유키시로. 오늘은 여기서……."

"신발을 벗는 것까지 도울게요. 힘들잖아요?"

"가방 주머니에 열쇠 들어 있어."

여기까지 왔다면 마지막까지 친절에 따라버리자고, 유즈루는 문 열쇠를 건넸다.

아리사는 평소의 평온한 표정으로 문을 열었다.

……그리고 얼어붙었다.

크게 눈을 부릅뜨고서 굳어 있었다.

"왜 그래, 유키시로."

"뭔가요, 이 방은. ……발을 디딜 곳도 없잖아요."

쓰레기나 잡동사니, 배포된 프린트 따위가 어지럽게 흩어진 방을 보고 아리사는 미간을 찌푸렸다.

유즈루는 정리나 청소가 그다지 능숙하지 않은 것이었다.

"일단 나도 나름대로 정리는 했다고 할까, 어디에 뭐가 있는지는 파악하고 있어서……."

"정말로 파악할 수 있는지는 제쳐놓고, 타카세가와 씨. 목발이 없으면 걷지도 못하는 사람이 이렇게 장애물이 가득한 방에서 생활하는 것은 너무 위험해요."

아리사는 그리 말하면서도 유즈루가 신발 벗는 것을 도와주었다.

덕분에 어려움 없이 현관에서 방으로 들어갈 수 있었다.

"잠깐, 타카세가와 씨."

"응?"

"그 목발 끝부분은 더러워요. 적어도 닦은 다음에 들어가야…….."

아리사는 그러더니 가방에서 물티슈를 꺼냈다.

그리고 목발 끝을 공들여서 닦았다. 그러고는 한숨을 내쉬었다.

"손이 많이 가네요."

"미안하네. ……하지만 나는 신경 안 쓴다고?"

"신경 좀 쓰세요! ……저는 이만 갈 텐데, 괜찮나요?"

방의 참상과 유즈루의 목발에 교대로 시선을 향하며 진심으로 걱정스럽게 아리사는 말했다.

돌아가려고 해도 돌아갈 수가 없다. ……그런 표정이었다.

유즈루는 아리사를 안심시키려고, 딱히 지장이 없다고 그러듯이 방 안으로 이동했다.

"괜찮아. 여긴 내 방이라고? 제대로 지형은 파악하고……."

미끌, 종이를 짚은 목발이 바닥을 미끄러졌다.

유즈루의 몸이 크게 기울었다.

"……안 괜찮잖아요."

"미, 미안해. 정말로 도움을 받았네."

다행히도 곁에 있던 아리사가 유즈루를 부축해주었기에 넘어지지는 않았다.

지금 일은 정말로 당황했다.

유즈루는 온몸에서 식은땀이 뿜어 나오는 것을 느꼈다.

"아아…… 정말이지, 내버려 둘 수는 없겠네요. ……청소할게요. 괜찮죠?"

그러는 아리사는 어쩐지 이의를 제기할 수 없게 만드는 무언가가 있었다.

아무리 그래도 동급생 여자아이가 방을 청소해주는 상황은 너무나도 한심해서 피하고 싶지만, 그러나 조금 전에 넘어질 뻔했다는 사실을 뒤집을 수는 없었다.

"아, 예."

유즈루는 순순히 받아들일 수밖에 없었다.

※

"이래저래, 미안하네."

유즈루는 침대에 앉으며, 한바탕 청소를 마친 아리사에게 감사를 전했다.

목발을 짚지 않으면 걸을 수 없는 유즈루는 청소에 방해가 될 뿐이었기에 그저 보고 있을 수밖에 없었다.

그것이 참으로 미안했다.

한편 아리사는 아무것도 아니라는 표정이었다.

"일단 쓰레기를 정리했을 뿐이에요. 다음에 또 청소하러 올게요."

"그렇게 할 것까지는…… ."

"어중간하게 끝내는 게 싫을 뿐이에요."

아리사는 새침한 태도로 그렇게 말했다.

그러고는 조금 전에 막 청소한 탈의실 쪽을 보고 유즈루에게 말했다.

"타카세가와 씨, 목욕은 어떻게 하나요? 의사 선생님께서는 뭐라고?"

"2, 3일은 하지 말라고 그랬으니까 어제까지는 몸을 닦기만 했는데."

어제가 사흘째였으니까 일단 오늘부터는 (욕조에 몸을 담을 수는 없겠지만) 제대로 씻을 수 있었다.

제아무리 유즈루라도 사흘 동안 변변히 몸을 씻지 못한다는 상황은 정신적으로 힘겨운 부분이 있었기에 오늘은 씻을 생각이었다.

"어떻게 들어갈 생각인가요?"

"뭐, 한쪽 발로 들어갈 수밖에 없겠지. 목발은 목욕탕 안에서는 못 쓰니까."

몸을 씻는 것은 앉아서도 할 수 있으니까 목욕탕까지 한쪽 발로 이동할 수 있다면 충분하다.

한바탕 쓰레기가 사라진 지금, 그것은 그렇게까지 힘든 일이 아니다.

"그건…… 조금 위험해요. 목욕탕 타일은 잘 미끄러지니까요."

"그런 걱정까지는 너무 호들갑스러워. ……게다가 이미 꽤 나았으니까. 애를 좀 쓴다면 목발 없이도 걸을 수……."

"그렇게 방심하다가 또 악화해요. 제가 보조할게요."

보조한다, 그 말은 목욕탕까지 데려다주겠다는 의미이리라.

그 마음은 무척 기쁘지만…… 하지만 아리사는 남성과 접촉하는 것이 거북한 모양이었다.

"어떻게? ……옷을 입은 채로 씻을 수는 없어."

"알아요. ……지금, 잠깐 생각하고 있어요. 그러네요. 수영복과 체육복 상의는 있나요?"

일단 유즈루는 아래쪽에 수영복을 입고 위에 체육복을 걸친다.

그 상태로 아리사의 부축을 받으며 목욕탕 의자에 앉는다.

아리사가 나간 다음에 체육복은 수건걸이에 건다.

몸을 다 씻으면 체육복을 걸치고, 역시나 마찬가지로 아리사의 도움을 받아서 목욕탕을 나온다.

그것이 아리사의 작전이었다.

"아니, 뭘 그렇게까지 해줄 필요는……. 딱히 나는 그런 보답을 바라고 약혼 이야기를 받아들인 게 아니야. 그렇게까지 애쓰지 않아도 아무런 문제도 없다고? ……싫잖아, 그런 거."

유즈루로서는 여자한테 도움을 받는 것은 조금 부끄러웠지만, 그런 심정을 고려하더라도 역시나 도움이 있는 것은 고마웠다.

하지만 아리사는…… 직접 피부를 맞대지는 않는다고 해도, 좋아하지도 않는 남자와 장시간 접하는 것은 싫으리라.

분명히 유즈루는 아리사를 구했지만, 그것은 보답을 바란 행동이 아니었다.

어쩐지 억지로 은혜를 베풀어서 일을 시키는 것 같은 미안한 심정을 느꼈다.

하지만 아리사는 고개를 가로저었다.

"괜찮으니까요."

"아니, 하지만……."

"타카세가와 씨가 목욕탕에서 넘어져서 괜히 더 악화하거나 다른 부상을 당하는 게 제게는 더 부담스러워요. 그게, 정신적으로. 알겠죠?"

그 말에 유즈루는 아리사의 입장에서 생각해봤다.

확실히 아리사가 돌아간 뒤, 혹시 유즈루가 또 다쳤다는 소리를 듣는다면…… 그때 도와줬다면, 그런 후회가 들 것이다.

"……알았어. 하지만 '넘치는' 배려는 다음에 갚을 테니까."

유즈루는 그러더니 수영복과 체육복을 들고 탈의실로 들어갔다.

그러고는 아리사의 보조를 받아서 목욕탕으로 들어갔다.

"그럼, 끝나면 문을 두드리세요. 기다릴 테니까요."

"그래, 알았어."

앉아서 머리와 몸을 씻었다.

사흘만의 샤워는 역시나 기분 좋아서…… 마음속으로 아리사에게 감사했다.

그러고는 체육복을 걸쳤다.

'딱히 아리사의 도움이 없어도 나가자고 생각하면 나갈 수 있겠지만.'

한쪽 발로 서면서 유즈루는 목욕탕과 탈의실의 경계에 있는 단차를 봤다.

문을 열고 힘껏 점프하면 뛰어넘을 수 있다.

딱히 어려운 일이 아니었다.

'……아니, 역시 불안은 남아.'

그렇지만 바닥은 잘 미끄러지는 욕실이다.

그리고 혹시 점프에 실패한다면 성대하게 넘어질 것은 틀림없다.

"유시키로, 끝났어."

유즈루는 그렇게 말하면서 유리문을 두드렸다.

그러자 아리사는 머뭇머뭇하는 모습으로 문을 살짝 열고 제대로 유즈루가 체육복을 걸친 것을 확인하더니 목욕탕으로 발을 내디뎠다.

아리사는 자신의 어깨에 유즈루의 손을 두르듯이 그를 부축했다.

"부축하고 있으니까 깡충! 하세요."

"알았어."

무척 귀여운 표현을 하는구나, 그런 생각을 하며 한쪽

발에 힘을 실어서 단차를 뛰어넘었다.

그리고 탈의실에 앉았다.

"큰 도움이 됐어."

"천만에요. 그럼 옷 갈아입으면 불러요."

"그래, 알았어."

앉은 상태로 옷을 전부 갈아입고 아리사에게 말을 건넸다.

아리사의 부축을 받으며 몸을 일으키고 목발을 받아들었다.

아리사가 탈의실 문을 열어주고 거실로 나왔다.

그리고 침대에 앉았다.

"후우…… 그냥 씻는 것만으로도 귀찮네."

"귀찮다고 해서 목발 없이 생활하지는 말아요. 최소한 일주일…… 의사 선생님께서 말씀하신 건 지키도록 해요."

"알고 있어."

아리사가 그렇게 말하지 않는다면 진즉에 던져버렸지만.

하지만 그렇게 못을 박아버린 이상, 그럴 수는 없었다.

"그런데 냉장고를 좀 봐도?"

"상관은 없지만…… 아무것도 없다고?"

"고마워요. 보는 수고를 덜었어요."

그렇게는 말하면서도 아리사는 냉장고를 열었다.

그리고 한숨을 내쉬었다.

"정말 아무것도 없네요. ……식사는 어떻게 할 생각인가요?"

"컵라면이랑 레토르트 카레가 있어. 뭐, 편의점 도시락을 사다 준다면 그건 그것대로 고맙겠지만."

"평소에도 이런가요?"

"채소를 가능한 한 먹으려 유의하고 있지만……."

"하아……."

아리사는 한숨을 내쉬고는 잠시 생각에 잠겼다.

그녀는 수십 초 정도를 무언가 갈등하더니…… 현관까지 걸어갔다.

"사 올게요. 조금만 기다려주세요."

아무래도 편의점 도시락을 사다주는 모양이었다.

유즈루로서는 그다지 움직이고 싶지는 않으니까 사다 준다면 정말 고마웠다.

"미안하네."

"어쩔 수 없어요. 그 다리로는 요리도 어렵겠죠. ……뭐, 큰 차이는 없을 것 같지만요."

살짝 독설을 던졌다.

다만 다리를 다쳤든 안 다쳤든 요리를 못 하는 것은 사실이라 반론의 여지는 없지만.

잠시 신문을 읽으며 아리사를 기다렸더니, 아리사는 무언가를 대량으로 사왔다.

그것은 쌀을 포함한 신선 식재료였다.

혹시나 싶어서 유즈루는 물었다.

"저기, 유키시로. 너, 그건…… 어떻게 봐도 편의점 도시락이 아닌데."

"당연하죠. 건강에 좋지 않은 생활을 하다가는 나을 것도 안 나으니까요. 부엌 좀 쓸게요. 3, 40분 정도 기다리세요."

아리사는 일방적으로 그러더니 팔을 걷어붙이고 쌀을 씻기 시작했다.

이미 구입해버린 식재료를 그냥 버릴 수는 없으니까 유즈루는 얌전히 요리가 완성되기를 기다릴 수밖에 없었다.

얼마 후, 무척 좋은 향기가 유즈루의 코를 간질였다.

"간단한 것밖에 못 만들었지만요."

"……간단한 것, 이라."

쌀밥.

뿌리채소가 든 된장국.

돼지고기 생강구이.

시금치 무침.

샐러드.

국 하나 채소 셋, 제대로 갖추어져 있었다.

"간단……한가? 이건."

"돼지고기는 구웠을 뿐, 시금치는 데쳤을 뿐, 샐러드는 잘랐을 뿐이에요."

"그, 그건…… 무척 귀찮은 부류에 들어가지 않나?"

"평소부터 요리는 하고 있으니까요. 게다가 저녁 식사는 반찬 네 가지를 빼먹은 적은 없으니까 이건 대충한 거고요.

그러니까 걱정하지 말고."

유즈루는 "잘 먹겠습니다"라며 말하고는 된장국을 입에 댔다.

가다랑어의 감칠맛과 일본 된장의 풍미가 입에 퍼졌다.

"맛있네……. 이제까지 먹은 것 중에 제일 맛있어."

유즈루가 솔직한 감상을 입에 담자…….

아리사는 어찌 된 영문인지 비취색 눈동자를 크게 뜬 채로 굳어버렸다.

"유키시로? 괜찮아?"

"어, 아뇨, 미안해요. 요리를 누가 칭찬해준 건 처음이라. ……그렇게나 맛있나요?"

"그건, 정말……. 뭐, 어떻게 맛있는지 물어본다면 설명은 어렵지만…… 어설픈 요정보다도 훨씬 맛있다고 생각해. 그렇다고 할까, 이거 가다랑어포로 맛을 냈지? 굉장하네. ……괜히 수고를 끼쳐서 미안해. 정말 고마워."

"그런가요. ……뭐, 모처럼 만들었는데 맛없다고 그러는 건 불쾌하니까 솔직하게 받아두죠."

아리사가 동요를 드러낸 것은 한순간.

금세 평소의 쿨한 표정으로 돌아와서 자기 짐을 손에 들었다.

"일단 오늘 먹이는 줬으니까 돌아갈게요."

"머, 먹이라니……."

지독한 표현에 유즈루가 불평을 입에 담기도 전에, 아리사는 평탄한 목소리로 필요한 사항만을 짧게 남겼다.

"그릇은 물에 담가두세요. 내일 제가 설거지할게요. 그리고 시금치 무침이랑 된장국이 아직 남아 있어요. 겸사겸사 주먹밥도 만들어뒀어요. 전부 냉장고에 들어 있어요. 내일 드세요. 확인할 테니까, 알겠죠?"

"아, 예."

이의를 허락지 않는 태도로 그렇게 말하자 유즈루는 받아들일 수밖에 없었다.

"내일 또 보죠"라며 담담하게 인사를 입에 담고 도망치듯이 떠나는 아리사를 배웅한 뒤, 유즈루는 중얼거렸다.

"혹시, 부끄럼을 많이 타나?"

유키시로 아리사의 생각지 못한 일면을 알게 된 유즈루는 조금 놀란 것이었다.

※

그리고 그다음 날.

또다시 아리사는 등하교 때에 유즈루를 도와주었다.

"오늘은 본격적인 청소를 하겠어요. ……사전에 필요 없는 것, 필요한 것, 보여주고 싶지 않은 것은 정리해뒀나요?"

"그래, 그건 물론이야."

내일 네 방을 청소해줄 테니까 각오해둬라. 그리고 최소한의 정리는 해둬라.

아리사한테서 그런 메시지가 온 것은 어젯밤이었다.

한쪽 발을 쓸 수 없는 유즈루라도 어느 정도 물건을 정리하거나 감추는 정도는 가능했다.

"그럼 청소를 시작할게요. 그동안에 당신은 침대나 의자에 앉아서 저를 감시하세요."

"감시라니 그건 또……."

"물건을 훔칠 생각은 없지만, 물건이 사라진 책임을 떠넘기는 상황은 싫으니까요."

아리사의 입장에서는 당연한 걱정이었다.

애당초 청소를 맡기는 입장이라 유즈루는 순순히 받아들였다.

"그리고 타카세가와 씨. ……탈의실을 빌려도 될까요?"

"응? 옷 갈아입게?"

"교복 그대로 청소하고 싶지는 않으니까요. 체육복으로 갈아입을게요."

"그도 그러네. 얼마든지 써도 돼."

유즈루가 그렇게 대답하자 아리사는 가방에서 체육복을 꺼내어 탈의실로 들어갔다.

남자 방에서 옷을 갈아입는 것은 부주의한 행동 아닌가? 문득 유즈루는 그렇게 생각했지만, 냉정하게 생각해보면 한쪽 발을 못 쓰는 유즈루 따윈 위협으로 여길 가치도 없으리라.

목발을 빼앗기고 염좌를 당한 다리 부분을 걸어차여서

바닥을 굴러다니는 자신의 모습이 유즈루의 눈에 선했다.

잠시 후, 옷을 갈아입은 아리사가 나왔다.

하반신은 긴 체육복 바지, 상반신은 반팔 체육복을 입고 있었다. 상반신만 반팔인 것은 역시나 덥기 때문이리라.

얇은 체육복에는 어렴풋이 캐미솔이 비쳐 보이고 몸의 윤곽이 선명하게 드러났다.

체육복을 입은 여자라면 고등학생인 유즈루에게는 딱히 진귀한 상대도 아니지만…… 그러나 자기 방에서 미소녀가 체육복 모습이라는 사실은 어쩐지 유즈루를 도착적인 기분이 들게 만들었다.

"그럼 청소를 할게요."

"어…… 잘 부탁해."

곧바로 아리사는 청소를 시작했다.

평소에 집에서는 가사를 돕고 있는지 솜씨가 좋았다.

순식간에 유즈루의 방이 착착 정리되었다.

"미안하네."

"그렇게 생각한다면, 이 방을 한동안은 유지하도록 명심해줘요. 기껏 청소를 한 방이 금세 어질러진다면 정말 기분이 좋지 않을 테니까요."

그렇게 말하는 아리사의 표정에서는 어쩐지 고생하는 기색을 느꼈다.

아무래도 기껏 청소를 한 방이 금세 더러워진 경험이 몇 번이나 있는 모양이었다.

"그런데, 이야기를 좀 해도 될까?"

"청소를 하면서 해도 된다면 저는 상관없어요."

아리사는 청소를 하며 유즈루에게 그리 대답했다.

딱히 방해를 할 생각은 없으니까 청소를 하면서 이야기해도 된다. ……애당초 유즈루는 청소를 맡긴 입장이었다.

"넌 의외로 뭐든 척척 말하는 타입이었구나."

"……싫은가요?"

"아니, 평소에 학교에서는 얌전하게 행동하고 있으니까……. 그 차이에 조금 놀라서 말이지."

딱히 유즈루는 아리사와 특별히 친하지는 않지만, 그녀가 나쁜 말이나 직언을 하는 모습은 본 적이 없었다.

혹시 여기가 학교였다면 아리사는 조금 전 유즈루의 "미안하네"라는 말에 "아뇨아뇨, 곤란할 때는 서로 도와야죠. 유즈루 씨는 다쳤고, 애당초 그건 제가 원인이니까요"라고 대답했을 것이다.

"일부러 눈에 띄지 않으려고 하는 건가?"

"……그러네요. 이유는 말할 필요, 있을까요?"

"아니, 어찌어찌 알겠으니까 괜찮아."

아리사는 '혼혈'이라 서양 느낌의 얼굴이나 머리카락, 눈동자였다.

지금은 글로벌화가 진행되어 외국인이나 외국인과 일본인의 '혼혈' 아이는 결코 드물지 않지만 그럼에도 숫자는 적으니까 좋은 나쁘든 눈에 띈다.

좋은 방향으로 눈에 띈다면 상관없지만 나쁜 쪽으로 눈에 띈다면 그다지 좋지 않은 일이 벌어질 것이다.

주변의 안색을 살펴서 미움을 사는 일이 없도록 하는 것은 현명한 선택이다.

다만 유즈루는 그런 것은 썩 달갑지 않지만.

"하지만 나를 상대로는 '가면'을 안 써도 되고?"

"그다지 필요성을 느끼지 않으니까요. 아니면 필요한가요?"

반쯤 농담, 그런 분위기로 아리사는 대답했다.

대답이 빤한 질문이었다.

"아니, 됐어. 제대로 자기주장을 해주는 편이 알기 쉬워서 좋으니까."

'위장 약혼'을 한 관계에 새삼스레 '가면' 따윈 필요 없으리라.

유즈루로서도 아리사가 무슨 생각을 하는지 제대로 전달해주는 편이 대하기도 편했다.

……가장 좋지 않은 것은 아리사가 본심으로는 싫어한다는 것을 깨닫지 못하고 그것을 강제하게 되어버리는 사태.

본심으로 이야기를 나누는 것이 서로에게는 이점이 있다.

"그런데 타카세가와 씨."

"왜?"

"이미 말했을지도 모르겠고, 말할 것까지도 없는 일일지도 모르겠지만……."

아리사는 딱 한 번, 청소하는 손길을 멈췄다.

그리고 고개를 돌려 유즈루 쪽을 보고 분명하게 말했다.

"저랑 당신의 약혼에 대해서는 가능한 한 숨겨주세요. ……친한 친구한테라도."

"……그래, 물론이야. '친한 친구'한테도 말할 생각은 없고, 말하지 않을 테니까 안심해."

친한 친구, 그것은 소이치로와 히지리를 말하는 것이리라 유즈루는 헤아렸다.

전날의 자초지종을 아리사는 듣고 있었나 보다.

……거유 운운 부분을 들었을지 무척 신경 쓰였지만 역시나 물어볼 수는 없었다.

"그런가요. 그렇다면 안심했어요. 저, 애인도 좋아하는 사람도 없는 것으로 되어 있다……는 것보다는 실제로도 없지만, 그런데도 당신과 사귄다고 여겨진다면 그다지 좋지 않으니까요."

"……딱히 좋아하는 사람을 숨기거나 가리는 건 이상한 일이 아니라고 생각하는데."

"『선수』를 쳤다, 그렇게 생각하는 사람도 그중에는 있어요."

여자들의 집단은 그렇게나 음습한가? 유즈루는 고개를 갸웃거렸다.

유즈루한테도 여사친은 있지만 그렇게 음습한 이미지는 아니었다.

다만 그녀들은 아리사와는 달리, 굳이 따지자면 눈에 띄고 싶어 하는 쪽이라서 학급의 중심인물이 될 법한 타입이지만.

"마치 네 친구 중에 나의 '숨은 팬'이라도 있다는 것처럼 말하네."

"그에 대해서는 노코멘트로. 하지만 그게 아니더라도……『사실은 남자친구가 있으면서 그걸 숨기고 나를 비웃었다』라고 받아들이는 사람도 있어요."

"……그런가."

여자들 전원이 그렇게 음습하다고 생각하지는 않지만, 그러나 남자들 중에도 그런 음습한 사람은 있다.

유유상종이라고도 그러니까 음습한 인간만이 모인 그룹도 존재할 수 있으리라.

하지만 유즈루로서는…… 혹시 아리사가 소속된 그룹이 그렇다면, 그런 그룹에 소속되어서 즐겁냐며 그만 고개를 갸웃거리고 말았다.

다만 남의 교우 관계에 참견해서는 안 되니까 그것을 입에 담지는 않았다.

"그런가. 뭐, 안심해……. 나도 너랑 마찬가지로, 애인도 좋아하는 사람도 없는 걸로 되어 있으니까. ……그래도 너 같이 아름다운 사람이 애인이라는 게 알려진다면 살해 예고를 당할 거야."

반쯤 농담으로 유즈루가 그렇게 대답하자 아리사는 "말솜씨가 좋네요"라고 대답했다.

그러고는 살짝 표정을 풀고 미소를 띠었다.

"서로의 이익이 일치한다는 걸 알고 안심했어요."

"그건 잘됐네."

서로가 약혼에 대해서는 최대한 이야기하지 않는다.

유즈루와 아리사 사이에서 그런 합의가 이루어졌다.

※

열흘이 지나 유즈루는 목발에서 졸업했다.

당연하다면 당연한 일이지만…… 아리사가 유즈루의 집으로 오는 일은 그것으로 끝났다.

그리고 목발에서 졸업한 뒤로 일주일.

격렬한 운동을 하지만 않으면 지장이 없을 정도로 회복된 유즈루는 악우들과 함께 식당에서 식사 중이었다.

유즈루는 도시락 같은 것이 있을 리가 없으니 학생 식당 메뉴.

날카로운 눈매의 미남인 사타케 소이치로는 본가에서 등교하니까 도시락.

조금 껄렁껄렁한 분위기가 느껴지는 남자, 료젠지 히지리도 본가에서 등교하지만…… 그는 유즈루와 마찬가지로 학생 식당 메뉴였다.

'유키시로 요리는 맛있었는데.'

학생 식당의 된장국을 마시며 유즈루는 마음속으로 중

얼거렸다.

평소에 먹는, 매일 바뀌는 점심 메뉴는 결코 맛이 없지는 않다……만 아리사가 만든 요리와 비교하면 역시나 아무래도 맛은 떨어진다.

"유즈루, 너…… 최근에 채소를 먹게 됐네."

갑자기 소이치로가 그리 지적했다.

유즈루는 결코 채소를 싫어하지는 않지만…… 그러나 적극적으로 먹고 싶어 하는 타입은 아니었기에 평소에는 그다지 입에 대지 않았다.

하지만 최근에는 의식적으로 먹으려 했다.

"뭐, 혼이 날 테니까."

"누구한테. 너희 부모님은 그런 이야기를 꺼내는 타입도 아니잖아. 여자친구라도 생겼어?"

"그건 아니야. 안타깝게도."

반쯤 야유하는 분위기로 물은 히지리의 말을 유즈루는 부정했다.

그러고는 잠시 생각한 뒤…… 두 사람에게 물었다.

"사실은 최근에, 조금 신세를 진 여사친이 있거든. 그 아이한테 보답을 하고 싶은데 어떻게 좋을까?"

유즈루의 입에서 '여사친'이라는 말이 나오리라고는 생각하지 않았나 보다.

두 사람은 놀란 기색으로 눈을 크게 떴다.

"아야카랑 치하루는 아니지?"

우선 소이치로가 유즈루에게 물었다.

아야카와 치하루는 같은 학교에 다니는 여자들로, 유즈루와 소이치로의 소꿉친구였다.

유즈루에게 '여사친'이라면 이 두 사람 말고는 없었다.

"그렇다면 고민 안 하지. 다른 애야."

"뭐야…… 유즈루. 동료라고 생각했는데 벌써 봄이 왔어? 죽어."

"안 왔어. 그런 게 아니라고. 그리고, 죽을 생각은 없어."

'약혼'한 것은 틀림없으니까 얼핏 보면 봄이 온 것처럼 보일지도 모르겠지만……

그것은 연극이지 실제로는 완전히 한겨울이었다.

다만 유즈루는 겨울이라도 전혀 상관없다고 생각하지만.

"소이치로. 너, 여자를 대하는 건 익숙하잖아?"

"딱히 나랑 아야카랑 치하루는 그런 게 아닌데……."

이름이 곧바로 나오는 만큼 반쯤 긍정하는 것이나 마찬가지였다.

다만 그것을 지적해서 소이치로가 삐치게 만들어서는 곤란하니까 유즈루는 입 밖으로 꺼내지는 않았다.

"말해두겠는데, 나는 친한 여사친이라면 아야카랑 치하루 정도밖에 없어. 어울리면서 선물을 준 적은 있지만 그건 너랑 비슷한 거야. 그러니까 내가 여자를 대하는 건 참고가 안 될걸."

"그런가?"

"최근에는 티파니 목걸이를 샀지만. 너는 그 아이한테 그런, 명백하게 '마음이 있습니다'라고 그러는 물건을 보낼 거야?"

"……그건 아니겠네."

틀림없이 아리사는 기분 나빠할 것이라고 유즈루는 생각이 미쳤다.

유즈루는 여심을 잘 모르지만 그것이 기분 나쁘다는 것 정도는 알 수 있었다.

"물어보면 되잖아. 은혜를 갚고 싶은 거지? 놀라게 만들 필요, 없잖아. 한 판 붙으려고 가는 것도 아니니까."

히지리가 어이없다는 표정으로 그렇게 말했다.

듣고 보니 정말 그랬다. 딱히 아리사를 깜짝 놀라게 할 필요는 없다.

"확실히. 역시 료젠지의 후계자. 답례의 달인이네."

"어, 유즈루. 너, 우리 집안에 대해서 성대하게 착각하는 거 아니냐?"

히지리의 목소리를 무시하고 오늘 중으로라도 물어보자고 결의했다.

※

좋은 일은 서둘러라.

유즈루는 그날 중에 휴대전화로 아리사에게 『이전 일의

답례를 하고 싶은데, 뭔가 원하는 일, 원하는 건 없어?』라고 메시지를 보냈다.

그러자 곧바로 답변이 왔다.

『타카세가와 씨 방에 있던 게임, 조금 해볼 수 없을까요?』

유즈루로서는 조금 의외의 대답이었지만 곧바로 오케이를 보냈다.

대화 결과…… 아리사는 그 주 토요일에 유즈루의 집으로 오게 되었다.

시각은 오후.

인터폰 호출에 응하여 유즈루는 문을 열었다.

그러자 그곳에는 아마색 머리카락에 비취색 눈동자의 하얀 미소녀가 서 있었다.

유키시로 아리사였다.

"안녕하세요, 오늘은 신세를 지게 됐어요."

하얀 블라우스에 베이지색 바지를 입은 아리사는 유즈루에게 정중히 머리를 숙였다.

그녀의 사복 차림을 보는 것은 처음이라 조금 신선했다.

"뭐, 들어와."

유즈루는 그러면서 아리사를 집으로 들였다.

집으로 들어가자 아리사는 주위를 둘러보고는 한마디.

"제대로 청소, 하고 있네요. 좋은 일이에요."

"뭐…… 나름대로."

아리사가 청소해준 방을 더럽히는 것은 미안했으니까

유즈루는 매일 방을 청소하게 되었다.

오늘은 아리사가 오는 것도 알고 있었으니까 특히 기합을 넣어서 청소를 했다.

"부엌도 깨끗하네요. ……요리는 안 하나요."

"그건…… 응, 뭐, 못 하니까. 아니, 하지만 채소는 먹게 되었어. 편의점 샐러드지만."

"조금은 반성하는 모양이라 다행이네요."

생활 습관을 개선했기에 유즈루가 진심으로 아리사에게 감사한다는 것이 제대로 전해진 듯했다.

좋아좋아, 그러는 것처럼 크게 고개를 끄덕였다.

"그럼 유키시로의 요청대로 게임을 할까. 그래서, 뭘 할래? 보다시피 이것저것 있어. 이 안에는 없지만 컴퓨터 게임도 할 수 있어."

"으―음, 그러네요."

아리사의 비취색 눈동자가 게임 소프트 패키지로 빨려 들었다.

여러 케이스를 손에 들며 숙고하기 시작했다.

그 뒷모습은 어쩐지 생기가 넘치고 두근두근하는 분위기였다.

아무래도 진심으로 기대하고서 온 모양이라 유즈루는 살짝 안심했다.

"그럼 이걸로 할게요."

아리사가 선택한 것은 다양한 게임 캐릭터가 배틀 로열

을 벌이는, 유명한 격투 게임이었다.

"괜찮아. 그럼 할까."

유즈루는 소프트를 본체에 넣고 게임을 켰다.

그리고 컨트롤러를 아리사에게 쥐여줬다.

그러자 아리사는…….

"어떻게 조작하는 건가요?"

조금 곤혹스러워하며 물었다. 애당초 잡는 방법조차도 불안한 모습이었다.

"어—, 해본 적 없어?"

"초등학생 때, 딱 한 번……. 학교 친구 집에서 한 적이 있는데요……."

"옛날이랑은 조금 형태가 다르니까 말이지."

유즈루는 아리사의 손을 건드리며 우선은 잡는 방법부터 가르쳤다.

아리사는 진지한 표정으로 그것을 들었다.

"뭐, 기초적인 조작 방법은 이런 느낌. 나머지는 하다 보면 익숙해지겠지."

"고마워요."

곧바로 캐릭터를 선택하는 화면으로 넘어갔다.

그러자 또다시 아리사가 물었다.

"저기, 타카세가와 씨. 사용하면 안 되는 캐릭터는 있나요?"

"그건 또 뭐야."

"초등학교 때 학교 친구는, 그게…… 그런 장난을……."

"초등학생이라면 그럴 법한 느낌이네. 딱히 내 거라고 해서 그런 생각은 전혀 없으니까."

"그런가요. ……그런데 뭘 고르면 될까요? 초보한테 맞는다든지, 그런 게 있나요?"

"초보라…… 뭐, 이 녀석이라든지?"

유즈루는 사실 그렇게 게임을 하는 쪽은 아니라서 이 게임은 초보였다.

그래서 잘난 듯이 아리사한테 가르쳐줄 입장은 아니었다.

"그렇지. 타카세가와 씨."

"왜?"

캐릭터 선택을 마치고 당장에라도 게임이 시작되려던 그때.

아리사는 진지한 표정으로 유즈루에게 말했다.

"봐주는 건 없으니까요. 기대하지는 마요."

"그럴 수 있을 만큼 나도 잘하지는 못해."

유즈루는 어깨를 움츠렸다.

※

"또 제가 이겼어요."

제아무리 아리사라도 게임에 이기는 것은 역시 기쁜 것일까. 평소의 쿨한 표정은 아주 조금 풀어졌다.

입가가 어렴풋이 올라가고 눈꼬리가 살짝 내려갔다.

에메랄드 눈동자에는…… 여전히 빛은 없었지만.

유즈루는 조금 분한 심정을 느꼈지만…… 아리사의 귀여운 표정을 봤더니 지는 것도 나쁘지 않다고 생각했다.

딱히 좋아하는 것은 아니지만 역시나 미소녀의 미소는 눈보신이 된다.

"제 얼굴에 뭐 묻었나요?"

"아, 아니…… 초보인데도 잘하는구나, 싶어서."

의아하다는 듯 아리사가 고개를 갸웃거리자 유즈루는 허둥지둥 그리 말하며 얼버무렸다.

아무리 그래도 "귀엽네"라는 생각으로 그 표정을 바라봤다고 말할 수는 없었다.

"정말로 평소에는 안 해? 집에는 게임 없어?"

"할 기회는…… 그다지 없어요. 양어머니는 게임에는 부정적인 편이시고, 게다가…… 그게, 제가 하면 혼이 나니까요. 놀고 있을 시간이 있다면 공부하라고."

"……그렇구나."

맞선 때도 느꼈는데 아마기 가문에서 아리사의 입장은 그리 좋지 않은 모습이었다.

어쩌면 집에도 게임은 있을지도 모르겠지만, 적어도 아마기 가문의 아이들과 섞여서 아리사가 게임을 즐기는 일은 거의 없는 모양이었다.

그래서 굳이 게임을 하러 유즈루의 집까지 왔을 것이다.

"타카세가와 씨는…… 그다지 능숙하지는 않으신데요."

"굳이 조심스럽게 말할 것 없어."

"엄청 못 하는데요."

"그렇다고 거침없이 그러냐. ……그런 농담도 할 줄 아는구나."

"당신은 제가 농담 한마디도 못 하는 인간이라고 생각했나요?"

아리사는 유감이다, 그런 표정으로 유즈루를 가볍게 노려봤다.

유즈루가 어깨를 움츠리자 아리사는 다시금 말을 건넸다.

"그다지 익숙하지 않은 모양인데, 평소에는 안 하는 건가요? 이 게임은."

"음…… 애당초 게임을 별로 안 해."

"이렇게나 잔뜩 가지고 있는데도, 말인가요?"

아리사는 유즈루가 준비한 게임을 곁눈질로 보며 말했다.

최신 게임도 오래된 게임도 포함해서 쉰 개는 있는 것이었다.

얼핏 보기에는 게임을 좋아하는 것으로 보이리라.

"나, 싫증을 잘 내니까……."

"역시 사고서 만족하는 타입인가요?"

"역시?"

"부엌, 이상하게 설비는 갖추어져 있었으니까요. ……철 냄비라든지, 압력솥이라든지."

유즈루는 요리를 그다지 안 하는 남자치고는 거창한 조

리도구를 다수 가지고 있었다.

아리사는 그 부분에서 유즈루가 "사기만 하고 사용하지는 않는" 사람이라고 추측했을 것이다.

……틀린 말은 아니니까 부정할 수가 없었다.

"확실히 거실에는 운동 기구도 잔뜩 있었죠."

"어…… 뭐, 가끔은 쓰는데. ……운동 그 자체는 한다고? 친구랑 같이 헬스장에 가기도 해."

"정말인가요?"

"……그런 시답잖은 거짓말은 안 하는데. 확인해볼래?"

믿을 수 없다면 증거라도 보여줄까, 그렇게 유즈루가 셔츠를 붙잡으며 말하자 아리사의 피부가 주홍빛으로 물들었다.

그리고 당황한 기색으로 눈을 피했다.

"아, 아뇨…… 돼, 됐어요."

역시나 남성을 상대로 그다지 면역이 없는 듯했다.

그녀가 귀엽다는 말을 듣는 이유는 용모 말고도 이런 성격이나 행동도 있으리라고 유즈루는 멋대로 납득했다.

"그렇지, 유키시로. 목마르지는 않아?"

귀엽기는 귀엽지만, 그러나 언제까지고 부끄러워하고만 있으면 어색해진다.

유즈루는 화제를 전환하기 위해서 그렇게 물었다.

시각은 두 시 반 정도. 간식을 먹기에는 적당한 시간이었다.

"아, 그럼 부탁드려요."

"알았어. ……커피면 될까?"

"프림이랑 설탕이 있다면."

"있어. 그럼 지금 탈 테니까."

탄다고 그래 봐야 물을 끓여서 만드는 것은 아니었다.

부엌에 설치된 커피메이커에 머그컵을 놓고 버튼을 누르는 것뿐이었다.

머그컵 두 개를 양손으로 들고 거실로 돌아와서 테이블 위에 놓았다.

아리사는 살짝 눈썹을 들썩였다.

"빠르네요."

"커피메이커를 가지고 있거든."

"그렇군요, 그 기계 소리는 그거였나요."

"그런 거야. ……프림이랑 설탕 가져올게."

유즈루는 그러면서 부엌으로, 프림과 설탕을 가지러 돌아갔다.

그리고 겸사겸사 냉장고에서 사놓은 케이크 박스를 꺼냈다.

"다녀왔어."

"어서 오세요. ……타카세가와 씨, 그건 부근에서 유명한 가게 케이크죠?"

유즈루가 케이크를 가져온 것을 알아차린 모양이었다.

표정은 애써 꾸미고 있지만…… 박스 쪽으로 흘끗흘끗

시선을 향했다.

"어, 알고 있네. 단것 먹지?"

"예. 남들만큼 좋아해요, 달콤한 거."

그건 잘 됐다며 유즈루는 안심하고 박스를 열었다.

안에는 쇼트케이크와 초콜릿케이크가 들어 있었다.

"뭐가 좋아?"

"어, 어어…… 기다려주세요."

아리사는 진지한 표정으로 음음 신음하며 고민하기 시작했다.

비취색 시선이 몇 번이고 좌우로 움직였다.

잔뜩 고민한 끝에 그녀는 쇼트케이크를 선택했다.

소거법으로 유즈루는 초콜릿케이크였다.

접시 위에 놓고 얼른 먹기 시작했다.

그럭저럭 이름이 알려진 가게인 만큼 역시나 맛있었다.

케이크의 맛을 확인한 뒤…… 아리사의 표정을 확인했다.

감상은…… 굳이 물어볼 것까지도 없었다.

'기뻐해 주니 잘됐네.'

아리사는 풀어진 표정으로 뺨을 어렴풋이 붉게 물들이며 케이크를 입으로 옮겼다.

입에 넣은 순간에 눈을 살짝 가늘게 뜨고 입가가 작은 호를 그렸다.

눈꼬리를 늘어뜨리고서 어쩐지 꿈을 꾸는 기분…… 그런 표정이었다.

그리고 커피를 입에 머금고는 그 순간에 얼굴을 찡그렸다.

아무래도 프림과 설탕의 양이 부족했나보다.

"……뭘 웃는 건가요."

"아니, 미안해. 재미있었으니까."

"실례되는 사람이네요."

싫다는 듯이 미간을 찌푸렸다.

그리 말하면서도 프림과 각설탕을 커피에 투입하는 모습은 어쩐지 우스꽝스러웠다.

"미안해, 미안……. 아니, 하지만 기뻐해 주니 다행이야."

유즈루가 가볍게 웃으며 그리 말하자 아리사는 불만스럽다는 표정을 띠었다.

하지만 포크를 움직이는 손길은 멈추지 않았다.

그리고 케이크를 입에 넣더니 금세 표정이 부드러워졌다.

"뭐, 용서해줄게요. 그건 그렇고…… 타카세가와 씨도 이런 가게를 알고 있군요."

"알고 있고 뭐고…… 비교적 자주 가는데, 친구들이랑."

유즈루가 그렇게 말하자 아리사는 경악했다! 라는 분위기로 눈을 부릅떴다.

놀란 나머지 포크를 손에 든 채로 굳어 있었다.

"이것 참, 아무리 그래도 그건 아니잖아."

"아, 아아…… 미안해요. 친구들이라면, 저기, 우리 반 학생인가요?"

"아니. 사타케 소이치로랑 료젠지 히지리야……. 알아?"

"이름은 들은 적이 있어요. 얼굴이랑 이름이 일치하느냐고 묻는다면 조금 의심스럽지만요."

아직 입학하고 두 달도 안 지났다.

같은 반 사람의 얼굴은 기억할 수 있어도 다른 반 사람의 얼굴은 기억 못 하는 것이 보통이다.

오히려 이름을 알고 있다는 것만으로도 놀랐다.

"뭐야, 그 녀석들. 유명한가?"

"우리 반 여자들 사이에서…… 가끔씩 이름이 올라와요. 저기, 얼굴이 단정한 분들이라고."

"뭐, 그 녀석들 얼굴은 괜찮으니까."

다만 인간으로서, 남성으로서 된 사람이냐고 묻는다면 유즈루는 고개를 기웃거리지 않을 수 없지만.

특히 소이치로는.

"……──도, 그런데요."

툭하니 아리사는 무언가를 중얼거렸다.

너무 작은 목소리였기에 들을 수가 없었다.

"뭐라고 그랬어?"

"아뇨, 아무것도."

유즈루가 되물었지만 아리사는 새침한 표정으로 그렇게 대답했다.

※

"그러고 보니 유키시로."

"예?"

한창 게임을 하는 도중, 유즈루는 아리사에게 이야기를 건넸다.

아리사는 게임 화면으로 시선을 향한 채로 대답했다.

몇 시간 전까지는 조작조차 불안했는데…… 지금은 유즈루와 대화를 나누면서도 플레이할 수 있을 만큼 익숙해졌다.

다만 대전 상대인 유즈루가 실력이 없다는 것도 크겠지만.

"네 요리, 맛있었어. 일품이었지."

그 순간, 아리사가 조작하는 캐릭터가 기이하게 움직였다.

아무래도 버튼 조작을 실수한 모양이었다.

"그런가요."

평탄한 목소리로 대답하는 아리사.

……유즈루는 뇌리에, 이전에 요리를 칭찬한 것만으로도 놀라던 '부끄럼쟁이' 아리사의 모습을 떠올렸다.

'……이러면 이길 수 있지 않을까?'

패배가 이어지고 슬슬 승리를 원하게 된 유즈루는 심리전을 실행하기로 했다.

"고기 감자조림은 맛있었어. 단맛과 짠맛의 정도도 딱 적당하고, 게다가 감칠맛이랑 풍미도 있었어. 가다랑어포 육수 덕분일까?"

"지금은 풋감자랑 양파가 맛있는 계절이니까요."

"해준 된장국은 일품이었어. 건더기랑 육수의 밸런스가 딱 좋았지. 가다랑어랑 다시마로 육수를 낸 건 정말 굉장해. 최근에 인스턴트 국물은 잘 만들어서 어설픈 녀석이 육수를 만들려고 하면 오히려 더 맛이 없기도 하는데……. 역시 실력 좋은 사람이 제대로 육수를 내면 전혀 다르다고 생각했어. 그리고 이건 개인적인 취향인데…… 앗!"

아리사의 요리를 칭찬하는 말을 생각하던 탓에 집중력을 잃은 유즈루는 아리사의 캐릭터가 날린 필살기를 맞고 멋지게 패배했다.

"책사가 제 꾀에 넘어간다는 건 바로 이런 거군요."

"알아차렸나."

"너무 노골적인 빈말이니까요. 애초에 지나치게 갑작스러워요. 너무나도 고의로 보였으니까요."

그야말로 그 말 그대로였다.

하지만 일부 정정해야만 하는 부분이 있었다.

"과도하게 말한 건 사실이고 빈말 같은 느낌이 있었을지도 모르겠지만, 맛있었던 건 정말이야. 맛의 감상도."

"그런가요. 뭐, 요리는 그럭저럭 특기니까요. 맛이 없을 리가 없어요."

그렇게 몇 번이고 같은 방법은 통하지 않는다는 것일까.

유즈루의 칭찬하는 말에도 딱히 동요한 기색을 드러내지 않고 평소처럼 미소를 띠고 있었다.

모처럼 이야기가 나왔으니까 유즈루는 요리를 중심으로

대화를 진행하기로 했다.

"요리, 좋아해?"

"……딱히 그런 건 아니에요. 익숙하기는 하지만요. 평소에 집에서 요리를 하는 건 사실이에요."

"호오—, 그건 굉장하네. 네 요리를 먹을 수 있는 사람은 행복하겠어."

"……그럴까요?"

그러면서 아리사는 작게 미소를 띠었다.

그것은 수줍은 미소와는 조금 성질이 다른, 스스로를 비웃는 것 같이 빈정거리는 미소였다.

"타카세가와 씨처럼 빈말이라도 칭찬해준다면 만드는 보람은 있지만요."

"딱히 빈말이 아니야. 정말로 맛있었어. 또 먹었으면 좋겠다고 생각할 정도로."

"……그런가요."

그러자 아리사는 유즈루를 돌아봤다.

정좌를 하고, 등줄기를 곧게 세우고…… 정색한 표정을 띠고서 긴 속눈썹이 드리운 비취색 눈동자를 유즈루에게 향했다.

저도 모르게 유즈루 역시도 자세를 바로 했다.

"왜, 왜 그래?"

"그럼 오늘, 먹을래요?"

"어?"

"케이크도 대접받았으니까 괜찮다면…… 할게요. 싫다면 됐지만요."

생각지도 않은 제안이었다.

다섯 시 반 즈음.

쌀밥.

파와 두부를 넣은 된장국.

일본풍 햄버그. (갈아놓은 무, 구운 버섯, 삶은 브로콜리를 곁들여서.)

뿌리채소 조림.

시금치 무침.

육수로 맛을 낸 달걀말이.

냉 두부.

그렇게 상상 이상으로 호화로운 식사가 식탁에 펼쳐졌다.

이전에 아리사가 유즈루에게 해줬을 때보다도 두 가지 많았다.

"그러고 보니…… 평소에는 반찬을 네 종류 이상 만든다고 그랬지."

유즈루가 툭 하니 중얼거렸다.

그때의 말은 거짓이 아니라 평소부터 국 하나에 채소 셋 +α를 만드는 것이리라.

유즈루로서는 그저 놀랄 뿐이지만 아리사는 아무것도 아니라는 표정이었다.

"대단한 건 아니에요. 냉 두부 같은 건 그냥 두부를 사와서 내놓는 것뿐이고."

그것을 제외하더라도 반찬이 네 가지나 있었다.

평소에도 이 정도로 만든다면…… 상당한 중노동이 아닐까?

그렇지만 그에 대해 유즈루는 입 밖으로 꺼내지는 않았다.

"미안하네. 이렇게나 호화롭고 맛있어 보이는 요리를 받아서."

"케이크랑 게임 답례예요. 재료비는 반씩 내서 저도 먹을 테니까요……. 평소부터 만드는 요리니까 대단한 건 아니에요."

"아니……. 게임이랑 케이크는 간호해준 답례니까 또 갚으면 곤란한데."

유즈루는 쓴웃음을 띠었다.

빚을 갚겠다고 이것저것 했는데 그냥 흐지부지된 것 같은 느낌이었다.

"그런데 평소에는 네가 집에서 만드는 거지? ……그게, 너희 가족 저녁은 괜찮아?"

유즈루는 문득 신경 쓰이던 것을 물었다.

이미 아리사는 유즈루에게 저녁을 해주고, 그러는 김에 같이 먹고 간다며 양부모에게 연락했다.

아리사의 요리를 또 먹고 싶었던 유즈루는 그 호의에 따르고 말았지만…… 그랬다가 그녀가 양부모에게 혼이 나지는 않을지 걱정이었다.

"타카세가와 씨한테 요리를 해주고 싶다, 그렇게 이야기했더니 마음과 위장을 붙잡고 오라며 명령했어요. 그렇게나 원하는 걸까요? 약혼 사례금."

어렴풋이 입가를 올리고 작게 코웃음을 흘리더니 그렇게 말했다.

자조하는 듯한, 그리고 어쩐지 살짝 바보 취급하는 듯한, 그런 웃음이었다.

"마음은 몰라도 위장 쪽은 붙잡혔는데."

"빈말이 능하네요."

"아니, 정말이야. 한동안 유키시로 금단증으로 고생했을 정도야."

"시시한 농담이에요. ……빨리 먹을까요. 식어버리겠어요."

어이없다는 표정을 띠며 싸늘한 목소리로 그리 말했다.

요리보다도 먼저 분위기가 식었다.

유즈루는 손을 맞댄 뒤, 젓가락을 들었다. 그리고 된장국을 한 모금 마셨다.

"응, 이번에도 맛있네."

"그런가요. 뭐, 만드는 방법은 다르지 않으니까요. 당연히 같은 맛인데요."

"안정된 맛을 낼 수 있는 건 역시나 요리를 잘한다는 증거 아닐까?"

"빈말이 지나쳐요. 분량을 기억하고 있다면 대단한 건

아니에요."

아리사는 담담하게 그리 대답했다.

너무 말을 거듭했다가는 얄팍하게 보이겠다고 판단한 유즈루는 아리사의 요리 맛에 대해서 세세한 감상을 입에 담는 것은 그만뒀다.

입 밖으로 꺼내지는 않더라도 맛있다고 생각하며 유즈루는 젓가락을 움직였다.

그러자…….

"……그렇게나 맛있었던, 건가요?"

반 정도 먹은 뒤, 아리사가 그렇게 물었다.

새삼스럽게 어째서 그런 질문을 하느냐고 유즈루는 의문을 품었다.

"그건 아까 이야기했을 텐데?"

"아뇨…… 정말로 맛있게 먹고 있어서."

아리사는 그렇게 말한 뒤, 요리 대부분이 사라진 유즈루의 접시로 시선을 향했다.

그리고 평소처럼 냉정한 목소리로 물었다.

"더 줄까요? 햄버그랑 조림이랑 된장국이 아직 있는데."

"꼭 먹고 싶네."

"그런가요."

아리사는 유즈루한테 빈 접시를 받아들고는 일어섰다.

그리고 유즈루에게 등을 돌리고 부엌으로 가버렸다.

그녀의 표정은 확인할 수 없었지만…….

일단 빈말이 아니라는 사실은 전해졌다고, 유즈루는 확신할 수 있었다.

※

식사 후, 유즈루는 아리사를 집까지 바래다주기로 했다.

아리사는 역까지면 된다고 주장했지만…… 최근에는 밝아졌다고는 해도 여자가 밤길을 걷게 만드는 것은 마음에 걸렸다.

애당초 아리사의 귀가가 늦어진 것은 유즈루한테 저녁을 해줬기 때문이었다.

"타카세가와 씨는 의외로 신사적인 부분도 있네요."

갑자기 아리사는 감탄한 것처럼 그런 말을 꺼냈다.

딱히 유즈루는 신사를 자칭하고 있지는 않지만, 그래도 '의외'는 적잖이 유감이었다.

"의외라니 뭐야. 의외라니."

"불쾌하게 여겨졌다면 미안해요. 하지만…… 아무렇지도 않게 자기가 차도 쪽으로 걸으려고 하는 걸 보고 그런 부분도 있구나 싶어서."

여자와 나란히 걸을 때에는 상대가 인도 쪽으로 걷도록 하라는 것이 부모님과 조부모님의 가르침이었다.

남자는 여자를 지켜야만 한다……라니 요즘 시대에는 조금 수구적인 사고방식이지만 타카세가와 가문은 그야말로 그런 집안이었다.

"부모의 가르침이라는 녀석이야. 굳이 말하면 우리 집은 케케묵은 가치관이나 봉건적인 풍토가 남은 집안이라서. 남자라면 여자를 지키라고. 뭐…… 목발을 짚을 때는 실천할 수 없었지만."

유즈루가 그렇게 말하자 아리사는 입을 다물고 말았다.

살짝 고개를 숙이고 있었다.

길거리에서 비치는 단정한 용모는…… 살짝 가라앉은 모습이었다.

"혹시 폐를 끼치고 말았나요?"

"응? ……어째서?"

"제 탓에…… 타카세가와 씨가 부모님한테 혼이 난 게 아닐까 해서……."

그러니까 여자인 아리사한테 남자인 유즈루가 보호를 받은 것은 집안의 가르침에 어긋나는 일이니까, 그 탓에 유즈루가 부모님한테 질책을 당하지는 않았는가…….

그런 걱정을 품은 모양이었다.

"설마! 아무리 그래도 그런 화석 같은 가치관은 아니야. 애당초 우리 부모님은 방임주의니까. 지나친 걱정이야."

"……그런가요. 그렇다면 다행이지만요."

안도의 한숨을 내쉬는 아리사.

하지만 그녀의 표정에는 우려의 기색이 희미하게 남아 있었다.

자신의 행동 탓에 유즈루가 부모님에게 질타당하는 상황을 아직도 걱정하는 모양이었다.

　"유키시로는 그다음에 괜찮았어?"

　"⋯⋯그다음, 이라뇨?"

　"맞선 뒤에 집으로 돌아가서⋯⋯ 무슨 소리를 듣지는 않았어?"

　유즈루의 물음에 아리사는 대답하지 않았다.

　하지만 어두운 표정과 침묵이, 유즈루의 걱정이 진심임을 크게 이야기했다.

　"혼났어?"

　"⋯⋯잘못한 건 저니까요. 신경 쓰지 말아요."

　거절하는 듯한 목소리로 아리사는 말했다.

　어쩐지 밀어내는 것 같은, 자신과 유즈루 사이에 벽을 만드는 것 같은, 그런 태도였다.

　하지만⋯⋯ 동시에 지독히 슬퍼 보이고 괴로워 보였다.

　억지로 파고들어 봐야 거절당할 뿐이다, 그녀를 상처 입힐 뿐이라고 유즈루는 판단했다.

　하지만 그렇다고 무시하는 것도 최적의 해결책은 아니라고 느꼈다.

　"네가 그렇게 말한다면, 나는 네 사정을 파고들지는 않을게."

　"그렇게 해주신다면 고맙겠어요. 타카세가와 씨한테는

이 이상, 폐를……."

"나는 폐라고 생각하지는 않는데."

유즈루는 그런 말로 아리사의 목소리를 가로막았다.

그리고 유즈루는 아리사 쪽을 보지 않고 계속 정면을 보며…… 혼잣말처럼 이야기했다.

"약혼자가 된 이상은, 네 가정 사정과 관련해서 나는 결코 남이 아니야."

할 수 있는 일이 아무것도 없지는 않았다.

유즈루는 아리사에게 그리 전하고, 그러고서 다시금 말했다.

"다만 나는 너의 진짜 약혼자는 아니야. 그러니까 네 의사를 존중할게. 참견이라면 참견. 민폐라면 민폐. 싫다면 싫다. 솔직한 마음을 말해준다면 좋겠어."

한동안의 침묵 후, 아리사는 또렷한 목소리로 유즈루에게 대답했다.

"지금 타카세가와 씨한테 도움을 청할 생각은 없어요. 조금 과장스럽고…… 괜한 참견이에요."

"그런가. 뭐, 그렇구나."

설령 유즈루가 아리사의 부모님에게 못을 박으러 가더라도, 그들이 제대로 유즈루가 의도한 그대로 행동을 취할지는 알 수 없다.

그들이 어지간히도 어리석지 않다면 문제없다. 다만, 그런 논리로 따졌을 때, 만약 그들이 어리석다면 지독한 일이 벌어질지도 모른다.

그런 리스크를 아리사는 질 수 없을 테고 유즈루도 책임질 수 없다.

"하지만, 타카세가와 씨."

"응."

"제 의사를 존중해줘서 고마워요. 그건 순수하게 기뻐요."

그렇게 말하는 아리사의 목소리는 평소보다 훨씬 부드러웠다.

얼마 후, 아리사의 집이 보이는 위치까지 도착했다.

아리사는 여기까지면 된다고, 그렇게 말하듯이 유즈루를 돌아보고 인사했다.

"오늘은 고마웠어요. 즐거웠어요."

그러는 아리사의 표정은 평소와 마찬가지, 시치미를 떼는 것 같은 표정이었다.

하지만 그 말에 거짓은 없는 느낌이었다.

"나도 즐거웠어. 요리도 맛있었어."

"그 감상은 솔직하게 받아둘게요. ……잔뜩, 먹었으니까요."

아리사는 유즈루의 찬사에 작게 고개를 끄덕였다.

그러고는 잠시 생각하는 모습을 드러낸 뒤…… 입을 열었다.

"타카세가와 씨. ……다음 주에도 게임을 하러 가도 될까요? 대신에 요리, 할 테니까요."

"다음 주? 응, 괜찮아. 아직 손을 안 댄 것도 있으니까.

……하지만 딱히 '대신에'는 필요 없다고? 고작해야 게임이니까. 물론 해준다면 기쁘게 먹겠지만."

유즈루로서는 아리사에게 요리를 강제하고 싶지는 않았다.

게임을 하게 해주고 작은 케이크를 대접한 정도의 대가로…… 요리를 하는 것은 유즈루의 가치관에서는 조금 과했다.

"그게 아니에요. ……표현을 바꿀게요. 하게 해줘요. 그러는 게 편해요."

"아아…… 그런 건가."

유즈루에게 요리를 해주지 않는다는 것은 빨리 돌아가서 아마기 가의 요리를 해야 한다는 의미다.

아마기 가의 자세한 가족 구성을 유즈루는 모르지만…… 유즈루와 아리사의 2인분 쪽이 들어가는 노력을 생각하면 간단할 것이다.

그러니까 그녀는 땡땡이를 치고 싶은 것이었다.

"기꺼이 협력할게. ……매일 하러 와도 된다고?"

유즈루가 반쯤 농담처럼 그렇게 말하자…….

"후후…… 생각해둘게요."

아리사는 농담인지 진심인지, 어느 쪽인지 모를 미소를 띠었다.

※

매주 토요일에는 아리사는 유즈루의 집으로 가서, 게임을 하고 저녁을 만들고는 돌아간다.

그런 관계가 한 달 정도 이어졌다.

6월 중순.

"예, 여보세요. 무슨 일이야, 할아버지."

『손자한테 전화를 하는 데 이유가 필요한가?』

"볼일도 없는데 전화를 한 적은 없잖아? 빨리 이야기해."

유즈루가 그렇게 대답하자 확실히 그렇지만, 이라느니, 그렇게 차갑게 굴 것까지야, 그렇게 투덜투덜 불평을 했다.

안달이 난 유즈루가 다시 재촉하려고 하자……

『일주일 뒤, 무슨 날인지 알고 있느냐?』

"몰랄랄라."

『농담이나 할 때가 아니라고? 중요한 날이다.』

중요한 날이라고 그래도 모르는 것은 모르는 것이다.

글쎄, 무슨 날일까. 그렇게 고개를 갸웃거리는데…….

『생일. 아마기 따님의 생일이야.』

"아ㅡ, 그러고 보니…… 그랬던가?"

맞선 전, 자료를 봤을 때에 그녀의 생년월일이 적혀 있었을 터.

저래 보여도 (아니, 보는 그대로일지도 모르겠지만) 유즈루보다는 생일이 빠른 것이었다.

『이것 참……. 정말로 약혼자가 맞기는 하느냐?』

"으, 응……."

생일은 완전히 맹점이었다.

친밀한 애인이라면 서로의 생일은 파악하고 있어야 하는 것이다.

"덕분에 살았어, 할아버지. 응, 선물을 준비해둘게."

『음. ……빨리 증손주를 보여다오.』

"그렇다면 앞으로 6년은 더 살아. 나는 대학교를 졸업할 때까지는, 결혼할 생각은 없어."

유즈루는 그렇게 말하고 전화를 끊었다.

"자, 그럼 어떻게 할까."

유즈루는 한숨을 내쉬었다.

※

중요한 것은 상대에 대한 기분이니까 서프라이즈 따위는 생각하지 않고 솔직히 물어봐라.

그것이 유즈루의 악우이자 여자의 적, 사타케 소이치로의 조언이었다.

허나, 그러나.

그것은 어디까지나 평상시의 감사를 담은 선물이다.

생일 선물이라면 역시나 조금 다르다.

생일 선물이라는 것은 "대체 뭘 줄까—"라는 기대감도 역시나 중요하지 않을까?

그것이 유즈루의 가치관이었다.

자, 지난번에는 소이치로한테 물어봤지만…… 의외로 그는 도움이 안 된다는 사실이 판명되었다.

히지리는…… 그의 집안에서 하는 장사를 생각하면 여자를 함락시키는(속인다고도 하는) 방법은 알 것 같기는 하지만, 딱히 유즈루는 아리사를 함락시키고 싶은 것은 아니었다.

역시 이런 것은 여자한테 직접 물어보는 편이 빠르다.

유즈루는 그렇게 판단하고서 소꿉친구에게 메시지를 보냈다.

※

다음 날.

방과 후, 유즈루는 그 소꿉친구의 반으로 찾아갔다.

"미안해, 유즈룽. 나한테는 소이치로 군이라는, 장래를 결정한 사람이 있어서. 네 사랑은 받아줄 수 없다고 할까……."

검은 비단결 머리에 붉은 기운이 강한 호박색 눈동자.

하얀 피부에 살짝 이국적인 분위기의 용모.

얼굴은 물론이거니와 모델처럼 균형 잡힌 몸매의 여자애.

소이치로와 유즈루의 공통되는 소꿉친구 중 하나.

타치바나 아야카는 유즈루를 상대로 그렇게 말했다.

"누가 언제, 너한테 사랑을 보냈어?"

유즈루는 어이없다는 표정으로 그리 대답했다.

다만 그녀의 분위기는 항상 이러니까 신경 써봐야 어쩔 수 없었다.

이래 봬도 젖먹이 시절부터 이어진 인연이었다.

"사정은 이야기했다시피 여사친이 있고, 그 아이한테 생일 선물을 주고 싶거든."

"응──, 일단 유즈룽은 말이지, 그 여자애를 좋아해?"

"좋아하지는 않는데."

"그렇다면 액세서리 같은 건 그만두는 편이 좋겠네."

"그렇겠지."

애당초 아리사의 취향 따윈 모르니까 선물할 수도 없었다.

티파니 같은 것을 산다고 해도 인터넷 중고거래 행이리라.

……아리사는 다른 사람이 준 물건을 팔 것 같은 아이는 아니라고 생각하지만.

"어떤 사이야?"

"복잡한 사이야."

아무리 그래도 위장 약혼을 한 사이라고 이야기할 수는 없고, 그런 분위기를 풍길 수는 없었다.

타치바나 가문의 정보망은 우습게 볼 수 없는데다가, 아야카는 이렇게 보여도 머리가 좋고 통찰력이 있는 것이었다.

섣부른 소리를 했다가는 순식간에 유즈루와 아리사의 관계를 조사하려고 들 것이다.

……어쩌면 이미 정보를 파악하고 있을 가능성조차 있었다.

"여사친이야. 하지만 너만큼은…… 마음을 터놓은 사이는 아니야. 하지만 결코 친하지 않은 건 아니라…… 그러니까 친하기는 친하지만 일정한 거리감을 적절하게 지키는 사이야. 그리고 나는 그 아이와는 앞으로도 친하게 지냈으면 좋겠다고 생각해."

"흐─응. 그러니까 애인이나 짝사랑하는 상대는 아니고 친구지만, 평범한 친구 사이와는 다르게 무언가 깊은 인연이 있고 무언가 이익을 공유하는…… 동료 같은데?"

"……………………뭐, 그러네."

이 녀석, 어째서 이렇게나 통찰력이 좋은 걸까?

유즈루는 마음속으로 식은땀을 훔쳤다.

"유즈룽, 매년 나한테 과자 세트를 줬잖아? 그런 건 안 돼?"

유즈루와 아야카는 젖먹이 시절부터 인연이 있다.

당연히 생일에는 의리로 선물을 준다.

매년 유즈루가 그녀에게 주는 것은 오래 보존할 수 있는, 쿠키 같은 과자 세트였다.

"아니……. 뭐, 그건 생각해봤는데. 그건…… 의리로 준다는 느낌이 있잖아?"

"뭐, 연말이나 백중 선물이라도 문제가 없을 법한 거니까 말이지─."

유즈루와 아리사의 관계는 일단 약혼자이자 애인 사이.

그런 상대에게 소꿉친구 여사친들과 같은 물건을 주는 것은…… 틀림없이 나중에 조부모에게 무언가 말을 듣게 될 것이다.

게다가 과자라면 케이크를 준비하면 된다.

선물과 겹쳐버리니까 영 좋지 않다.

그런 느낌으로 둘이서 고민하는데…….

"어머나, 유즈루 씨랑 아야카 씨. 무슨 이야기를 하시나요?"

불쑥, 복도 쪽에서 또 다른 여학생 하나가 나타났다.

밝은 갈색 머리카락에 헤이즐 색 눈동자.

단정한 일본풍 얼굴.

키는 조금 작지만, 그 때문에 흉부의 융기가 눈에 띄었다.

소꿉친구 중 하나.

우에니시 치하루였다.

유키시로 아리사, 타치바나 아야카, 우에시로 치하루, 그리고 또 한 사람인 나기리 텐카라는 소녀를 더한 네 사람은 교내에서도 무척 용모가 아름답다는 평판이었다.

참고로 유즈루는 나기리 텐카와는 직접적인 면식이 없지만, 그녀와 같은 반인 히지리가 말하기를 "그건 악마 같은 여자야"라나.

"유즈룽이 말이지, 여자애한테 선물을 주고 싶대."

"호오—, 유즈루 씨한테도 봄이 왔나요? 저한테 상담을 청하지 않다니, 서운하네요—."

"아야카 다음에 너하고도 이야기할 생각이었어. 그리고, 딱히 봄은 아니야."

그렇게 말한 뒤, 이 두 사람이 모이면 시끄럽단 말이지, 마음속으로 중얼거렸다.

딱히 싫지는 않고 친한 친구라지만, 지나치게 활발한 성격인 이 두 사람이 모이면 제어할 수가 없었다.

그렇지만 그런 소리를 했다가는 더더욱 시끄러워질 테니까 유즈루는 재빨리 용건을 끝내버리기로 했다.

"그렇게 되어서 말이지, 치하루. 너는 어떤 선물을 받으면 기뻐?"

"과자를 제외하고 말이죠? 그러네요―, 화장품 관련으로는 어떤가요?"

"화장품? ……나는 그런 거 전혀 모르는데."

화장 도구 따위를 받더라도 그저 곤란하지는 않을까?

유즈루는 그렇게 고개를 갸웃거리고 말았다.

"본격적인 물건이라면 뭐, 취향이 있겠지만 말이죠? 화장수라든지, 립밤이라든지, 비누 같은 거라면 뭐……. 어지간히 이상한 물건만 아니라면 받아서 쓸 수 있고요."

"확실히 그런 거라면 편리하겠네. 연애 감정이 느껴지지 않는 아슬아슬한 범위고."

치하루의 의견에 아야카가 동의했다.

그런 선물이라면 아야카가 치하루한테 주는 물건과 구별도 되니까 괜찮을지도 모른다.

"그렇구나―. 응, 고마워. 다음부터는 직접 조사해볼게."

"결말이 나면 가르쳐줘―."

"남자는 배짱이에요!"

"연애가 아니라고 그랬잖아."

유즈루는 한숨을 내쉰 뒤, 그 자리를 벗어났다.

※

그리고 약 일주일이 지난 토요일.

6월 25일.

그날은 마침 생일……의 전날이었다. 아무리 그래도 형편 좋게 생일과 날짜가 겹치지는 않았다.

평소처럼 유즈루는 아리사와 함께 가볍게 게임을 즐겼다.

그리고 잠시 휴식을 취하고 평소처럼 케이크를 먹었다.

"어쩐지 항상 케이크를 받아서 미안하네요."

"그런 식이라면 나는 요리를 대접받으니까."

그것은 피차일반이었다.

유즈루가 그렇게 말한 다음…… 문득 떠오른 것처럼, 살짝 억지스럽게 말했다.

"케이크라고 그러니까."

"무슨 일인가요?"

"생일, 축하해. 내일이지?"

"…………아, 그리고 보니 그랬네요."

잠시 틈을 둔 뒤, 아리사는 떠올랐다는 듯이 반응했다.

설마 타카세가와 씨가 생일을 축하해주다니!

그렇게 놀라는 것이 아니었다.

"……혹시 자기 생일, 잊고 있던 건 아니지?"

"뭐…… 날짜는 기억해요. 평소에는 의식하지 않지만요."

아리사는 살짝 시선을 피하며 그렇게 대답했다.

아무래도 정말로 생일이 가깝다는 사실을 모르고 있던 모양이었다.

……어쩌면 가정 사정 때문에 축하를 받은 적이 없었던 것일까?

유즈루는 무척 딱하게 여겼다.

"그보다도 타카세가와 씨는 어떻게 제 생일을?"

"맞선 당시의 자료에 적혀 있었고…… 그리고 최근에 할아버지한테 연락을 받아서."

"과연. ……그렇군요. 약혼자라면 서로의 생일은 파악하고 있어야겠죠. 완전히 맹점이었어요."

"뭐, 다행히도 우리 할아버지는 내가 네 생일을 파악하지 않았던 걸 딱히 의문으로 느끼지는 않는 모양이었으니까 안심해. 어이없어하기는 했지만."

유즈루가 그렇게 대답하자 아리사는 면목 없다는 듯이 가볍게 머리를 숙였다.

"……이야기하지 않아서 미안해요."

"그런 부분은 서로 마찬가지니까. 참고로 내 생일은…… 10월 16일이니까. 잘 부탁해."

유즈루가 그리 말하자 그녀는 휴대전화에 그 정보를 기

록했다.

이것으로 아리사가 유즈루의 생일을 빼먹을 일은 사라졌다.

"그리고, 유키시로."

"예?"

"물론 생일 선물을 준비했어."

안 보이는 곳에 숨겨둔, 귀여운 종이봉투를 꺼내며 유즈루가 그렇게 말하자…….

이번에야말로 아리사는 놀라서 굳었다.

※

"이건, 또…… 뭐라고 할까요. 고마워, 요."

곤혹스러워하는 기색으로 아리사는 종이봉투를 받아들었다.

평소에는 평정을 유지하는 그녀치고는 보기 드물 만큼 동요했다.

어쩌면 그녀가 이렇게까지 동요한 것은…… 처음 요리를 칭찬했을 때 이후로는 없었을지도 모른다.

"설령 '연기'를 위한 선물이라고 해도, 기뻐요."

아리사는 눈을 살짝 가늘게 떴다.

그것은 평소에 그녀가 학교에서 띠고 있는 예술품 같은 웃음이 아니라 자연스러운 미소였다.

아주 조금, 단 한 순간…… 유즈루의 심장이 뛰었다.

'……눈에는 좋지만 심장에는 나쁘네.'

아리사의 죽은 것 같은 눈이나 예술품 같은, 인공적이고 부자연스러운 미소는 좋아하지 않는다.

하지만 그녀의 자연스러운 미소는 정말로 예쁘고 아름답고 멋지다고 생각했다.

"연기……라서 그러는 것도 아닌데. 약혼자라는 관계가 아니더라도 친한 사이니까 선물을 준비했어."

"……그런 건가요?"

"친구 사이니까. ……혹시 친구라고 생각한 건 나뿐이었을까?"

유즈루는 무심코 뺨을 긁적였다.

혹시 유즈루의 짝사랑(물론 진짜 사랑은 아니고 우정이지만)이었다면 무척 부끄럽다.

그러자 아리사는 당황해서는 고개를 가로저었다.

"아, 아뇨……. 미안해요. 그런 건 모르니까. 친구냐고 물어보면……."

"……친구가 없다는 말은 아니지?"

"그러네요. ……점심에 같이 도시락을 먹고 맞장구를 치는 정도의 관계가 친구라면 많이 있어요."

어쩐지 차가운 말투로 아리사는 말했다.

그녀의 녹색 눈동자는 어둡게 가라앉아 있었다.

"동급생 집에 놀러 간 적이 이제까지 없었다고 하지는

않겠어요. 다만…… 이렇게까지 친한 사이가 된 사람은 타카세가와 씨가 처음이에요."

아리사는 항상 반 아이들을 차별 없이 대한다.

그러니까 특별히 사이가 나쁜 사람은 없지만, 그러나 동시에 특별히 사이가 좋은 사람도 없다.

타인들 사이에 차별은 없다.

하지만 자신과 타인 사이에는 투명하고 튼튼한 벽을 만든다.

그것이 유키시로 아리사가 사람을 대하는 방법이리라.

생일에 흥미가 없는 것도 납득했다.

그것을 축하해줄 법한 사이인 사람은 하나도 없으니까.

"처음이라……. 그건 명예로운 일인가?"

심각하게 받아들이는 것도 분위기를 나쁘게 만든다고 생각한 유즈루는 농담처럼 말했다.

아리사로서도 그쪽이 더 편한 모양이라 밝은 목소리로 답했다.

"그러네요. 무척 명예로운 일이에요. 영광으로 생각하세요."

그리고 아리사는 유즈루가 건넨 종이봉투를 사랑스럽다는 듯이 쓰다듬었다.

그리고 유즈루를 올려다봤다.

평소의 얼어붙은 호수같이 차갑고 무기질적인 눈동자가 조금은 따듯해졌다…… 그런 느낌이 들었다.

"10월, 제 쪽에서도 뭔가 준비해도 될까요."

"기대하고 기다릴게."

유즈루는 그렇게 대답했다.

아리사는 작게 고개를 끄덕이고는 일단 종이봉투를 바닥에 내려놓았다.

하지만 금세 안절부절못하고…… 또다시 손에 들고 무릎 위에 얹었다.

그러고는 유즈루에게 물었다.

"안을 봐도 될까요?"

"그럼, 봐. 오히려 감상을 이야기해줘. 앞으로 참고하기 위해서라도."

대학교를 졸업할 때까지는 '약혼' 관계를 계속할 생각이니까 아리사의 취향을 지금 여기서 알아두는 것은 무척 중요한 일이었다.

"그럼 사양 않고 감상을 이야기할게요. ……이건 비누인가요?"

유즈루가 아리사에게 준 것은 비누 세트였다.

좋은 향기가 나는 고형 비누, 샴푸, 린스, 그리고 목욕 수건이 한 세트였다.

화장수나 핸드크림, 립밤 같은 것도 고민했지만…….

이제부터 여름으로 들어서는 계절을 생각해서 비누 종류로 선택했다.

"이거, 유명한 브랜드죠? 그럭저럭 비싼 거 아닌가요?"

그러는 아리사의 목소리에는 기쁨과 곤혹이 섞여 있는 것처럼 느껴졌다.

조금 괜찮은 선물을 받아서 기쁘다는 기분과 이런 비싸 보이는 선물을 받아서 미안하다는…… 그런 목소리였다.

"그래서 어때? 감상은? 냉정하게 평가해주면 돼."

"기껏 받았는데 평가라니, 그런 거만한 짓은 못해요. ……하지만, 그러네요.

기대하던 것보다도 훨씬 좋은 선물을 받아버렸다. 그런 기분이에요. 이렇게나 멋진 물건을 받을 줄은 생각도 못 했어요."

그렇게 말하는 아리사의 목소리는 조금 들떠 있었다.

표정은 평정 그대로지만 뺨은 어렴풋이 붉었다.

"저, 이런 건 받은 적도 산 적도, 사용한 적도 없어서. 그러니까 정말, 정말로…… 기뻐요."

아리사는 그리 말하더니 작게 한숨을 내쉬었다.

비취색 눈동자가 조금씩 빛을 잃고 흐려지기 시작했다.

"저만, 그래요. 다들, 의동생은 물론이고 동급생들도 가지고 있어요."

조금씩 아리사의 눈이 젖기 시작했다.

목소리도 상기되고, 몸도 가늘게 떨렸다. 아리사가 얼굴을 푹 숙였다.

아마색 머리카락으로 표정이 가려졌다.

"흥미 없는 척을 했지만, 사실은 원했어요. 다른 사람들

이 부러워서, 하지만 사달라고 할 수도 없어서…… 미안해
요. 조금, 감정적이 되어버렸어요."

아리사는 그러더니 유즈루한테 등을 돌렸다.

어깨를 가늘게 떨고 있었다.

얼마 후, 크게 숨을 들이쉬고 내뱉는 소리가 났다.

또다시 아리사가 몸을 돌렸을 무렵에는…… 그녀는 평
소 그대로의 평정을 되찾았다.

그녀의 눈은…… 어렴풋이 붉었지만.

"지금 그건 안 들은 걸로 해주세요."

"그런가. 그럼 그렇게 할게."

불평 정도라면 언제든지 듣겠다.

유즈루는 그렇게 말하려고 했지만 아리사의 뜻을 존중
해서 아무 말 않기로 했다.

이미 아리사에게는 도움을 청한다면 언제든지 응하겠다
고 이야기해두었다.

그리고 아리사의 의사를 존중하겠다는 이야기도 했다.

그러고서 그녀는 안 들었던 것으로 하라고 말하는 것이
었다.

그렇다면 아무 말도 않겠다.

"일단 내년에도 같은 선물이면 된다는 걸까?"

"예. ……부탁할게요."

하지만…….

무언가 이유를 달아서 그녀의 희망을 들어주는 정도라

면, 도망칠 곳을 제공해주는 정도라면 허락되리라.

유즈루는 그렇게 생각했다.

※

그리고 그날 밤.

평소처럼 유즈루는 아리사를 집까지 바래다주는 길이었다.

"타카세가와 씨, 전부터 생각했는데요……."

"뭔데?"

"저랑 방에 있을 때는 티셔츠차림인데 밖으로 나올 때는 재킷을 걸치네요. ……이런 계절이면 방보다도 바깥이 더 울 텐데요."

그러는 아리사의 목소리에는 살짝 가시가 있었다.

유즈루로서는 밖에 나와서 아리사와 나란히 걷는 이상은 제대로 된 복장으로 입어야만 한다고 생각했다.

그래서 재킷을 걸쳐서 꾸미기로 했다.

하지만 아리사는 아무래도 그런 유즈루의 태도가 조금 마음에 안 드는 모양이었다.

물론 자기 옆을 초라한 모습으로 걷기를 바라는 사람은 없을 테니까…….

"그러니까 너랑 둘이 있을 때도 제대로 꾸며 달라. 그런 이야긴가?"

"그러네요. 남들의 시선은 신경 쓰는데 제 시선은 신경 쓰지 않는다는 건 가볍게 여겨지는 느낌이 들어서요."

그녀가 말하려는 바는 유즈루도 이해할 수 있었다.

요컨대 여자로 취급하지 않는 것이 짜증 난다는 의미였다.

"하지만 잘 모르겠네. 딱히 너는 나를 좋아하는 게 아니잖아? ……그런데도 내가 신경을 써줬으면 좋겠어?"

"반대로 묻겠는데요. 타카세가와 씨. 당신은 제가 부스스하게 뻗친 머리에 상하의 체육복차림으로 온다면 어떻게 생각할까요?"

"아니, 그건 아무리 그래도 싫겠지만. 아니, 하지만 그렇게까지는 아니잖아? 평소의 모습으로 있을 생각이고…… 재킷을 걸치는 것만으로 그럭저럭 괜찮은 복장이 되잖아? ……혹시 이거, 촌스러워? 상하의 체육복 수준으로?"

유즈루는 자신의 패션 센스가 특별히 좋다고 생각하지는 않지만, 그렇다고 나쁘지는 않으리라는 생각도 있었다.

하지만 그런 이야기를 들었더니 순식간에 불안해졌다.

"그 점은 안심하세요. 좋은 편이라고 생각해요."

"그럼……."

"전력으로 상하의 체육복이라면 한 바퀴 빙 돌아서 오히려 용서할 수 있어요. 제가 문제시하는 것은 패션 센스가 아니라 타카세가와 씨의 태도예요. 그러니까 말이죠……. 밖에 나올 때만 머리를 다듬고 재킷을 걸치잖아요? 제 앞에서는 실력의 6할, 밖으로 나올 때는 8할을 발휘하는 것 같은 그게 좀…… 짜증이 나는 거예요."

듣고 보니 확실히 유즈루의 그런 태도는 좋지 않았을지도 모른다.

싫은 것은 싫다, 불쾌한 것은 불쾌하다고 말해 달라. 처음에 그리 부탁한 것은 유즈루였다.

안에 담아둘 정도라면 솔직하게 말해주는 편이 편하니까 오히려 나았다.

이것은 반성해야겠다고 유즈루가 생각하는 사이…… 이번에는 조금 전까지의 강한 말투와는 돌변해서, 아리사는 가냘픈 목소리를 높였다.

"미안해요. 지금 그건 과한 말이었어요. 그게…… 알고 있어요. 애당초 거긴 타카세가와 씨의 방이니까 거기서 편하게 지내는 건 타카세가와 씨의 권리라고 생각해요. 제가 실례를 하는 거니까요. 다만…… 그게, 말이죠. 저는 타카세가와 씨를 나름대로 의식하고는 있어요."

"……나를 의식한다는 거야?"

아리사에게 유즈루 따윈 그냥 길가의 돌멩이……까지는 아니겠지만, 단순한 비즈니스 파트너 정도인 존재로, 남자로서는 안중에 없다고만 생각했다.

그래서 지금 아리사의 그 말은 유즈루로서는 조금 놀라웠다.

"착각하지 마세요. ……물론 연애 대상은 아니에요. 그저…… 남성이라고, 인식해요. ……혹시 아닌가요?"

"아니, 어엿한 남자야. ……너도 그런 농담을 다 하네."

"얼버무리지 말아요. ……진지한 이야기예요. 저는 당신을 남성으로 대하는데, 당신이 저를 여성으로 대하지 않는 건 조금 불평등하지 않나요."

입술을 삐죽이며 아리사는 그렇게 말했다.

그녀의 뺨은 석양을 받아서 어렴풋이 붉게 물들어 있었다.

유즈루는 크게 고개를 끄덕였다.

"네 주장은 지당해. 내가 잘못했어. 네 친절에 기대어서 무신경해졌어. 다음부터는 주의할게."

"그렇게 해주신다면 좋겠어요."

그날, 아리사와의 거리가 부쩍 가까워졌다.

유즈루는 그렇게 느꼈다.

※

다음 날인 일요일.

그날은 아리사의 생일이었다.

하지만…… 유키시로 아리사에게 생일이라는 것은 그냥 문자 그대로인 '태어난 날'에 불과해서 딱히 축하할 법한 것도 아니었다.

그리고 그날 밤에는 평소처럼, 아리사는 가족 전원의 저녁을 만들었다.

양아버지와 양어머니, 그리고 의여동생.

의오빠는 대학생이라서 혼자 사니까, 상술한 세 명에 자신을 포함한 4인분 식사를 매일 저녁에 만드는 것이 아리사의 일과였다.

"잘 먹었어."

"잘 먹었습니다."

"······."

양아버지와 의동생은 평소처럼 인사를 했다.

양어머니가 아무 말도 없는 것도 항상 그랬다.

그리고 세 사람 모두, 그 후에는 아무 말도 없이 각자의 방이나 거실로 가버렸다.

'······뭐, 내가 기억하지를 않는데 기억할 리가 없나.'

아리사 스스로가 자신의 생일을 잊어버릴 정도였다.

가족이 기억할 리도 없고, "축하해"라는 말을 기대하는 것도 잘못이다.

게다가······ 옛날에 아리사는 양부모에게 "내 생일잔치나 선물은 필요 없다"라고 이야기한 적이 있었다.

양자이기에 가진 사양과 겸허의 심정 때문이었다.

본심이 아니었을지라도 스스로 필요 없다고 했던 것을 기대하고, 그것을 얻지 못한 것에 불만을 품는 것은 이상한 이야기이리라.

아리사는 자신의 생일에 대해서는 바로 잊어버리기로 했다.

"······하아."

모두가 부엌에서 떠난 틈을 노려서 아리사는 한숨을 내

쉬었다.

솔직히 아리사는 요리를 좋아하지는 않았다.

그저…… 아리사가 요리를 하는 것이 이 가정에서는 당연하니까, '당연'한 일로 구분 짓고서 요리를 할 뿐이었다.

그리고 요리라는 것은 만드는 것보다도 정리하는 것이 귀찮은 법이다.

아리사는 우울한 기분으로 가족이 먹은 식기를 모으고 정리했다.

'……타카세가와 씨는 자기 접시는 스스로 치워주는데.'

딱히 설거지를 해달라고 그러지는 않겠지만, 식기를 정리하는 것 정도는 해준다면 어떠냐.

항상 그렇게 생각하기는 하지만, 아리사에게는 그것을 입 밖으로 꺼낼 용기는 없었다.

그리고 혼자서 설거지를 했다.

설거지를 하며 문득 생각했다.

'……타카세가와 씨는 맛있다고 말해주는데.'

맛있다, 맛있다고.

그러면서 더 달라고 해주는 가짜 약혼자를 떠올리고 아리사는 살짝 표정을 풀었다.

요리를 하는 것은 결코 좋아하지 않는다.

하지만…… "맛있다"라고 말해준다면 아주 싫지는 않다는 기분이 든다.

최근에는 토요일이 기대되었다.

가족 대신에 유즈루에게 해주는 것뿐이지만…… 2인분을 만드는 것과 4인분을 만드는 것은 역시나 고생의 정도가 다르다.

게다가 유즈루는 최소한, 가능한 일은 도와준다.

그리고 무엇보다도 맛에 대해서 감상을 이야기해주는 것이다.

그것만으로도 모티베이션이 크게 달라진다.

게다가…….

'타카세가와 씨의 집에서 더 편안하게 식사를 할 수 있는 것 같아…….'

의동생과는 비교적 사이가 좋지만…… 양아버지랑 양어머니와 아리사의 관계는 빈말로도 좋다고 할 수는 없었다.

그런 두 사람과 함께 식사를 하는 것은 아리사에게 고통이었다.

그에 비해서 유즈루와 함께 있으면 일일이 조심할 필요가 없다.

그 때문인지 똑같이 직접 만든 식사임에도 불구하고 유즈루의 집에서 먹는 편이 맛있다고 느꼈다.

'그때는, 말이 지나쳤을까…….'

어젯밤, 유즈루한테 '잔소리'를 했던 것을 떠올리고 아리사는 살짝 자기혐오에 빠졌다.

아리사는 유즈루의 집에서 유유자적 편안하게 지내는 것이었다.

그럼에도 그 집의 주인인 유즈루에게 자신을 의식해달라는 소리를 하는 것은 너무나도 오만했다.

'……이상한 기분.'

아리사 스스로도 어째선지 알 수 없지만…… 유즈루에게 가벼이 취급당하는 것은 싫었다.

그저 '가짜 약혼자'가 어떻게 생각하든지, 아무래도 상관없는데도 불구하고.

유즈루가 아리사를 배려해준다는, 유즈루도 아리사를 의식한다는 증거를 원한 것이었다.

'혹시…….'

설마 자신은 타카세가와 유즈루를 상대로 사랑을 느끼는 게 아닐까?

한순간 그런 생각이 머리를 스쳤다.

하지만…… 딱히 유즈루를 떠올려도 두근두근하는 것도 아니고, 얼굴이 뜨거워진다든지 그런 일도 없었다.

착각이라며 아리사는 어째선지 안도했다.

'타카세가와 씨도 언젠가는 말을 하지 않게 될까…… "맛있다"고.'

아리사가 유즈루의 집에서 저녁을 만드는 것이 '당연'해진 그때.

틀림없이 그는 아리사에게 감사의 말이나 음식 맛의 감상을 말하지는 않게 될 것이다.

그렇게 생각하면…… 아리사는 아주 조금 쓸쓸하고 애

절한 심정을 느꼈다.

맞선 보고 싶지 않아서
억지스러운 조건을 달았더니
동급생이 온 일에 대해서

7월 초순의 금요일.

방과 후, 유즈루가 귀가하려던 그때였다.

"유즈룽, 내일 시간 있어?"

교실로 들어온 것은 타치바나 아야카였다.

그 뒤에는 우에니시 치하루도 있었다.

귀찮은 조합이 왔다며 유즈루는 마음속으로 인상을 썼다.

"무슨 일이야?"

"내일, 다 같이 공부 모임을 가지려고. 유즈룽, 내일은 한가해?"

공부 모임.

요컨대 기말고사 2주 전이니까 다 같이 즐겁게 공부를 하자는 제안이었다.

"참고로 멤버는 저랑 아야카 씨랑 소이치로 씨, 유즈루 씨에요."

멤버 중에 료젠지 히지리가 없는 것은, 그가 아야카나 치하루와 그다지 친하지 않기 때문이었다.

애당초 고등학교에 입학하기 전까지 히지리와 교류가

있었던 것은 유즈루뿐이었다.

유즈루와 소이치로, 유즈루와 히지리는 친구사이라서 교류가 있었지만…….

히지리와 소이치로 사이에는 그런 관계는 없었다.

두 사람이 친해진 것은 양쪽 다 유즈루의 친구라는 인연이 있었기 때문이었다.

"미안해, 패스할게."

"어―, 어째서?"

"너희의 밀회를 방해하는 건 미안하다는 배려야."

"딱히 신경 쓰지 않는다고요? 저희는."

"신경 써. 내가 신경 쓰인다고."

소이치로, 아야카, 치하루. 이들 셋이서만 하나의 세계를 만들어낸다면 유즈루는 조금 미묘한 기분이 되는 것이었다.

"하지만 유즈룽도 우리를 무시하고 소이치로 군이랑 알콩달콩하잖아."

"남자들끼리, 여자들끼리 나눠서 해요."

"오해를 부를 법한 소리를, 남의 반에서, 큰 목소리로 꺼내지는 말아줄래, 둘 다."

다만 일부러 그런 표현을 입에 담을 법한 인간이 말한다고 들어줄 것으로 여겨지지는 않지만.

유즈루는 마음속으로 한숨을 내쉰 뒤, 다른 이유를 입에 담았다.

"그렇다고 할까, 선약이 있거든."

"어―, 누구? 료젠지 군?"

"소이치로 씨는 따돌리고 둘이서 밀회인가요?"

"아니야. 그리고 오해를 부를 법한 소리를…… 하아. 헛수고인가."

유즈루는 크게 한숨을 내쉬고는…….

한순간, 교실의 문 쪽으로 시선을 향했다.

마침 교실에서 나가려는 아리사와 눈이 마주쳤다.

그러자 아리사는…… 유즈루를 향해 가볍게 미소를 띠었다.

"어―, 그럼 누구야? 우리가 이렇게 있는데도!"

"그러네요―. 남자인가요? 여자인가요?"

살짝 두근대고 만 것은 비밀이었다.

※

다음 날.

평소에는 낮부터지만…… 그날은 이른 아침에 인터폰이 울렸다.

"안녕, 유키시로."

"안녕하세요, 타카세가와 씨."

유즈루는 아리사를 자기 방으로 들였다.

우선 아리사는 방안을 확인하고 만족스럽게 고개를 끄

덕인 다음, 유즈루 쪽으로 시선을 향했다.

"네 말대로 처음부터 8할이야."

"그런 모양이네요. 배려해줘서 고마워요. 그리고, 무척 잘 어울려요."

아리사는 그러면서 유즈루의 복장에 찬사를 보냈다.

칭찬을 받았으니까 유즈루도 가만히 있을 수는 없다고, 그녀의 복장으로 시선을 향했다.

오늘은 여름에 어울리는 베이지색 원피스를 입고, 소매 없는 외투 같은 옷을 걸쳤다.

허리 부분에는 검은 벨트를 감았다.

원피스인데도 벨트가 필요한지, 여성 패션에 대해서는 지식이 없는 유즈루로서는 살짝 이해가 안 되었지만……

그 벨트로 아리사의 가느다란 허리와 굴곡이 있는 체형이 강조되는 것 같으니까 아마도 그런 아이템이리라고 결론지었다.

"너도 잘 어울려. 그렇다고 할까, 뭐라고 할까……."

"왜 그러나요?"

"내 기분 탓일지도 모르겠는데, 뭐라고 할까, 전보다도 화려해졌다? 아니, 이전에도 화려했다고는 생각하지만."

말하기는 그렇지만, 옷의 평균 가격이 상승했다는 느낌이었다.

이것은 완전히 유즈루의 감이었지만…… 정답이었나 보다.

아리사는 살짝 입가를 올리고 눈에 호를 그렸다.

"잘 봤어요. 옛날에는…… 뭐, 타카세가와 씨가 어떻게 생각하든 아무래도 상관없었지만요. ……최근에는, 그러네요. 연애 감정은 전혀 없지만 아무래도 상관없는 상대는 아니니까요."

"음…… 그건, 그게, 뭐냐. 고마워, 그러면 되나?"

"아뇨, 사실은 제 쪽에서 감사를 해야만 해요. ……사실 타카세가와 씨 덕분에 용돈이 늘었어요."

과연, 옷의 평균 가격이 상승한 느낌이었던 것은 그 때문이리라.

아마기 가문으로서는 아리사가 유즈루를 함락시켰으면 하는 것이었다.

참으로 타산적인 이야기라며 유즈루는 쓴웃음 지었다.

그리고 평소라면 지금부터 게임을 시작하겠지만…….

그날, 두 사람이 펼친 것은 공부 도구였다.

그러니까 공부 모임.

아야카에게 이야기한 선약이란 아리사와 나눈 약속이었던 것이다.

두 사람은 함께 공부를 시작했지만…….

두 시간 정도로 유즈루의 집중력이 깨지기 시작했다.

'이것 참…… 성실하네.'

유즈루는 멍하니 아리사의 얼굴을 바라봤다.

아리사는 진지한 표정으로 참고서를 푸느라 유즈루의

시선은 깨닫지 못했다.

지난번 중간고사에서는 학년에서 1등이었다고 소문으로 들었다.

평소부터 성실하게 공부를 하는 것이리라.

'그 녀석들한테 손톱의 때라도 달여서 먹이고 싶을 정도야.'

혹시 다른 사람들이랑 공부했다면 일단 공부는 진행되지 않았으리라.

……다만 그런 부분은 유즈루도 남더러 뭐라고 할 수는 없었지만.

'하지만…… 역시나 보면 볼수록 미인이고, 귀엽네.'

이전에 유즈루는 "금발 벽안 거유 하얀 미소녀"라는 주문을 달았는데 아리사는 그것을 거의 충족했다.

머리는 금발이 아니지만 그에 가까운, 색소가 옅은 갈색으로 아름다운 아마색이다.

모쪼록 쓰다듬어보고 싶다.

눈동자 색깔은 벽안, 그러니까 파란색이 아니라…… 아름다운 녹색. 비취색 눈이다.

다만…… 약간, 빛이 죽어 있지만.

피부는 젖빛으로 백자처럼 매끄럽다.

살짝 만져보고 싶다는 충동을 느꼈다.

가슴은…… 역시 크다.

유즈루 주위에는 아야카, 치하루라는 가슴이 큰 여성이 많지만, 그 둘과 비교해도 결코 뒤지지 않는다.

아야카 이상, 치하루 미만일까.

'하지만 엉덩이 쪽은 지겠는데…….'

"타카세가와 씨. 무슨 일인가요?"

"어?"

"제 얼굴을 빤히 보고…… 뭐라고 할까, 천박한 시선을 느꼈는데요."

슬며시 유즈루한테서 거리를 벌리며 이쪽을 빤히 노려봤다.

그녀의 눈동자는 겨울의 호수처럼 얼어붙어 있었다.

불쾌하다는 듯이 미간을 찌푸리고 표정을 일그러뜨렸다.

"아니, 딱히…… 아무것도 아니야."

유즈루는 그러면서 커피를 입으로 가져갔다.

그때였다.

"금발 벽안 하얀 거유 미소녀."

"쿨럭!"

유즈루는 저도 모르게 기침을 했다.

이쪽으로 싸늘한 눈빛을, 사실대로 말하면 쓰레기를 보는 것 같은 시선을 보내는 아리사에게 물었다.

"어, 저기…… 유키시로 씨? 그건, 어디서…….”

"이전에 큰 소리로 이야기하던 걸 들었어요. 맞선 상대한테 그런 조건을 달았다고."

이전, 이라면 아마도 소이치로랑 히지리와 점심을 먹을 때이리라.

큰 목소리로 그런 말을 한 것은 과연 누구였던가, 기억은 안 나지만…….

둘 다 세트로 저주해주겠다고 몰래 결의했다.

"저를 그런 눈으로 봤군요."

"아, 아니, 진정해! 애당초 나는 네가 올 줄은 몰랐어. 게다가 너를 고른 건 내가 아니야. 우리 조부모님이랑 너희 양부모님이잖아?!"

유즈루가 허둥지둥 변명하자…….

아리사는 살짝 입가를 올렸다.

그리고 작게 웃음을 흘렸다.

"농담이에요. 알고 있으니까 안심해요. 생물인 이상, 그런 사념을 품고 마는 건 어쩔 수 없겠죠."

"그, 그런가?"

"예. 그렇다고 할까…… 뭐, 전혀 그런 잡념을 품지 않는다면 저를 여성으로 인식하지 않는다는 의미라서…… 그건 그것대로 화가 나니까요. 게다가 타카세가와 씨의 몸이 걱정이에요."

유즈루는 아리사가 이성으로서 전혀 인식되지 않는 것은 화가 난다고 말하던 모습을 떠올렸다.

정말 아무래도 상관없는 상대라면 모를까, 다소 친한 관계인 남성이 전혀 이성으로 대하지 않는 것은 석연찮다는 이야기일까.

"아, 하지만 노골적인 시선은 기분이 나쁘니까 그만둔다면 고맙겠네요."

"아, 예."

"그리고, 만지려고 든다면 박살 내겠어요. 물리적으로."

"어, 어…… 안심해. 그런 수고를 끼치는 짓은 절대로 안 하니까, 응."

유즈루가 굳은 표정으로 그리 말하자 아리사는 고개를 끄덕였다.

"예, 알고 있어요. 그건 믿으니까요. ……믿지 않는다면 애초에 여기에 없었을 테죠."

그러더니 아리사는 그것을 증명하듯, 거리를 벌리고 있던 몸을 원래대로 되돌렸다.

부끄럽기도 하고 죄책감을 품은 유즈루는 그 기분을 얼버무리듯이 뺨을 긁적였다.

그러고는 겸연쩍었기에 화제를 바꾸었다.

"점심은 어떻게 할래?"

"점심, 인가요? 오늘도 만들 생각이었는데. 원하는 건 있나요?"

"아니……. 그게, 시험 전이니까. 조금이라도 공부에 시간을 쓰고 싶잖아? 가끔은 외식을 가는 것도 괜찮지 않을까 해서."

아무리 그래도 시험 전의 귀중한 시간을 먹이 만드는 데 소비시키는 것은 미안했다.

게다가…… 항상 요리를 해주는 것이다.

"오늘 정도는 내가 살게. 평소의 답례야."

"……그런가요. 그럼 감사히 받도록 할게요."

틀림없이 처음에는 거절할까 싶었는데 의외로 순순히 받아들여 주었다.

거리가 줄어들어 지나치게 조심하지는 않게 되었기 때문일지도 모른다.

유즈루로서는 그쪽이 편해서 좋았다.

"그럼 어디로 갈까. 뭐…… 근처가 좋겠네. 이 부근이라면 카페, 패밀리 레스토랑, 소바집, 라멘, 카레집…… 이 정도는 알아. 그리고 피자를 배달시키는 것도 괜찮겠네. 네가 고르면 돼."

"……잠깐 생각하게 해줘요."

음음, 생각에 잠기는 아리사.

유즈루는 "여름이니까 나는 소바가 좋은데"라며 마음속으로 생각하는 것이었다.

※

유즈루와 아리사의 마음은 같았나 보다.

두 사람은 근처의 소바집을 찾았다.

소바라면 배달도 괜찮았지만…… 배달이라면 가격이 비싸진다.

도보로 10분 이내에 있으니까 직접 가는 편이 합리적이었다.

"저, 소바집은 처음이에요."

"그렇구나. 그래서 소바로 했나."

또래 여고생에게 소바집이라는 선택지는 조금, 수수하다.

여성이라면 국물이 튀는 것을 신경 쓴다든지 그럴지도
모른다.

카페나 레스토랑을 선택할 것이라고 생각하던 유즈루에
게 아리사의 그런 선택은 의외였지만 납득이 갔다.

……고 생각했는데.

"어, 아뇨. 그런 게 아니에요."

"어, 아니야?"

"애당초 외식을 하러 간 적이 별로 없어서…… 소바로
선택한 건 여름이니까 괜찮겠다 싶어서."

"그건…… 응, 우연이네. 나도 여름이니까 시원한 게 좋
겠다고 생각했어."

한순간 아리사의 딱한 가정 사정을 엿본 느낌이었지만
유즈루는 못 알아차린 척을 하기로 했다.

자, 안내받은 자리에 앉아서 가볍게 메뉴판을 살펴봤다.

"나는…… 오리소바 곱빼기 중자로 할까. 유키시로는?"

"저는…… 튀김 소바로 할게요. 사이즈는 보통으로."

주문을 마치고 잠시 후, 우선은 아리사 앞에 소바와 튀
김이 놓였다.

튀김은 새우가 둘, 채소가 다섯으로 조금 많지만…… 가

격을 생각하면 납득할 수 있는 양과 종류였다.

다만 소바 쪽은……

"저기…… 이거, 양, 잘못된 거 아닌가요? 중자는 타카세가와 씨 쪽이에요."

산 모양이 될 정도로 쌓인 소바를 보고 아리사는 곤혹스럽다는 표정을 띠었다.

"아, 여기 좀 많으니까. 그게 보통이야."

"예? 아니, 하지만……"

그때 유즈루 앞에 놓인 소바를 보고 아리사는 말이 없어졌다.

그리고 자신의 소바와 번갈아서 비교했다.

저것이 중자라면 확실히 이것은 보통이겠구나…… 얼굴에 그렇게 적혀 있었다.

"미안, 미안. 설명하는 걸 깜박했어……. 어—, 도와줄까?"

"부탁드려요."

결국에 거의 절반을 유즈루가 받는 모양새가 되었다.

"이렇게나 받아도 돼?"

"그렇게나 많이 먹지는 않으니까요."

아리사는 그러더니 튀김이 놓인 접시를 가리켰다.

"튀김, 어때요? 새우 하나랑…… 채소를 하나."

"그럼 받도록 할까."

유즈루는 아리사의 접시에서 튀김을 받았다.

그러고는 자기 소바 육수에 담겨 있는, 오리고기를 젓가락으로 집었다.

"이거, 어때? 먹을래?"

"……그러네요. 받을게요."

그런 식으로 서로의 음식을 교환한 뒤, 두 사람은 소바를 먹기 시작했다.

이 가게는 양이 많지만 그만큼 질은 뒤떨어지느냐면 그것도 아니라서 평범하게 향기도 좋고 쫄깃해서 맛있었다.

오리 육수가 잘 배어든 국물도 맛이 농후하고 튀김도 바삭바삭해서 맛있었다.

"타카세가와 씨, 와사비, 먹을 수 있군요."

갑자기 아리사가 그런 소리를 꺼냈다.

확실히 유즈루는 와사비는 문제없이 먹을 수 있고, 지금도 소바에 바르듯이 먹고 있었다.

"유키시로는…… 힘들어?"

"……어릴 적에 먹고. 그 이후로 처음이에요. 찡했던 게 트라우마라서."

그러는 아리사의 접시에 담겨 있는 와사비는 줄어들지 않았다.

안 먹는다면 유즈루는 자기가 받을까 싶었지만…….

"지금 시험해보면 어때? 의외로 괜찮을지도 몰라."

"……그러네요. 저도 어른이 되었으니까요. 하지만 국물에 풀지 않고 바르는 게 맞는가요?"

"글쎄? 취향에 따를 수밖에. 다만 네 경우에는…… 국물에 풀었다가 아예 못 먹게 될 테니까 바르는 편이 낫지 않을까?"

"그것도 그러네요."

끄덕, 아리사는 그 말에 수긍하고 와사비를 소바에 조금만 얹었다.

그리고 국물에 찍어서 작은 입으로 우아하게 먹었다.

"어때?"

"향기가 좋고, 맛있어…… 윽!!"

아리사는 코를 눌렀다.

순식간에 눈이 새빨개지며 촉촉해지기 시작했다.

황급히 차를 들이켰다.

"크으…… 저한테는 일렀나 봐요. ……웃지 말아요."

"아니, 미안미안. 재미있었으니까."

"……참 너무하네요."

아리사는 촉촉한 눈으로 입술을 삐죽이며 고개를 홱 돌렸다.

그 동작은…… 머리를 쓰다듬어주고 싶다, 그리 생각해 버릴 만큼 귀여웠다.

그러는 사이에 두 사람은 소바를 전부 먹었다.

면수를 맛보던 도중, 아리사가 유즈루에게 물었다.

"그러고 보니 타카세가와 씨. 타치바나 씨랑 우에니시 씨와…… 아는 사이던데요."

확실히 어제 그 자리에 아리사도 있었던 것을 떠올렸다.

유즈루와, 아야카와 치하루가 대화를 나누던 것을 보고 들었으리라.

"뭐, 그렇지. ……그 두 사람, 알아? 다른 반인데."

이런 대화, 얼마 전에도 했다며 유즈루는 떠올렸다.

그리고 유즈루의 의문에 대한 아리사의 대답은, 이전과는 조금 다른 것이었다.

"양아버지한테…… 혹시 같은 반이 된다면 친해져 두라고. 입학 전에 그런 말을 들었어요. 좋은 가문 사람이라면서."

아리사는 기분 나쁘다는 듯이 미간을 찡그렸다.

인간관계로 이러쿵저러쿵 지도를 받는 것은 누구라도 기분 나쁘리라.

유즈루와 그녀들이 소꿉친구인 것은 가문 사이의 관계로, 부모들이 사이좋게 지내도록 붙여둔 것은 물론이지만 노골적으로 "친하게 지내라"라고 명령한 적은 없었다.

"억지로 친해질 필요는 없지만 둘 다 착한 애들이야."

"그렇군요. 밝고, 사교적이고, 미인이고……."

그렇게 말하는 아리사는 어쩐지 선망하는 분위기였다.

아리사는 미인이지만 밝고 사교적이냐고 묻는다면 확실히 조금 의문이 남는다.

그녀는 많은 사람과 평등하게 접하지만 동시에 친한 사람은 만들지 않는다.

항상 투명하고 희박한, 하지만 완고한 벽을 사람 사이에 치고 있다.

"저기, 타카세가와 씨."

"응? 왜."

"……그 두 사람과는 어떤 관계인가요?"

"소꿉친구야. 젖먹이 시절부터 알고 지냈어. 그래서 친구 사이. 뭐, 그 이상도 그 이하도 아닐까."

타치바나 아야카 쪽은 친척 관계이기도 하지만 핏줄은 멀어서 그에 대해서는 그다지 의식한 적은 없었다.

"그것뿐, 인가요?"

"그래. ……뭐야, 애인 사이로 보이기라도 했나?"

확실히 유즈루와 아야카와 치하루 두 사람은 사이가 가깝다. 평범한 친구 사이보다는 사이가 좋은 것처럼 보일지도 모르고, 실제로 사이가 좋은 것은 사실이었다.

"아뇨……. 그게, 그렇게 보이지는 않지만요. 하지만 양쪽 모두 그런 생각일까, 해서. 억측이었어요."

"둘 다 미인이라는 건 인정하지만 말이야. 연애 감정은 없어. 취향인 타입도 아니고."

그렇게 시끄러운 타입의 인간과는 친구가 된다면 즐거워서 좋지만, 부부가 되고 싶으냐고 묻는다면…….

집에서 차분하게 지낼 수가 없겠는데, 그런 생각이 들고 만다.

"그 녀석들도 나를 좋아하지는 않아. 따로 마음에 둔 사람이 있거든."

"아, 그런가요. ……그렇군요. 그런 미인을 주위에서 내버려 둘 리가 없으니까요."

"그런 거야."

뭐, 그 녀석들의 경우에는 그 사람이 공통된다는 점이 무서운 부분이지만.

유즈루는 지금쯤 그 두 사람 사이에 끼어 있을 친구의 얼굴을 떠올렸다.

그런 유즈루를 보고 아리사는 평소의 무표정으로 물었다.

"괜찮나요? 공부 모임, 거절해버렸는데."

아무래도 유즈루와 그녀들의 대화도 듣고 있었나 보다.

그만큼 큰 목소리로 떠들면 들리는 것도 당연하지만.

"너랑 한 약속이 있었으니까."

먼저 약속한 것은 아리사였다.

그렇다면 아리사 쪽을 우선시하는 것이 지당했다.

"……저 따위를 위해서, 괜찮나요?"

"나한테는 따위가 아니었다는 이야기야. 그 녀석들이랑은 따로 보충하면 돼. 너랑은 토요일에만 만날 수 있으니까 이쪽을 우선시하는 건 당연하잖아? 게다가……."

"게다가?"

"너랑 같이 있는 건 즐거워. 그럼 안 될까?"

아리사는 한순간 깜짝 놀란 표정을 띠었다.

그러고는 고개를 가로저었다.

"아뇨, 그렇지는 않아요. 게다가 저도…… 즐거워요."

그러면서 아리사는 눈으로 호를 그렸다.

건드리면 흩어져버릴 것 같이 공허하고, 하지만 무척 아름답고, 사랑스럽다고 생각하게 되어버리는…… 그런 미소였다.

　끌어안고 싶다, 지워버리고 싶다……. 그런 충동을 느꼈다.

　"저기, 하나 괜찮을까요?"

　"어, 어어…… 뭔데?"

　아리사의 미소에 빠져 있던 유즈루는 정신을 차렸다.

　그녀의 표정은 평소의 무표정으로 돌아와 있었다.

　"토요일 말고도…… 가끔, 실례를 해도?"

　"한가할 때라면 언제든지. 환영할게."

　"고마워요."

　그러는 아리사는 역시나 여전히 무표정이었다.

　하지만 그녀의 눈동자는 평소보다 부드러운 빛을 머금고 있었다.

※

　그리고 소바집에서 귀가하여 유즈루와 아리사는 다시 공부를 시작했다.

　그런 시간이었다.

　갑자기 유즈루의 휴대전화에서 착신음이 울렸다.

　확인해봤더니…… 할아버지의 메시지였다.

　『아리사 양과 잘 되고 있느냐?』

유즈루는 바로 답변했다.

『지금 같이 공부 중이야. 방해하지 말아 줄래?』

그러가 바로 답변이 왔다.

『그러느냐, 그렇다면 방해하진 않으마. 다만…… 불안하니까 두 사람의 사진을 보내주지 않겠느냐?』

아무래도 유즈루의 할아버지는, 유즈루와 아리사의 관계를 살짝 의심하는 모양이었다.

그래 봐야 위장 약혼을 의심한다기보다는…… 두 사람의 관계가 잘 되고 있는지 의심스럽다는 것이 정답이리라.

맞선 자리를 준비한 것은 할아버지니까 그 후의 경과가 신경 쓰이는 것은 당연한 일이다.

……다만 유즈루는 귀찮았으니까 할아버지의 질문에는 무척 적당히 얼버무리고 있었지만.

이번에는 그것이 오히려 악영향을 미치는 모양새가 되었다.

"무슨 일인가요?"

불안해하기 시작한 유즈루의 모습을 깨달았는지 아리사가 고개를 갸웃거리며 물었다.

유즈루는 머리를 긁적이며 아리사에게 휴대전화를 보여주고 이야기했다.

"할아버지가…… 사진을 보내라고 그래서 말이지."

"그렇군요. ……거절할 수는 없겠네요."

일단 유즈루와 아리사는 친밀한 커플이자 약혼자로 되

어 있었다.

설마 사진 하나도 안 찍었을 리는 없다.

"사진이라면 설마 제가 혼자서 브이를 그리며 웃고 있는 사진……은 아니겠죠?"

"뭐…… 둘이서 찍은 사진이겠지."

유즈루와 아리사는 입을 다물었다.

조금 겸연쩍은 시간이 흘렀다.

"나, 사진은 별로 안 좋아하거든……. 어쩐지 얼굴이 조금 다르잖아? 거울을 보는 거랑은."

거울은 반대로 비치니까 사진으로 찍는 것이 본래 자신의 얼굴이다.

그렇다고는 해도 거울 쪽이 익숙하니까 받아들이기 힘들었다.

그런 유즈루의 말에 아리사는 고개를 끄덕여 동의를 표했다.

"알겠어요. 동감이에요."

이 대답에 유즈루는 조금 놀랐다.

"……너도 안 좋아해?"

아리사 정도의 미소녀라면 사진빨이 나쁘다, 사진에 찍힌 자신이 못생겼다는 고민도 없을 것이다.

오히려 귀여운, 아름다운 스스로를 영구보존하고 싶더라도 이상하지 않았다.

"……그렇게나 의외인가요?"

"아니, 여자는 셀카를 좋아하는 게 아닐까 했거든……."

"타카세가와 씨는 셀카를 찍는 저를 상상할 수 있나요?"

유즈루는 자기 방에서 셀카를 찍는 아리사의 모습을 떠올려봤다.

광원이나 각도 따위를 신경 쓰면서 카메라와의 거리감을 재고 가능한 한 얼굴이 작게, 하얗게 보이도록 궁리하는 아리사.

때로는 포샵을 하는 아리사.

그것을 SNS 따위에 투고하며 기뻐하는 아리사.

"……그런 캐릭터가 아니네."

"그렇죠? 자기 얼굴 따위를 찍어봐야 재미없어요. ……고양이는 다르지만요."

틀림없이 아리사의 휴대전화 앨범에는 인터넷에서 수집한 고양이 사진이 가득할 것이라고.

유즈루는 생각했다.

"그럼 적당히 넘길까?"

"……아뇨, 그건 죄송하네요. 타카세가와 씨의 할아버님께서도 걱정이 되셔서, 틀림없이 친절한 마음으로 말씀하시는 걸 테니까요. ……사진, 찍죠."

"뭐…… 그러네."

한 장 정도라면 할아버지한테 효도하는 일환으로 찍어도 괜찮으리라.

사진은 그다지 좋아하지는 않지만…… 딱히 찍힌다고 해

서 영혼을 빼앗긴다고 생각할 만큼 싫어하는 것은 아니었다.

좋은 일은 바로바로.

유즈루는 아리사 옆으로 이동해서 휴대전화 카메라를 켰다.

그리고 두 사람의 얼굴이 비치도록 들었다.

"이러면 되겠지?"

"예, 괜찮은 것 같아요."

찰칵, 그런 소리가 났다.

유즈루와 아리사가 함께 찍은 사진이 완성되었다.

"어떤 느낌인가요?"

"이런 느낌이야."

유즈루는 아리사와 함께 찍힌 사진을 확인했다.

그것은…….

"……뭐라고 할까, 의무감으로 찍은 느낌이네요."

"별로 즐거워 보이지는 않네."

사진에 찍힌 유즈루와 아리사도 무표정했다.

정말로 "싫은데 시키니까 어쩔 수 없이 찍었습니다"라고 그러는 것 같은 사진이었다.

이래서는 안심하기는커녕 쓸데없이 더 불안하게 만들 것이다.

"다시 한번, 새로 찍을까."

"그게 좋겠어요."

유즈루는 다시 한 번 휴대전화를 들었다.

그리고 이번에는 즐겁다는 듯이 미소를 띠었다.

"타카세가와 씨, 표정이 굳었어요."

"그러는 너야말로…… 눈빛이 죽었어."

"그건 원래 그래요."

그런 대화를 나누며 두 번째 사진을 찍었다.

완성된 것은…….

"……이건 안 되겠네요."

"그냥 척 봐도 억지 미소라는 느낌이네."

이래서는 차라리 조금 전의 사진을 보내는 편이 나을 터.

유즈루는 찍은 사진을 삭제했다.

"애당초 일반적인 커플은 어떤 느낌의 사진을 찍나요?"

"듣고 보니, 그러네. ……그걸 몰라서야 사진도 못 찍어."

유즈루와 아리사는 세 번째로 찍기 전에 커플 사진을 조사해보기로 했다.

이런 것은 인터넷으로 조사하면 금방 알 수 있다.

"그, 그런가……. 어깨를 맞대는 건가……."

"이, 이렇게 붙는 건가요?"

유즈루와 아리사는 저도 모르게 당황해서는 소리 높였다.

사진에 따라서도 다르겠지만 대부분의 경우에는 남성이 여성의 어깨를 끌어안고, 그에 맞추어 여성이 의지하듯이 얼굴을 남성의 어깨에 기댄다……는 모습이었다.

연애 초보인 유즈루와 아리사에게는 조금 난이도가 높아 보였다.

아무리 그래도 이건 좀……

두 사람이 그렇게 생각하던 그때였다.

또다시 유즈루의 휴대전화가 착신음을 울렸다.

보낸 사람은 유즈루의 할아버지, 내용은…… 사진 재촉이었다.

"……어떻게 하지?"

"찍을 수밖에 없잖아요."

어쩔 수 없다.

유즈루와 아리사는 각오를 다졌다.

그렇지만 역시나 어깨를 안거나 얼굴을 기대는 것은 이성 경험이 거의 없는 두 사람에게는 힘들었다.

그래서 서로 어깨가 닿을 정도의 거리까지 좁히고 얼굴을 가까이 대는 방향성으로 사진을 찍기로 했다.

유즈루는 두 사람의 얼굴이 비치도록 휴대전화를 들었다.

그리고 아리사와 자기 사이에 비어 있던 주먹 하나 정도의 거리를, 어깨와 어깨가 찰싹 닿는 거리까지 좁혔다.

한편 아리사는 유즈루의 어깨에 얼굴을 기대는…… 정도까지는 아니지만, 살짝 고개를 기울여서 유즈루와 자기 얼굴의 거리를 좁혔다.

찰랑찰랑하고 아름다운 아마색 머리카락이 유즈루의 어깨를 간질였다.

샴푸의 좋은 향기가 났다.

"어, 어떨까? 유키시로."

"그, 그러네요……. 괜찮은 것 같아요."

"……그럼 찍는다."

"아, 예……."

찰칵, 소리가 울렸다.

완성된 세 번째 사진을 유즈루와 아리사는 확인했다.

사진에는…….

수줍어하면서도 서로 붙어 있는 소년과 소녀가 찍혀 있었다.

풋풋한, 사귄 지 몇 개월밖에 안 된 커플이 처음으로 둘이서 찍은 사진……이라는 느낌으로 완성되었다.

"……."

"……."

저도 모르게 유즈루와 아리사는 침묵했다.

조금 전 자신들의 행동이 연기를 하는 가짜 약혼자라기보다는 막 사귀기 시작한 커플 그 자체였다고, 간신히 자각한 것이었다.

"……뭐, 이거면 할아버지도 납득하겠지."

"그, 그러네요. 설득력은 있을 것 같고."

일단 사진에 대해서는 문제없었다.

유즈루는 둘이서 찍은 사진을 할아버지한테 보내기로 했다.

사진을 첨부해서 보내자…… 곧바로 읽었다는 표시가 붙고 답변이 왔다.

답변 내용은 너무 신이 나서 도를 넘지 말라는 충고였다.

"……할아버지가 찍으라고 했으면서."

"완전히 바보 커플이라고 여기시네요……."

사이가 좋은 애인이라고 여긴다면 별반 문제는 없다. 오히려 적절했다.

하지만…… 도를 넘는다, 바보 커플이라고 여겨지는 것은 유즈루와 아리사에게 조금 의외였다.

"그런데 유키시로."

"으음…… 뭔가요?"

"이 사진, 어떻게 할래?"

삭제하는 편이 나을까?

유즈루는 그런 의미로, 아리사에게 그렇게 물었다.

그러자 아리사는 잠시 생각에 잠긴 뒤…… 대답했다.

"……일단 받아둘게요."

처음에 유즈루는 아리사가 무슨 소리를 하는지 이해할 수 없었다.

하지만 금세 이해가 갔다.

"어떻게 할래?"의 의미를 "보내줄까?"라고 받아들인 것이었다.

"아…… 그런가, 응, 그러네. 보낼게."

유즈루는 사진 파일을 아리사에게도 보냈다.

아리사는 사진을 받고 그것을 다운로드해서 휴대전화에 저장했다.

그러고는 살짝 붉어진 얼굴로 변명하듯이 빠른 말투로 말했다.

"아뇨, 뭐……. 일단 제 사진이기도 하니까요. 이것 역시도…… 추억이라고 생각하니까요."

"……그러네. 10년 정도 뒤에는 웃을 수 있는 이야기가 되어 있을지도 모르니까."

두 사람은 수줍은 심정을 얼버무리듯이 웃는 것이었다.

※

유즈루와 아리사가 처음으로 둘이서 사진을 찍은 날 이후로 주말이 지난 월요일 방과 후.

기분 전환도 겸하여 도서관에서 시험공부를 하려고, 도서관으로 가던 도중…….

"어어?! 어째서."

그런 경박한 목소리가 들렸다.

그것은 마치 농담이라도 하는 듯한 분위기였지만 어쩐지 노기가 실린 것처럼 들렸다.

"있잖아, 조금만…… 시험 삼아서. 한 달…… 아니, 일주일, 아니, 사흘! 친구부터…….."

아무래도 남녀 문제로 다투는 모양이었다.

다만 유즈루는 남의 연애 이야기에 끼어드는 취미는 없으니까 그대로 무시하고 지나가려다가…….

"당신을 좋아하지 않으니까요."

아는 목소리에 걸음을 멈췄다.

의연하고 아름다운, 하지만 어쩐지 무기질적이고 얼어붙을 듯이 싸늘한 목소리.

유즈루가 잘 아는 소녀의 목소리였다.

아는 사람이라면 내버려둘 수는 없다.

유즈루는 목소리가 들리는 쪽으로 갔다. 장소는 인기척이 없는 나무 밑이었다.

유즈루는 몰래 상황을 살폈다.

역시나 아는 목소리 쪽은 유즈루의 '약혼자'인 유키시로 아리사였다.

그리고 그 '약혼자'에게 끈질기게 매달리는 것은…….

한 학년 위의 선배였다.

유즈루의 기억이 맞는다면…… 축구부 에이스.

조회였던가, 그때 표창받는 것을 본 기억이 있었다.

게다가 최근에 소이치로나 히지리와 대화를 나누면서도 이름이 언급된 인물이기도 했다.

이름은 우미하라.

"어—! 어디가? 나, 그렇게 나쁘지 않다고 생각하는데…….

"전체적으로, 전부가."

단호하게 아리사는 잘라 말했다.

조금 짜증이 난 모습이었다.

그리고 우미하라 쪽도…… 살짝 짜증이 난 것처럼 보였다.

"뭐, 그렇게 딱딱한 소리 말고⋯⋯. 틀림없이 나, 너한테 도움이 될 테니까."

"당신의 도움 따윈 필요로 하지 않는데요."

"너희 아버지 회사, 지금 경영이 힘들잖아?"

아리사의 표정이 얼어붙었다.

원래의 무표정이 더더욱 가면 같은 표정으로 바뀌었다.

"우리 아버지, 시의회 의원이니까 말이지. 틀림없이 도움이⋯⋯."

"됐어요!"

아리사는 내뱉듯이 그렇게 말하더니 발길을 돌려서 떠나려고 했다.

하지만 그녀의 팔을 선배가 붙잡았다.

"놔주세요. ⋯⋯선생님한테 말하겠어요."

"기다려, 기다려보라고. 조금 더 이야기를⋯⋯."

이 이상 내버려 둘 수는 없었다.

"그 아이, 싫어하잖아요."

유즈루는 모습을 드러내고는 강한 말투로 우미하라를 나무랐다.

우미하라의 눈을 빤히 바라보며 유즈루는 다가갔다.

"어어? 넌 누구야. ⋯⋯관계없잖아."

거북한 듯 그는 표정을 일그러뜨렸다.

일단 억지를 부린다는 자각은 있는 모양이었다.

"같은 반 친구로서 그냥 내버려 둘 수는 없으니까요.

······손을 놓는 게 어떨까요?"

유즈루가 그렇게 말하며 다가가자····· 우미하라는 살짝 눈을 피했다.

이런 녀석은 의외로 마음이 약한 경우도 있는 것이었다.

"1학년 주제에 까불지 말라고."

그러면서 우미하라는 유즈루의 몸을 떠밀듯이 손을 뻗었다.

때릴 정도의 용기는 없다. 하지만 다가오는 것은 무섭다. 그런 심리에서 비롯된 행동이리라.

그리고 유즈루는 그 손을 세게 붙잡았다.

그러고는 가볍게 비틀어 올렸다.

"아얏······."

우미하라는 통증에 미간을 찌푸렸다.

그 바람에 아리사를 잡고 있던 손을 놓았다.

아리사는 유즈루의 등 뒤로 숨었다.

유즈루는 우미하라의 손을 놓았다.

"너····· 이름은?"

짜증 어린 분위기로 우미하라는 유즈루에게 그리 물었다.

딱히 주눅들 이유도 겁먹을 이유도 감출 이유도 없으니까 유즈루는 솔직하게 대답했다.

"타카세가와 유즈루예요."

"······타카세가와, 라고. 자─알, 기억해두지."

그렇게 내뱉고 도망치듯이 우미하라는 떠났다.

유즈루는 어깨를 움츠렸다.

"……저기, 타카세가와 씨."

아리사가 조심스럽게, 쭈뼛쭈뼛하는 표정으로 유즈루에게 말을 건넸다.

그리고 머리를 꾸벅 숙였다.

"……폐를 끼쳤어요."

"아니, 신경 쓰지 마. 그보다도…… 괜한 참견, 이었을까?"

아리사는 자신의 사정에 개입하는 사람을 꺼리는 것처럼 보였다.

그래서 유즈루로서는 가능하다면 상황을 지켜보기만 하고 싶었다.

다만 아무리 그래도 그 상황은 보고 있을 수가 없었으니 개입하게 되었지만.

"아뇨…… 그건 정말로 곤란했으니까 큰 도움을 받았어요."

"그런가. 그렇다면…… 뭐, 괜찮다고는 못 하나. 재난이었네."

"……저는 괜찮아요. 하지만, 그게…… 타카세가와 씨는, 괜찮을까요?"

아리사는 걱정스레 유즈루에게 그리 말했다.

글쎄, 무슨 이야기냐고 유즈루는 고개를 갸웃거렸지만…….

금세 이해했다.

아마도 우미하라에게 찍혔다는 이야기이리라.

"어, 괜찮아, 괜찮아. 저래서는 대단한 건 못 해. 의외로 마음이 약한 타입 같으니까…… 고작해야 부모님한테 이르든지, 아니면 떼로 시비를 걸든지 그러겠네."

"그건…… 큰일 아닌가요? 저 사람, 아버지는…… 그쪽에서는 유력한 편이라고요? 게다가 아마도…… 축구부 에이스였죠?"

"뭐, 유명인이기는 하네."

다만…….

"저 사람, 원래 평판 나쁘니까."

"……그런가요?"

"축구부 부원들도 그다지 안 따른다고 그러던데."

같은 반 아이가 욕하는 것을 들은 적이 있었다.

뭐, 유즈루로서는 남의 악담 따윈 별로 듣고 싶지 않지만…….

하지만 인망이 그다지 없는 것은 사실인 듯했다.

"게다가 고백마로도 유명해. 고백마의 실연 소동 때문에 굳이 나서서 도와주려는 녀석은 없어."

"고백마?"

"최근에 내 여사친들한테도 들이댄 모양이라. 민폐라니까."

그 여사친이란 타치바나 아야카와 우에니시 치하루다.

그로서는 귀여운 1학년, 그것도 조금 좋은 집안의 아가씨를 애인으로 삼아서 자신의 지위를 높이고 싶다는 생각이었을지도 모르겠지만…….

"억지로 들이댔다고 그래."

"……그분들은 별일 없었나요?"

"그래, 친구가 끼어들었어. 그때 한바탕, 뭐, 지금 정도는 아니지만 다툼이 있었다고 그러는데. 그래서 흥분한 거겠지."

그 친구란 사타케 소이치로다.

타치바나와 우에니시의 자녀에게 억지로 교제를 들이밀고 사타케한테 싸움을 걸다니, 무척 간덩이 부은 짓을 한다고 유즈루는 그때 생각했는데…….

아무래도 그저 세상 물정 모르는 탕자였나 보다.

가문 운운으로 이야기한다면 자신의 '가문'만이 아니라 타인의 '가문'까지는 최소한 기억해두어야 할 것이다.

"정말로 괜찮을까요?"

"내버려 두면 돼. ……하지만 혹시 무슨 짓을 한다면 나한테 말해줘."

"……예."

아리사는 어쩐지 불안해 보이는 표정으로 고개를 끄덕였다.

※

그리고 그로부터 사흘 뒤.

점심시간.

"야, 타카세가와. ……우미하라 선배가 널 찾아왔어. 그리고 유키시로도."

같은 반 축구부원이 말을 건넸다.

무슨 용건일까, 유즈루는 고개를 갸웃거렸다.

다만 전날의 일과 관계가 있다는 것은 틀림없지만.

"괜찮아? 타카세가와. ……저 사람, 꽤나 화가 났던데."

반 친구가 걱정스럽게 물었다.

유즈루는 손을 팔랑팔랑 흔들며 밝게 말했다.

"그건 미안하네. 아마도 화가 나게 만든 건 나야. ……폐를 끼쳤네."

"아니, 우리는 괜찮은데."

걱정하지 마, 유즈루는 축구부원에게 그리 말했다.

그리고 아리사 쪽으로 시선을 향했다.

그녀 쪽으로도 이야기가 전달된 모양이었다.

평소의 무표정이기는 하지만 눈빛이 살짝 불안스럽게 흔들리는…… 것처럼 보였다.

그리고 유즈루는 교실 문 쪽으로 시선을 향했다.

우뚝 버티고 서서 짜증 어린 표정으로 팔짱을 낀 우미하라의 모습이 보였다.

가능한 한 원만하게, 그리고 아리사에게 폐가 되지 않도록 일을 수습하자고 유즈루는 결심했다.

※

"무슨 용건인가요? 선배."

"……무슨 일이죠?"

유즈루는 온화하게, 아리사는 살짝 차가운 정도로.

우미하라와 대치했다.

주위는 도시락을 펼치거나 담소를 나누거나 그러면서…….

조금만 이쪽으로 주의를 기울이고 있는 모양이었다.

"……전날에는."

우미하라는 그리 말했다.

그러고는 분하다는 듯이, 굴욕으로 표정을 일그러뜨렸다.

"타카세가와 씨와 유키시로 씨에게는, 무척 폐를 끼쳤습니다. ……사죄하겠습니다."

그러면서 머리를 숙였다.

이 일에는 주위도 놀란 모양이었다.

흥미 없다는 듯이 굴던 학생들도 흥미진진하게 이쪽으로 시선을 향했다.

……이래서는 공개 처형이다.

뭐, 물론…… 우미하라의 기분은 아무래도 상관없다.

하지만 이것을 계기로 쓸데없이 원한을 사도 곤란하고, 게다가 쓸데없이 눈에 띄고 싶지 않았다.

"머리를 드세요, 선배. 저는 신경 쓰지 않으니까요."

그리고 아리사에게 눈짓을 했다.

그녀는…… 어안이 벙벙하다는 표정을 띠고 있었다.

하지만 유즈루와 주위의 시선에 간신히 정신을 차렸다.

"저도 신경 안 써요."

아리사는 담담하게 그리 대답했다.

"……."

한편 우미하라는 그다지 납득하지 못한 모양이었다.

1학년한테 머리를 숙인다는 행위는 그의 자존심에 상처를 입힌 듯했다.

그래서 그런지 마지막에는 애써 억지를 부리듯이…….

"……집이 좀 부자라고 해서 까불지 말라고."

유즈루를 상대로 그리 내뱉고는 떠났다.

멋들어질 정도의 부메랑이었다.

이래서는 사죄가 헛수고이리라.

"저기, 유키시로. 너, 아버지한테 저 사람에 대해서 보고했어?"

"설마요! ……두 번 다시 엮이고 싶지도 않은걸요. 타카세가와 씨는?"

"이 정도 일은 부모님한테 의지할 것까지도 없으니까. 말 안 해."

유즈루도 아리사도 부모님에게 이 일을 보고하지는 않았다.

그럼 어째서 갑자기 사과하겠다는 생각이 들었을까?

유즈루는 내심 고개를 갸웃거렸다.

※

　그 후.

　점심시간, 유즈루가 조금 전에 일어난 일에 대해서 소이치로와 히지리에게 이야기하자…….

　"호오―, 그 사람 너한테도 사과하러 왔나."

　소이치로는 놀란 듯이 말했다.

　아무래도 우미하라는 소이치로한테도 사죄하러 방문한 모양이었다.

　"너는 부모님한테 보고했어?"

　"설마. 다만…… 아야카랑 치하루는 상당히 화가 났나 보더라고. 그 애들, 일러바친 것 같던데. 그래서 우미하라는 아버지한테 실컷 혼이 났다 그러고."

　소이치로가 그리 말하자 히지리는 익살을 떨듯이 겁먹은 척했다.

　"오오…… 여자는 가차 없네. 남자였다면 부모님한테 의지하는 건 한심하다고 생각할 텐데."

　"그런 이론이라면 그 사람은 남자도 아니라는 소리가 되네. 뭐…… 남자가 어쩌고 그 이전의 문제로, 무슨 일이 있을 때마다 아버지를 끄집어내다니 한심한 데도 정도라는 게 있잖아."

　우미하라를 혹평하는 소이치로.

　소이치로의 입장에서 보면 우미하라는 소중한 소꿉친구

를 상처 입히려고 한 남자니까 그런 평가도 당연하지만.

"으─음, 아야카랑 치하루가 우리 이야기를 했나?"

"일단 물어봤는데…… 그렇지는 않을 거야. 그 애들은 그런 쪽의 분별력은 있어."

아야카와 치하루가 우미하라한테 받은 피해와 유즈루와 아리사가 받은 피해는 다른 이야기다.

유즈루와 아리사의 이야기도 포함해서 아야카와 치하루가 부모님에게 보고하는 것은 이치에 안 맞는다.

"우미하라가 아빠한테 울며 매달린 거 아냐?『타카세가와』라는 녀석이 괴롭혔어! 그렇게. 그랬다가 반대로 혼이 난 결말이겠지."

"아니면 우미하라 아버지가 캐물었을지도. 우미하라는 저렇다지만 우미하라 의원은 양식이 있는 인물이라고 들었어. 그 밖에도 여자애한테 억지로 들이대지는 않았느냐고, 그렇게 캐물어서…… 네 이름이 나왔다든지."

여하튼 우미하라가 자신의 의지로 사과했을 리는 없다.

무언가의 이유로 아리사에게 해를 끼치려 하고, 그리고 그 과정에서 유즈루와 다툰 것이 우미하라의 아버지에게 전해진 것은 틀림없다.

"뭐…… 지나간 일이야. 이제 그만하자."

우미하라를 생각하는 것만으로도 불쾌했기에 유즈루는 그리 제안했다.

소이치로와 히지리는 동의하듯 고개를 끄덕였다.

"그러네. ……이걸로 반성했을 테니까."

"어떨까―, 이 정도로 반성할 법한 녀석이 고백마가 될 것 같지는 않은데. 뭐, 나랑은 관계없지만."

이렇게 '고백마'를 둘러싼 문제는 일단 해결되었다.

※

그리고 다음 토요일.

시험도 일주일 뒤로 다가오기도 해서 그날도 유즈루와 아리사는 열심히 공부 중이었다.

그리고 그날 저녁 식사 중에, 아무렇지도 않게 유즈루는 아리사에게 물었다.

"나 말이지, 기분 나쁜 점, 있을까?"

"……예? 갑자기 왜 그러나요?"

어안이 벙벙하다는 표정으로 의아해하며 아리사는 물었다.

아리사에게 이런 이야기를 하는 것은 좋지 않다고 생각하면서도…… 유즈루는 아무래도 신경이 쓰였다.

"아니…… 전에 우미하라가 그랬잖아?"

"아…… 그 이상한 사람 말이죠. 설마 무슨 짓이라도 당했나요?"

"아니, 그 후로 엮인 적은 없어. 다만…… 그랬잖아? 부자라고 해서, 어쩌고저쩌고."

애당초 자기 아버지 직업을 끄집어낼 법한 인간한테 그

런 말을 들을 입장은 아니었다.

하지만 아무래도 신경 쓰이는 것은 신경 쓰인다.

"……마음에 두고 있었나요."

아리사는 녹색 눈동자를 끔뻑끔뻑하며 조금 놀란 기색으로 말했다.

유즈루는 저도 모르게 머리를 긁적였다.

"아니, 뭐……. 우미하라한테 그런 소리를 들어서 그렇다기보다는 평소부터 신경이 쓰이기는 했는데."

타카세가와 가문은 평범한 집안이 아니다.

명문이라도 해도 지장이 없을 것이다.

상당한 액수의 정치 헌금도 진행하니까 우미하라가 유즈루한테 사죄한 것에는 그런 배경이 있었다.

"그렇군요. 뭐, 금전 감각은 느슨하다는 인상은 있지만요."

"……그런가?"

"하지도 않는 게임을 쌓아두고, 쓰지도 않는 주방용품을 사고."

"……뭐, 뭐어, 그러네."

"하지만 일반 가정에도 그런 분은 많이 계시니까요. 타카세가와 씨가 부자라서 그런 게 아니라고 생각해요. 좀 더 근본적인 문제예요."

"……."

과연 그것은 위로하는 것일까. 아니면 잔소리하는 것일까.

유즈루는 조금 복잡한 심경이었다.

"하지만 싫다는 느낌은 없어요. 지금으로서는. ……그보다도 저, 애당초 타카세가와 씨가 그렇게 굉장한 집안 분이라는 건 몰랐으니까요."

"……그런가?"

"그래요. 너무 신경 쓰는 거겠죠. 그건 그저 졌다고 투정 부리는 거예요. 요컨대 자기 가문이나 재력, 아버지의 직업으로 우위에 서려다가 멍청하게도 실패했으니까, 홧김에 그렇게 말했을 뿐이에요. 그런 사람의 그런 말을 신경 쓰면 안 돼요."

물론 그런 부분은 유즈루도 알고 있다.

실제로 우미하라가 자신을 어떻게 여기든지 유즈루는 신경 쓰지 않는다.

하지만…… 유즈루에게 '타카세가와'의 이름은 무척 무거운 것이었다.

"그보다도 의외네요."

"의외?"

"타카세가와 씨는 좀 더, 이렇게…… 강한 사람이 아닐까 생각했어요."

의외, 라는 아리사의 말 그 자체가 유즈루로서는 의외였다.

딱히 유즈루는 자신을 강하다고 생각한 적은 한 번도 없었다.

"……어째서?"

"아니, 그게……. 그 사람한테 위압을 당해도 타카세가와 씨는 전혀 동요하지 않았잖아요. ……저는 조금 무섭다고 생각했으니까요."

"뭐…… 겁먹을 정도의 일은 아니니까."

세상에는 더욱 무서운 인간이 있다는 것을 유즈루는 안다.

타카세가와의 차기 당주로서 그런 인간은 이제껏 가까이서 봤다.

그러니까 고작 고등학교 2학년 애송이에 불과한 우미하라 따윈 무서울 것도 뭣도 없었다.

다만…….

"그건 우미하라로서는 우리한테 손을 댈 수는 없다고…… 우습게 여기던 구석도 있으니까 말이지."

그래서 우미하라가 '가문'을 끄집어내도 무섭지는 않았다.

아니, 그렇기에 무섭지 않았다고 할 수 있을지도 모른다.

'타카세가와'라는 가문은 일반인보다도 우미하라 같은 인간을 상대로 상성이 좋으니까.

유즈루는 무심코 한숨을 내쉬었다.

"내가 타카세가와가 아니었다면 그 사람은 틀림없이 나한테 사죄를 하러 오지는 않았어. 그러니까 내가 강한 게 아니라 타카세가와가 강하다고 할까……."

가문에 의지할 생각은 없다.

하지만 타카세가와 유즈루에게 '타카세가와'라는 이름은 불가분의 관계이고, 아무래도 언동의 배후에는 가문의 이름이 엿보인다.

어떤 의미로 동류인 소이치로 등등 다른 친구들한테는 할 수 없는 소리를 유즈루가 털어놓자…….

"타카세가와 씨는 본가를 싫어하나요?"

아리사가 그런 질문을 던졌다.

유즈루는 고개를 갸웃거렸다.

"설마. ……자랑을 할 생각은 없어. 하지만 긍지는 가지고 있어."

"그렇다면 괜찮지 않나요."

그러더니 아리사는 아름다운 눈썹을 찡그렸다.

그리고 조금씩 말을 골랐다.

"뭐라고 하면 될까요……. 평범한 사람이라면 이름도, 용모도, 재능도, 교육도, 부모님한테 받은 게 아닌가요. 그러니까…… 타카세가와 씨의 힘이라고 해도 된다고 생각해요. 중요한 건 사용 방법이라고 할까요…….."

그리고 아리사는 "어쨌든" 하고 강한 말로 정리했다.

"저는 타카세가와 씨한테 도움을 받았어요. 이건 타카세가와 씨, 타카세가와 유즈루 씨 덕분이에요."

유즈루는 가슴이 후련해지는 기분이 들었다.

오랫동안 목에 박혀 있던 잔가시가 빠진 것 같은…… 그런 기분이었다.

"유키시로."

"예."

"고마워."

"힘이 될 수 있어서 다행이에요."

그러면서 아리사는 미소 지었다.

그것은 무척 아름답고…… 더없이 자연스러운 미소였다.

신기하게도 유즈루의 가슴이 고동쳤다.

※

아리사는 자습 중에 잠깐 숨을 돌리려고 휴대전화 안에 저장한 사진을 보고 있었다.

대부분은 고양이 사진이었다.

인터넷에서 모은 것이나 들고양이를 촬영한 것까지 다양한 종류의 고양이 사진을 아리사는 가지고 있었다.

"역시 고양이는 귀여워요……."

헤실헤실, 풀어진 표정을 띠며 아리사는 화면을 넘겼다.

그러자 화면에는 고양이가 아닌 사진이 떴다.

대부분은 고양이 사진이지만 딱히 그것만 가지고 있는 것은 아니니까, 고양이 이외의 사진이 나오는 것은 이상한 일이 아니었다.

"……요전의 사진이네요."

그것은 유즈루와 아리사가 둘이서 찍은 사진이었다.

유즈루의 할아버지에게 보내려고 촬영, 그리고 모처럼 찍었으니까 유즈루한테서 받은 것이었다.

'부, 부끄러워…….'

사진 안에는 유즈루와 몸이 맞닿을 정도로 거리를 좁히고 부끄러운 듯이 뺨을 붉힌 아리사의 모습이 찍혀 있었다.

이때는 사진 촬영, 그리고 유즈루와의 거리를 좁힌 것을 부끄럽다고 느꼈지만, 지금 아리사는 굳이 따지자면 부끄러워하는 스스로에게 부끄러움을 느끼고 있었다.

'조, 조금 더 침착하게…… 차분하게 찍을 수는 없었을까요…….'

아리사는 마음속으로 과거의 스스로를 책망했다.

유즈루와 둘이서 찍는 것을 부끄럽다고 느낀 과거의 자신은, 마치 유즈루를 이성으로 강하게 의식하는 것 같았다.

물론 아리사가 유즈루를 이성으로 의식하는 것은 사실이다.

하지만 그것은 '남성으로 인식하고 있다'라는 의미이지 연애 감정으로 좋아한다는 의식은 아니었다.

하지만 이 사진의 자신은…… 유즈루에게 연애 감정을 지닌 것처럼 보였다.

"뭐, 멋진 사람이기는 하지만요……."

여러모로 결점이나 단점이 많은 사람이지만, 그러나 그것은 충분히 눈감아줄 수 있는 범위 안이다.

애당초 결점이나 단점이 없는 사람은 없다.

게다가 그 스스로가 그런 결점이나 단점을 개선하려는 의식이 느껴지는 것은 아리사에게는 좋은 인상을 주었다.

'……객관적으로 봐서 좋은 인연이네요. 이 약혼은.'

유즈루의 본가는, 타카세가와 가문은 매우 '힘'이 있는 가문인 듯했다.

　그들을 상대로 아리사의 집안──정확하게는 아리사의 양아버지 집안이지만──은 회사가 경영난에 빠져 있다는 것에서 알 수 있듯이 가세가 기울고 있었다.

　아마도 아리사와 유즈루의 결혼은 이른바 '신분 상승'에 해당될 것이다.

　어지간한 일이 없는 한, 무엇 하나 부자유 없는 생활이 보장된다.

　물론 돈은 있어서 나쁠 것은 없다고 생각하지만, 돈의 유무만으로 결혼 상대나 연애 대상을 정하는 짓을 할 정도로 타산적이지는 않았다.

　그보다도 아리사가 신경 쓰이는 것은…….

　'나를 지켜준다든지…… 하는 걸까…… 그런 식으로…….'

　아리사는 선배가 들이댔을 때를 떠올렸다.

　그때 유즈루는 아리사를 구해준 것이었다.

　'무척 냉정하고 당당하게 행동했지…… 타카세가와 씨는.'

　보통은 연상의 선배를 상대로는 아무래도 위축되어버릴 것이다.

　하지만 유즈루는 전혀 동요하지 않고, 당당하고, 그리고 냉정했다.

　감정을 전혀 거칠게 흐트러뜨리지 않는, 담담한 태도는 무척 의지가 된다고 느꼈다.

마치 격렬한 폭풍 속, 꺾이지 않고 서 있는 거목 같았다.

타카세가와라는 가문의 '힘'이나 '이름'이 아니라 타카세가와 유즈루라는 한 인간의 능력과 정신성에서 어떤 종류의 든든함과 안도를 느낀 것이었다.

'아니, 무슨 생각을 하는 거야…… 나는.'

아리사는 자신의 얼굴이 뜨거워지는 것을 깨닫고 황급히 머리를 좌우로 흔들었다.

어느새가 심장이 두근두근 고동치고 있었다.

'애당초 애인이라든지, 상상도 못 했으니까…….'

유즈루가 이성으로 매력적인 것은 사실이다.

하지만 아리사로서는 유즈루 옆에서 걷는 자신의 모습을 상상할 수 없었다.

"하아…… 다시 공부로 돌아갈까요."

아리사가 한숨을 내쉬고는 휴대전화를 정리하고 공부에 집중하기 시작하려던 그때.

집 안이 조금 어수선해진 것처럼 느껴졌다.

아리사는 방에서 나와 현관까지 갔다.

그곳에는 아리사의 양어머니와 의동생이 양아버지의 마중을 나와 있었다.

"……다녀오셨나요."

아리사는 양어머니, 의동생과 함께 가볍게 머리를 숙였다.

양아버지는 일이 바쁜지 좀처럼 집으로 돌아오지 않았다.

오늘은 무척 드문 날이라고 할 수 있었다.

"……그래, 다녀왔다."

양아버지는 무척 냉담하게, 아무런 감정도 드러내지 않는——아리사로서는 그가 무슨 생각을 하는지 알 수 없었다——표정과 음성으로 그리 대답하더니 넥타이를 대충 풀었다.

일단 인사는 마쳤으니까 방으로 돌아가서 공부를 재개하고자 아리사는 발길을 돌리려는데…….

"……그러고 보니 아리사."

"예."

그런 그녀를 양아버지가 불러 세웠다.

무심결에 등줄기를 폈다. ……아리사는 양아버지가 거북한 것이었다.

"……공부는 좀 어떠냐?"

잠깐의 침묵 후, 양아버지는 그리 물었다. 아리사는 담담하게 대답했다.

"순조로워요."

"……그러냐."

또다시 양아버지는 침묵했다.

어쩌면 무언가 화가 난 것은 아닐까? 아리사가 그렇게 움츠러든 사이…….

"유즈루 군과는 어떻게 됐느냐?"

"아, 예……. 그게…… 순조, 롭다고…… 생각해요."

그것은 아리사에게는 조금 예상 밖의 질문이었다.

아리사의 대답에 양아버지는 그렇구나, 그러면서 고개를 작게 끄덕이고, 그리고 또 질문을 건넸다.

"어디 데이트는 갔느냐?"

"데이트, 라고요? ……아뇨, 그건, 아직……."

집에서 함께 게임을 하고는 있지만, 그것은 데이트라고 하지는 않으리라.

적어도 양아버지는 그런 의미로 묻는 것이 아닐 터.

"……그런가."

양아버지는 무슨 생각으로 그런 질문을 했는지 모르겠지만, 그 "그런가"라는 말에서는 그다지 호의적인 감정은 느껴지지 않았다.

"죄송해요……."

반사적으로 아리사는 사죄하고 말았다.

틀림없이 유즈루와 아리사의 관계가 그다지 진전이 없는 것에 양아버지의 기분이 상했으리라고, 아리사는 살짝 공포를 느꼈다.

"……이 약혼은 네 인생에서 무척 중요한 일이다. 열심히 해라."

머리를 숙인 아리사를 상대로 양아버지는 담담하게 그리 말하고 거실로 떠나버렸다.

홀로 남겨진 아리사는 현관에 우두커니 서 있었다.

저도 모르게 양손으로 옷가슴께를 붙잡았다.

"타카세가와 씨……."

아리사는 작은 목소리로 중얼거렸다.

맞선 보고 싶지 않아서
억지스러운 조건을 달았더니
동급생이 온 일에 대해서

제3장

'약혼자'와의 첫 데이트

   그리고 기말고사 전날.

   유즈루가 최후의 벼락치기에 집중하고 있었더니…….

   "예, 여보세요."

   『오오, 유즈루냐. ……공부는 좀 어떠냐?』

   전화 상대는 타카세가와 가문의 선대 당주로, 유즈루의 할아버지였다.

   음성은 무척 엄숙하여…… 선대 당주로서 차기 당주에게 건네는 말이었다.

   "지난번보다는 제대로 공부를 하고 있으니까 좋은 결과를 기대할 수 있겠다고 생각해."

   『호오…… 사타케나 우에니시, 료젠지에게는 이기겠느냐?』

   "그건 뭐…… 큰 실수를 안 한다면 이길 거야. ……전에도 이겼으니까."

   『그럼 타치바나에게는?』

   "아야카한테는…… 음, 어떨까……."

   타치바나 아야카는 저래 보여도 머리가 좋다.

   그녀에게 이길 자신은 유즈루에게는 없었다.

   『결국에는 시험 결과. 항상 이기라고 하지는 않겠다. 하지만…… 타카세가와로서, 한 번은 타치바나를 굴복시켜라.』

　"……예, 명심해둘게요."

　타치바나와 타카세가와는 라이벌 관계이다.

　타카세가와 가문의 후계자인 유즈루가 그냥 시험이라고
는 해도 타치바나 가문의 후계자인 아야카에게 계속 지기
만 하는 것은 좋지 않은 일이다.

　『다만, 시험 같은 건 단순한 학업의 지표에 불과하지. 중
요한 건…… 정치력과 경제력, 모든 것을 합친 '권력'이다.
그것으로 타치바나의 우위에 서면 된다. ……어떤 수단을
쓰더라도, 말이야.』

　"예, 저도 잘 압니다."

　그것은 정략결혼도 포함되는 것일까?

　그런 의문이 한순간 뇌리를 스쳤지만, 그 대답은 빤히
알고 있었기에 굳이 물어보지는 않았다.

　『그럼 잔소리는 이만하고…… 손주는 생기겠느냐?』

　반쯤 농담, 그런 분위기로 할아버지는 물었다.

　유즈루는 어깨에 들어간 힘을 빼고 쓴웃음 지었다.

　"……고등학생 신분으로 동급생을 임신시켰다가는, 타
카세가와 가문의 명예는 실추되는 거 아냐?"

　『억지 쓰지 마라. 내가 묻고 싶은 것은 요컨대…… 아리
사 양과는 어떻게 되고 있는지, 그거다.』

　"사진을 보냈을 텐데? 보다시피 잘 되고 있어."

　유즈루는 얼마 전에 보낸 '바보 커플 사진'을 떠올렸다.

저도 모르게 얼굴이 살짝 뜨거워지고 목소리가 뒤집어졌다.

『그 후로 진전은 있었느냐? 그런 이야기다. 어딘가 데이트는 갔느냐?』

"데이트는…… 매주, 집에서 하는데……."

『바보냐. 그건 데이트라고 하지 않아! 애당초 건전한 남녀가 집에서 게임 삼매경이라니, 무슨 생각을 하는 게냐!』

듣고 보니 애인인데도 집에서 게임을 하는 것 말고는 교류가 없다는 것은 부자연스러웠다.

하지만 유즈루에게도 핑계가 있었다.

"하지만 유키시로는 게임을 즐겨주니까. 서로가 즐겁다면 괜찮지 않을까……."

『그거야 당연히 널 배려해서 그러는 거겠지! 설령 즐겁다고 해도…… 불건전해. 조금은 야외에서 데이트를 해라. 아니면…… 뭔가, 그럴 수 없는 이유라도 있느냐?』

그럴 수 없는 이유는…… 딱히 없다.

굳이 말하자면 유즈루가 조금 부끄럽다고 느낀다는 정도이리라.

"……알았어. 다음에 유키시로한테 데이트 권유할게. 그러면 되지?"

『알겠다. 그리고…… 제대로 사진을 찍어서 보내도록.』

"……예예."

유즈루는 무심결에 한숨을 내쉬는 것이었다.

"후우…… 나쁘지 않네."

자기 채점을 마친 유즈루는 안도의 목소리를 흘렸다.

성적표가 나올 때까지는 아직 모를 일이지만 적어도 중간고사와 같거나 그 이상의 점수를 받았을 터.

아마도 아리사와의 공부 모임 덕분이리라.

……중간고사 때는 다른 애들이랑 놀면서 공부를 했으니까 사실은 그다지 순조롭지 않았다.

"그래서 너는 어떤 분위기야?"

"……괜찮은 느낌이에요. 노력한 만큼의 성과는 나왔을까, 싶어요."

"그건 잘됐네."

기말고사 마지막 날.

토요일이 아니라 금요일이지만 아리사는 유즈루의 아파트에 와 있었다.

둘이서 자기 채점을 하고 시험을 돌이켜보기로 했으니까.

"그런데 신선하네, 자기 채점이라는 건."

"……해본 적, 없나요?"

"뭐, 나는 기본적으로 과거는 돌아보지 않으니까…….
게다가 과거는 돌아보지 않는 녀석들만 친구니까."

구체적으로는 소이치로, 아야카, 치하루, 히지리다.

나쁜 녀석들뿐이라고, 유즈루는 자신의 교우 관계가 편 중된 것에서 우려를 느꼈다.

그야말로 유유상종.

"지나치게 돌아보는 것은 좋지 않을지도 모르겠지만 복 습 정도는 해야 하지 않을까요."

어째선지 뻔뻔하게 구는 유즈루에게 아리사는 차가운 눈빛과 말투로 말했다.

유즈루는 그 말에 어깨를 움츠렸다.

"복수는 아무것도 낳지 않는다, 라고 그러잖아?"

"그건 그냥 말장난*이잖아요. ……여름방학 중의 교외 모의고사에 대비해서 열심히 해야죠."

"교외 모의고사라. ……그쪽은 진지하게 해야겠지."

중간 · 기말고사와 교외 모의고사.

중요한 것은 압도적으로 후자다.

추천 입학을 노리지 않는 한, 내신 점수는 나빠도 문제 는 없다.

중간 · 기말고사의 문제는 도저히 수험에 대응한다고 할 수는 없는 내용이니까, 수험에서 도움이 되느냐고 그런다 면 의문이 남는다.

"양쪽 다 진지하게 해야 한다고 생각하는데요. ……추천 이라는 선택지는 애당초 없나요?"

"3년 동안이나 품행방정하게 보낼 자신이 없어. 유키시 로는 추천을 노릴 생각이야?"

---

*일본어로 복습과 복수는 후쿠슈(ふくしゅう)로 발음이 같다.

"아직 안 정했어요. 다만 선택지는 많을수록 좋겠죠?"

실로 우등생다운 대답이었다.

다른 아이들한테 손톱의 때라도 달여서 먹여주고 싶네, 그러면서 유즈루는 자신을 슬쩍 제외했다.

"뭐, 하지만 수험은 지금부터 한참 뒤의 이야기. 그리고 기말고사는 이미 지나간 이야기. 좀 더 가까운 미래의 이야기를 하자."

"전혀 생각하지 않는 건 어떨까 싶지만…… 좀 더 가까운 미래라고요?"

"내일, 어떻게 할까? 평소처럼 게임이라도 할래?"

내일은 토요일.

아리사가 유즈루의 집으로 오는 날이다.

최근 2주 정도는 게임이 아니라 공부를 했으니까, 혹시 게임을 한다면 오랜만의 플레이다.

"그것 말인데요, 할 이야기가 있어요."

아리사는 진지한 말투로 유즈루에게 그리 말했다.

"무슨 일이야?"

"……매주 케이크를 준비해주지 않았나요."

"어, 그러네. 뭐, 지난주에는 슈크림이었지만."

유즈루가 단골인 유명한 서양과자점.

케이크만으로도 많은 종류가 있지만 물론 푸딩 등도 있다.

그것들 전부 무척 맛있다.

유즈루는 아리사를 위해서 매주 다른 종류로 구입했다.

"그건 무척 맛있었죠. 아니, 그게 아니고."

"그게 아니고?"

"내일은…… 과자는 안 먹었으면 좋겠어요."

유즈루는 무심코 고개를 갸웃거렸다.

매주, 케이크 박스를 꺼내면 아리사는 눈이 반짝반짝하고, 그녀가 먹는 모습은 무척 행복하게 보였다.

그리고 지금도 슈크림을 맛있다고 그랬다.

"어째서? 맛있었잖아?"

"맛있어요. 맛있는데…… 그게 문제예요. ……좀 헤아려 줘요."

헤아려라.

그 말에 유즈루는 잠시 생각하고…… 해답에 이르렀다.

그렇구나, 여성에게 그것은 신경 쓰이는 부분이리라.

하지만…….

"굳이 따지자면, 네가 커피에 넣는 설탕의 양이 주된 원인일 가능성이……."

"괜한 참견이에요. 그리고, 아직 늘지 않았어요. 염려하는 단계예요."

아리사는 그러면서 유즈루를 노려봤다.

뺨을 붉히고, 미간을 찡그리고, 눈을 추어올렸다.

살짝 무신경했나보다.

"뭐…… 하지만 나도 늘었을지도. 운동량은 의식적으로 늘리고는 있는데."

"……남성은 기초 대사량이 높지 않나요?"

"케이크보다도 네 요리 쪽이 죄가 무겁겠네. 그만 과식해버리거든."

"그건 참…… 고맙다고 하면 될까요. 미안하다고 사과해야 할까요."

아리사는 곤혹스럽다는 태도로 그리 말했다.

그렇지만…… 굳이 따지자면 그녀의 마음은 '고맙다' 쪽으로 기운 모양이었다.

그 증거로 살짝 표정을 풀고 있었다.

"……사실은 최근에 할아버지한테 잔소리를 들었거든."

"잔소리, 인가요?"

"집에서 게임만 하는 건, 너는 재미있을지도 모르지만, 그 또래 여자는 심심할 거라고. 뭐, 그런 잔소리야."

아리사가 유즈루의 집으로 찾아온 것은 그녀가 게임을 원해서 그런 것도 있지만…… 친밀한 약혼자를 연기하기 위해서이기도 했다.

요컨대 명목상으로는 '집에서 데이트'인 것이었다.

하지만…… '집에서 데이트'만 하는 커플이 이 세상 어디에 있을까?

"저는 즐겁지만요. ……하지만, 그러네요. 저희 양아버지도…… 뭐, 야외로…… 그게, 데이트는 안 가느냐고, 오늘 아침에, 물었어요."

데이트, 라는 말을 꺼내면서 살짝 머뭇거리는 아리사.

아리사로서는 이성인 친구들이 노는 것뿐이라는 인식이기는 하지만 다른 사람의 눈에는 애인사이, 그리고 보호자의 입장에서는 약혼자였다.

그렇게 보이도록 연기를 하고 있으니까 당연하지만 자기 입으로 꺼내는 것에는 부끄럽다는 심정이 있었다.

……그런 태도는 풋풋한 애인 사이라는 느낌이 있어서 그건 그것대로 문제는 없지만.

"너도 마찬가진가. ……그래서, 일단 논의를 해보겠는데, 그게, 그렇지. 내일은 데이트라도, 나가보지 않을래?"

최근에 계속 공부만 하느라 몸을 움직이지 않았다.

그러니까 야외에서 조금은 몸을 움직이고 싶다. 그러는 편이 건강에도 좋을 것이다.

게다가 드디어 기말고사가 끝난 것이다.

평소와는 조금 다른 장소에서 즐겁게 놀고 싶다.

그래서 유즈루는 그렇게 제안했다.

"그러네요, 괜찮은 거 같아요. 애인이라는 것에 신빙성을 더하기 위해서라도 조금은 야외에서 노는 게 좋을 테고."

"그럼 나중에 연락할게."

그리하여 두 사람은 '데이트'에 도전하게 되었다.

※

당일.

가벼운 운동을 하려고 움직이기 편한 복장으로 갈아입은 두 사람이 찾은 장소는……

"뭘 할 수 있나요? 여기는."

"노래방, 다트, 당구, 볼링, 탁구, 테니스…… 그런 쪽으로는 한 적이 있어."

이른바 종합 오락 시설이라는 장소였다.

모처럼의 외출이니까 건강한 장소로, 그런 선택이었다.

"온 적 있나요?"

"뭐, 친구랑 몇 번. 물론 그 친구라는 건 사타케 소이치로랑 료젠지 히지리지만."

아무리 그래도 한 번도 가본 적이 없는 장소로 아리사를 안내할 용기는, 유즈루에게는 없었다.

뭐, 무엇이든 할 수 있으니까 완전히 오답이 될 일은 없으리라는 판단이었다.

유즈루는 회원증을 가지고 있지만 아리사는 없었으니까 입장할 때에 만들었다.

회원증을 지갑에 넣은 아리사는 유즈루에게 물었다.

"그래서…… 어떻게 할까요?"

"유키시로는 뭔가 흥미 있는 건 없어?"

지금은 초보인 아리사를 우선시하자며, 유즈루는 카운터에서 받은 팸플릿을 펼치며 말했다.

아리사는 숙고한 끝에 시설 하나를 가리켰다.

"테니스라든지. 수업에서 한 경험이 있어요. 시합……이

라면 자신은 없지만, 랠리를 하는 정도라면. 괜찮은 운동
도 되고 즐거울 것 같아요."

"테니스인가, 응, 괜찮네. 그걸로 할까."

남녀가 테니스를 한다. 무척 애인다운 이벤트 아닌가.

이러쿵저러쿵 깐깐한 할아버지도 "테니스를 했다"라고
그러면 틀림없이 납득할 것이다.

얼른 라켓과 공을 빌려서 테니스 코트로 향했다.

"그럼 나부터 치면 될까?"

"예, 그래요."

유즈루는 지나치게 힘이 들어가지 않도록 아리사를 향
해 공을 쳤다.

그러자 아리사는 능숙하게 그것을 받아쳤다.

조준은 정확해서 유즈루에게 똑바로 공이 날아왔다.

그것을 유즈루가 다시 받아쳤다.

"……잘하잖아, 유키시로."

"타카세가와 씨도…… 잘하는군요."

생각했던 것보다도 긴 랠리가 이어졌다.

공이 몇 번이나 두 사람의 코트를 오갔다.

그리고…… 그것은 이윽고 끝을 맞이했다.

"앗……."

"이런……."

아리사가 받아친 공은 유즈루 방향……보다도 살짝 벗
어난 위치로 날아갔다.

유즈루는 그것을 어떻게든 받아쳤지만, 그것은 엉뚱한 방향으로 날아가 버렸다.

아무리 아리사라도 그것을 받아칠 수는 없었다.

"미안해, 유키시로."

"아뇨…… 먼저 실수한 건 저니까요."

서로가 가볍게 사과를 하고 또다시 랠리를 진행했다.

"그래!"

"에잇!"

단지 공을 서로 맞받아치는 것뿐이지만 그것만으로도 충분히 즐거웠다.

점차 두 사람의 표정에는 미소가 드리웠다.

"있잖아, 유키시로."

몇 번째인가 랠리를 마친 유즈루는 네트 너머로 아리사에게 말을 건넸다.

"뭔가요?"

"우리 둘 다 그럭저럭하는 것 같으니까 말이지……. 시합, 안 할래?"

시합은 자신이 없다.

아리사는 그렇게 말했지만 유즈루의 눈으로 봐도 충분히 시합이 가능할 듯했다.

랠리만으로도 충분히 즐겁지만 가능하다면 시합을 하는 편이 재미있을 것이다.

"그러네요. 할까요."

아리사 쪽도 랠리를 계속하면서 의욕이 생긴 듯했다.

망설임 없이 받아들였다.

"그럼 일단 한 세트 해볼까."

"예. ……아, 하나만 괜찮을까요. 타카세가와 씨."

"뭔데?"

핸디캡이라도 됐으면 하는 걸까? 유즈루는 그렇게 생각했지만…….

아리사는 진지한 표정으로 말했다.

"봐주는 건 없이, 부탁해요."

"……알았어. 봐주는 건 없이, 말이지."

여전히 지기 싫어하는구나, 유즈루는 그만 쓴웃음 지었다.

……그렇지만 마음속으로는 조금 당황했다.

'안 봐줬는데 진다면…… 남자로서의 체면 문제가 되겠는데.'

비디오 게임과 달리 테니스라면 남자인 유즈루 쪽이 신체 능력으로는 유리하다.

그럼에도 패배하는 것은…… 유즈루로서는 무척 분할 것이다.

"간다."

"예."

유즈루는 아리사에게 한마디 건네고는 진지한 표정으로 서브를 날렸다.

그리고 잠시 후, 시합이 끝났다.

"으으…… 분해요."

유즈루한테 진 아리사는 분하다는 듯이 말했다.

뾰로통한 표정으로 발을 동동 굴렀다.

"아니, 하지만…… 유키시로는 강하네."

한편 유즈루는 조금 거친 호흡으로 한숨과 함께 말했다.

확실히 승리한 것은 유즈루지만 승패는 무척 수상쩍은 참이었다.

솔직히 말하면 남녀의 신체 능력적인 우위로, 근력으로 밀어붙여서 어떻게든 이긴 느낌이 있었다.

"한 번 더, 부탁할 수 있을까요?"

"딱히 상관은 없는데…… 그 전에 좀 쉬자. 열사병이라도 걸리면 안 되니까."

테니스 코트는 종합 오락 시설의 건물 안에 있어서 냉방은 충분했다.

그래도 지금 계절은 여름. 수분은 자주 보충하는 편이 좋다.

"그도 그러네요."

아리사의 동의를 얻어서 두 사람은 근처에 있는 벤치에 앉았다.

가져온 수건으로 땀을 훔쳤다.

문득 유즈루는 옆에 앉아 있는 아리사에게 시선을 향했다.

'……역시 예쁘네.'

어렴풋이 땀에 젖은 아마색 머리카락과 하얀 피부는 무

척 요염했다.

움직이기 편한 반소매, 얇은 옷이 땀을 흡수해서 아리사의 피부에 살짝 달라붙어 있었다.

그래서 아리사의 신체 라인이 선명하게 드러났다.

청결제와 땀이 섞인 좋은 향기가 물씬 감돌았다.

"제 얼굴에 뭐라도 묻었나요?"

"어? 아, 아니……."

시선을 깨달은 아리사가 유즈루에게 그리 물었다.

유즈루는 뇌를 풀가동해서 변명을 찾았다.

"사실은 사진을 찍었으면 해서……."

"아…… 그렇군요."

아리사는 어렴풋이 뺨을 물들이고 납득했다는 기색을 드리웠다.

순간적인 변명으로 사용한 '사진'이기는 하지만 이것은 할아버지의 지령이기도 했다.

"……일단 물어보겠는데, 저희가, 그게, 말을 맞추고 있다는 건 알려지진 않겠죠?"

살짝 불안하다는 듯이 아리사는 유즈루에게 그리 물었다.

할아버지가 손자의 연애 사정에 참견하는 것이 보통일까? 어쩌면 유즈루와 아리사의 관계를 의심하는 것은 아닐까…….

그런 걱정을 품고 있는 모양이었다.

"어떨까? 그런 기색은 안 보였는데……."

확실히 유즈루와 아리사 사이에는 아직 거리가 있지만,

집안의 사정으로 몇 개월 전에 약혼한 남녀의 관계라면 이 정도이리라.

오히려 비교적 양호한 관계라고 할 수 있었다.

애당초 유즈루와 아리사의 관계를 의심할 수 있을 만큼, 두 사람은 할아버지 앞에서 애인으로서의 모습을 드러내지 않았다.

할아버지는 유즈루한테서 오는 연락 말고는 두 사람의 관계를 알 수는 없는 것이었다.

"애인으로서 거리가 조금 있다는 건 짐작할 수 있을지도 몰라. 하지만 그렇기 때문에 끼어든다는 느낌 아닐까?"

"……그렇군요. 일단은 안심했어요."

아리사는 그리 말하며 수긍했다.

그러고는 유즈루에게 물었다.

"그러면 어떤 사진을? 지난번과 마찬가지로 '셀카'인가요?"

"아니…… 이번에는 제대로 배경을 알 수 있도록 해야겠지. 요컨대 우리가 밖에서 데이트 중이라는 걸 알 수 있으면 돼."

"그렇군요. 그럼…… 종업원한테 찍어달라고 할까요."

"그러네. 적당히 한 장, 찍어볼까."

다행히도 오늘은 사람이 적어서 종업원은 그다지 바쁘지는 않은 듯했다.

조금 한가해 보이는, 대학생 아르바이트 같은 여성 종업원에게 말을 건넸다.

"……그러니까 한 장 부탁드릴 수 있을까요?"

"예, 괜찮아요. 맡겨주세요."

그녀는 시원하게 승낙하고 유즈루의 휴대전화를 받아들었다.

"자, 그럼 웃으시고…… 셋, 둘, 하나!"

서터음이 들리고 사진이 한 장 찍혔다.

유즈루와 아리사는 여성 종업원에게 다가가서 사진을 확인했다.

옅은 미소를 띤 남녀가 예쁘게 찍혀 있었다.

이번에는 제대로 외출했다는 사실을 알리는 것이 중요하니까 이것으로 문제없었다.

일단 오늘의 목적은 달성했다고, 유즈루와 아리사는 어깨의 짐을 내려놓았다……만.

"……안 돼요. 실패예요."

"……예?"

"어?"

유즈루와 아리사가 곤혹스러워하는데, 여성 종업원은 다시 휴대전화를 들었다.

"안 돼요! 좀 더 즐겁게 보여야죠!!"

"아니, 딱히…….."

"지금 사진에 딱히 문제는…… 그게, 바쁘실 테고…….."

"저는 한가하니까요! 더욱 좋은 사진을 찍자고요!!"

의욕이 가득한 여성 종업원은 그렇게 말했다.

유즈루와 아리사는 인선을 그르쳤다며 후회했지만 이미 늦었다.

　떠밀리는 형태로 두 번째 사진을 촬영하게 되어버렸다.

　"좀 더 붙어요! 남자친구분은 여자친구분의 어깨를 안으시고요! 여자친구분도 남자친구분한테 몸을 기대듯이, 그래요…… 얼굴을 가슴께에 붙이는 느낌으로!!"

　어째선지 이상하게 주문을 넣는 여성 종업원.

　유즈루와 아리사는 얼굴을 마주봤다.

　("어, 어쩌지? ……거절할까?")

　("아, 아뇨……. 하지만, 애당초 부탁한 건 저희니까요…….")

　어쩐지 무척 즐거워하는 모습이라 이제 와서 그만하자고 말할 수는 없었다.

　"얼른 찍고 얼른 끝내자."

　"……그러네요. 그게 좋겠어요."

　지금은 순순히 말하는 대로 하는 것이 최선이리라.

　유즈루와 아리사는 그리 생각하고 여성 종업원의 지시에 따르기로 했다.

　하지만 서로의 몸에 접촉하는 것에는 조금 저항이 있었다.

　그래서 유즈루와 아리사는 몸이 아슬아슬하게 닿지 않는 거리까지 다가갔다.

　하지만…….

　"자, 얼른!"

　유즈루와 아리사는 재촉당하는 형태로 거리를 좁혔다.

반소매에서 뻗은 서로의 피부가 맞닿았다.

유즈루는 머뭇머뭇하는 모습으로 천천히, 아리사의 어깨로 손을 뻗어서, 닿았다.

'전보다도…… 여러모로, 힘드네.'

아리사의 어깨는 땀으로 촉촉하게 젖어 있었다.

그리고 서로의 거리를 좁히면서 아리사의 냄새도 더욱 강해졌다.

그리고 아리사의 땀이나 체취를 유즈루가 강하게 느끼고 있다면, 반대 역시도 그러하다.

아리사도 유즈루의 땀이나 체취를 강하게 느낀다는 의미이기도 했다.

물론 유즈루는 아리사의 땀이나 체취를 불쾌하다고는 생각하지 않는다──오히려 이상한 기분이 되어버릴 정도다──만, 아리사가 유즈루의 그것을 불쾌하다고 생각하지는 않을지 걱정이었다.

"……."

주춤거리지 말고. 빨리 끝내자.

그렇게 말하듯이 아리사 쪽도 유즈루 쪽으로 몸을 기댔다.

그런 아리사의 생각에 응하듯이 유즈루 쪽도 어깨에 힘을 실어서 그녀는 자기 쪽으로 끌어당겼다.

"아아…… 좋아요! 키 차이가 딱 적당해요!! 남자친구분은 좀 더 턱을 당기시지 않겠어요? 그래요, 그렇게…… 의지가 되는 그런 느낌으로. 여자친구분도 좀 더 남자친구분한테 붙으시고요. 허리가 조금 엉거주춤하네요. 그리고 표정도, 좀 더 귀엽게…… 올려다보는 느낌으로. 아, 그래요. 좋아요, 훨씬 귀여워요오—."

"……."

"……."

대체 뭘까, 이 사람은.

유즈루와 아리사는 그리 생각했지만 빨리 끝내고 싶었으니까 지시에 따르기로 했다.

서로가 더욱 거리를 좁혀서 몸을 딱 붙였다.

그러자 필연적으로 유즈루의 팔이, 아리사의 부드러운 지방이 축적된 흉부와 맞닿았다.

그 사실을 서로가 금세 알아차리고 몸을 떨었지만…… 서로 지적하는 것은 부끄러워서 얼굴을 붉힌 채로 입을 다물 수밖에 없었다.

그리고 서로가 모르는 척을 하고, 그리고 반쯤 자포자기한 기분으로…… 더욱 몸을 밀착시키고 꽉 누르듯이 달라붙었다.

"좋네요. 이대로 갈게요…… 셋, 둘, 하나!"

여성 종업원은 무척 기뻐하며 셔터를 연발, 사진 몇 장을 촬영했다.

그리고 얼굴을 붉히고 거리를 벌리며 어색해하는 유즈루와 아리사에게 사진을 보여줬다.

"어떤가요?"

"뭐, 뭐어…… 괜찮지 않을까요."

"가, 감사, 합니다."

섣불리 불평해서 또 사진을 찍게 만들고 싶지는 않았다.

그리 생각한 유즈루와 아리사는 응응, 고개를 끄덕이기로 했다.

여성 종업원은 기분 좋게 업무로 돌아갔다.

그녀가 떠난 뒤, 부끄러운 탓인지 한동안 그 자리를 침묵이 지배했다.

그리고 그 침묵을 먼저 깬 것은 아리사였다.

"……타카세가와 씨의 할아버님이 상대라고는 해도 부끄럽네요. 그 사진이, 그게, 데이터로 남는 건."

"뭐, 뭐어…… 그러네. 하지만 안심해. 할아버지는 사진을 악용하지는 않으니까."

평소에는 실없는 짓을 한다지만 그는 타카세가와 가문 선대 당주이자 노인이다.

유즈루와 아리사의 명예가 실추될 일은 하지 않는다.

다만…… 그 바보 커플 사진으로 무슨 명예가 실추되느냐고 묻는다면 판단이 좀 망설여지지만.

"신경 쓰인다면 지워달라고 할까?"

"……아뇨, 괜찮아요. 그렇게 대단한 사진은 아니니까요. ……그리고, 받을 수 있을까요? 아까 그 사진."

"어…… 알았어."

유즈루는 아리사에게 사진을 보냈다.

이것 또한 추억의 하나…….

'──가 되었다면, 좋겠는데.'

유즈루는 마음속으로 한숨을 내쉬었다.

"그럼 다시 시합할까?"

"예. ……다음에는 이길 테니까요."

"다음에도 내가 이기도록 할게."

유즈루와 아리사는 함께 웃으며 각자의 코트에서 마주했다.

그리고 그 후로 두 세트 정도 시합을 벌였다.

종합적인 시합 결과는…… 이 대 일로 유즈루의 승리였다.

"슬슬 다음 게임으로 넘어가지 않을래?"

"……이겼다고 넘어갈 생각인가요?"

뾰로통한 목소리로 아리사가 말했다.

유즈루는 무심코 쓴웃음 지었다. ……그런 의도가 있는 것도 사실이니까.

"기록해둘게. 다음에 또 결판을 내자."

"……그러네요. 그럼 됐어요."

유즈루로서는 반쯤 농담이었는데 아리사는 진심으로 받아들인 것 같았다.

그렇게 오기를 부리는 모습은…… 조금 귀엽구나, 무의식적으로 그리 생각했다.

유즈루와 아리사는 짐을 정리하고는 라켓과 공을 반납하러 접수처로 향했다.

그러는 도중…….

"……히지리냐."

"……우연이네, 유즈루."

딱 마주치고 말았다.

겸연쩍어하는 히지리 옆에는 아름다운 흑발 여성이 있었다.

호리호리한 팔다리에 늘씬한 체형, 장신의 여자.

나기리 텐카.

유즈루의 학교에서는 아리사, 아야카, 치하루와 나란히 귀여운 여자아이라고 평판이 자자한 소녀였다.

유즈루와는 그리 친하지는 않아서, 복도에서 스쳐 지나가면 인사를 하는 정도였다.

하지만 치하루와 텐카 두 사람은 안면이 있는 모양이고, 그리고 히지리와 텐카 역시도 다소 인연이 있는 듯했다.

그런 느낌으로 간접적으로 관계가 없지는 않지만, 거의 남.

그것이 유즈루에게 나기리 텐카라는 존재였다.

그녀는 히지리와 같은 반이라고는 들었는데, 설마 이런 곳에서 '데이트'를 할 정도로 친밀한 관계였다고는 생각도 못 했다.

아―, 들켜버렸다.

어떻게 변명할까…….

히지리는 그런 표정을 띠고 있었다.

그리고 유즈루도 그런 표정을 띠었다.

※

유즈루와 히지리는 우선 상대와 동행한 여자 쪽으로 시선을 향했다.

히지리는 아리사에게, 유즈루는 텐카에게.

그러고는 자신과 동행한 여자 쪽으로 시선을 향했다.

유즈루는 아리사에게, 히지리는 텐카에게.

아리사는 무척 곤란하다는 표정이었다.

그리고 가만히 유즈루 쪽을 바라보고 작게 고개를 끄덕였다.

제대로 얼버무려줘요.

그런 목소리가 들린 것 같았다.

"정말로 우연이네. 히지리, 그리고 나기리 씨."

"그러네."

"그러게, 타카세가와 군."

둘 다 처음의 동요는 어디로 갔는지 차분한 표정으로 그리 말했다.

그런 부분은 역시나 료젠지와 나기리의 인간이었다.

두 사람은 유즈루 옆에 서 있는 아리사에게 시선을 향했다.

"타카세가와 씨와 같은 반, 유키시로 아리사예요. 처음 뵙겠어요."

아리사 역시도 학교에서 평소에 띠는 인공적인 미소를 띠고서 작게 인사했다.

품행방정한 우등생으로밖에 안 보였다.

"저야말로. 유즈루의 친구인 료젠지 히지리입니다."

"료젠지 군과 같은 반, 나기리 텐카예요."

서로 인사를 나눈 참에, 본론으로 들어갔다.

먼저 이야기를 꺼낸 것은 히지리 쪽이었다.

"……그래서, 유즈루. 너는 유키시로 씨랑 뭘 하고 있는데?"

"그녀와는…… 우연히, 여기서 마주쳤어. 그렇지? 유키시로."

"예. 타카세가와 씨와는 정말로 우연히…… 그래서 모처럼 만났으니까 같이 테니스를 쳤어요."

아무런 사전 모의도 없는 애드립이었지만 아리사는 맞춰주었다.

배팅 머신 같이 혼자서 놀 수 있는 설비도 있으니까 전혀 이상한 일은 아니었다.

다만 같은 반 학생과 우연히 마주칠 일이 있겠느냐고 그러면 조금 의심스럽지만.

"……사이가 좋은데?"

"우연히 만나서 같이 테니스를 치려고 그럴 정도로는, 말이지?"

"같은 반이니까요."

전혀 대답은 안 된다지만, 애당초 대답할 생각도 없으니까 이것으로 충분하다.

히지리 쪽도 대답하고 싶지 않다는 유즈루의 의사를 헤아렸으리라.

딱히 아무런 말도 하지 않았다.

그리고 이번에는 유즈루가 물어볼 차례였다.

"히지리랑 나기리 씨는?"

"우리도 우연히 여기서 만났어. 그렇지, 나기리."

"그래서 같이 테니스나 칠까, 그렇게 되어서요."

히지리와 텐카는 유즈루와 아리사의 거짓말에 편승하는 형태로 그렇게 말했다.

아—, 이건 거짓말이겠구나.

틀림없이 데이트라고 유즈루는 짐작했지만 깊이 파고들지는 않았다.

……중요한 것은 서로가 이 사실을 숨기고 싶다는 뜻을 확인할 수 있었다는 점이었다.

"그런가. ……이 사실은 누설하지 않도록 부탁할게. 시끄러워지는 건 별로라서."

"그래, 나도 알아. ……이쪽도, 잘 부탁해."

유즈루와 히지리는 서로 이 사실을 숨겨두자고 약속을 나누었다.

그리고 유즈루와 아리사는 서로에게 시선을 보냈다.

"……유키시로. 슬슬 테니스 코트 빌린 시간도 끝날 텐데 어떻게 할래? 한 번 더 붙겠다면 연장할 수는 있는데."

"⋯⋯다른 게임도 해보고 싶으니까요. 장소를 바꾸죠."

유즈루와 아리사는 조금 보여주듯이 그런 대화를 나누고, 히지리와 텐카에게 애교 있는 미소를 띠었다.

"그럼 우리는 이쯤에서."

"안녕히."

"어어⋯⋯ 그럼."

"예⋯⋯ 안녕히."

이별의 말을 나누고⋯⋯ 그 자리에서 떠났다.

잠시 거리를 벌린 뒤, 아리사는 단정한 미간을 찡그리며 유즈루에게 물었다.

"괜찮을까요?"

"저 녀석은 입이 무거운 편이니까 괜찮겠지. ⋯⋯혹시 저 녀석이 뭔가 떠든다면, 나기리랑 료젠지가 커플이라고 퍼뜨리면 돼. 뭐, 그건 저쪽도 싫을 테니까 아마도 우리에 대해서는 이야기하진 않을 거라고 생각은 하는데."

"그렇다면 좋겠는데요."

아리사가 걱정하는 것도 무리는 아니었다.

그녀는 히지리의 인품을 모른다. 껄렁껄렁한 사람, 정도의 인상밖에 없을 것이다.

또한 유즈루는 (아리사도 그렇지만) 텐카의 인품을 모른다.

외모와 태도를 바탕으로 한 인상은 단아한 요조숙녀지만⋯⋯ 내용물은 어떨까.

히지리가 말하기를, "악마 같은 여자"라던데.

'그런데 악마랑 데이트를 하는 걸까?'

그다지 생각하고 싶지는 않지만, 초등학교 2학년이 좋아하는 여자애를 나쁘게 말하는 것 같은 감각으로 악마 같은 소리를 했을지도 모른다.

그렇다면 완전히 재미있으니까 언젠가 놀려주자고 유즈루는 생각했다.

"저 두 사람, 사귀는 걸까요?"

"글쎄……. 하지만 애인 사이는 아니라고 해도, 양쪽 모두 마음은 조금씩 있지 않을까? 그런 것도 아니라면 단둘이 이런 곳에 오지는 않을 테니까."

그렇게 말한 뒤에 유즈루는 깨달았다.

그것은 자신들에게도 큰 부메랑이라는 사실을.

"저기, 타카세가와 씨. 그건 태클을 기다리는 건가요?"

아니나 다를까, 깨달은 아리사가 살짝 어이없다는 목소리로 말했다.

살짝 차가운 눈빛으로 유즈루를 봤다.

"……우리는 사정이 조금 다르잖아. 애인 사이, 그런 설정으로 연기를 해야 하니까."

뺨을 긁적이며 변명처럼 말했다.

애인 사이, 약혼자 사이라서 제대로 데이트를 했다고 양쪽의 보호자에게 보고하기 위한 일이니까 당연하다면 당연하지만, 보통은 상응하는 마음이 없어서는 데이트 따윈

하지 않는 것이다.

"다음, 갈까요."

"그러네."

미묘하게 거북한 심정을 느낀 두 사람은 서둘러 그 화제를 마무리하고 무슨 게임을 할지를 이야기했다.

※

"트러블은 있었지만 즐거웠네."

귀갓길.

아리사를 집까지 바래다주는 도중에 유즈루는 그리 중얼거렸다.

아리사도 그에 동의하듯이 고개를 끄덕였다.

"예. 그건 그렇고 타카세가와 씨도 운동 신경이 좋네요."

"너도 그래. 체육 시간에 경험한 정도, 그러는 것치고는 잘하잖아."

테니스를 마친 뒤에도 두 사람은 이런저런 게임을 했다.

다만 다양한 종류가 있었기에 시간적으로도 체력적으로도 모두 즐길 수는 없었지만.

"노래방도 있고 볼링도 할 수 있는 거죠?"

"응, 할 수 있어. 다음에 기회가 있다면 또 올까."

자연스럽게 다음에 놀 약속을 해버렸다.

유즈루는 자기 옆을 걷는 아리사의 옆얼굴을 봤다.

석양은 그녀의 아마색 머리카락을 황금빛으로 물들이고, 그리고 그녀의 아름다운 용모를 밝게 비추었다.

　미술품 같은 그녀의 얼굴은 살짝 미소를 머금었다.

　학교에서 보여주는 인공적이고 무기질적인 표정과는 달리 자연스럽고 부드러운 느낌을 주는, 유즈루 앞에서만 드러내는 표정이었다.

　"무슨 일 있나요?"

　"너랑 이런 관계가 될 수 있어서 잘 됐다, 그런 생각이 들어서. ……맞선은 귀찮았지만 너랑 만날 수 있었던 건 정말 잘 됐다고 생각해."

　절절하게 유즈루가 그리 말하자 아리사도 작게 고개를 끄덕였다.

　"그러네요. 저도 타카세가와 씨와 친해질 수 있어서 정말로 다행이에요. 혼자서는 저런 장소에도 못 가니까요."

　그러면서 아련한 미소를 띠었다.

　한순간 유즈루의 심장이 소리를 냈다.

　사랑을 해버린 것은 아니냐고, 좋아하게 되어버린 것은 아니냐고, 착각할 뻔했다.

　'……뭐, 기분 탓인가.'

　하지만 다시금 아리사의 얼굴을 보니 딱히 그런 기분은 떠오르지는 않았다.

　그저 아름답다고, 예술품이나 꽃을 보는 것 같은 감상이 떠오를 뿐.

그 사실에 유즈루는 가볍게 안도했다.

그런 대화를 나누는 사이에, 그녀의 집 근처까지 도착했다.

조금 아쉽다는 기분을 품으며 아리사에게 이별을 고하려고 했다.

하지만 그때.

"유키시로 씨! ……오, 오랜만이야."

자신과 또래로 보이는 소년이 이쪽으로 다가왔다.

유즈루는 머릿속의 인물도감에 그와 얼굴이 일치하는 인물을 찾았지만…… 발견되지 않았다.

아마도 다른 고등학교 학생이리라고 결론지었다.

"코바야시 씨인가요. 오랜만이에요."

"아는 사람이야?"

"중학교 시절 동급생이에요."

그렇게 말하는 아리사의 표정은…… 학교에서 보여주는 것 같은, 평소의 가면 같은 표정으로 변해 있었다.

다만 원래 그녀는 표정의 변화를 쉽게 알 수가 없었기에 유즈루처럼 어느 정도 친하지 않고서는 구별할 수도 없었지만.

"이런 곳에서 만나다니, 우연이네. ……고등학교는 어때?"

"즐거워요. 코바야시 씨는 어떤가요?"

그러면서 아리사는 싱긋 미소 지었다.

평소의 꾸며낸 미소였다.

가면에서 비롯된 갑작스러운 미소가 수많은 남자를 착

각하게 만들었구나, 유즈루는 다시금 인식했다.

"나는 뭐, 그저 그래. 저기, 저 사람은?"

코바야시는 유즈루 쪽으로 시선을 향했다.

어쩐지 그의 시선에서 질투나 적의 같은 것을 유즈루는 느꼈다.

"유키시로와 같은 반, 타카세가와입니다. 처음 뵙겠습니다, 코바야시 군."

유즈루는 한 걸음 앞으로 내디디고, 그러고는 사교용 미소를 띠며 코바야시에게 그리 대답했다.

그러자 그는 살짝 당황한 모습을 드러냈다.

"어, 어어…… 처음 뵙겠습니다."

그리고 그는 입을 다물어버렸다.

코바야시와 아는 사이인 아리사 쪽도 "어떻게 할까요?"라고 그러는 것처럼 이쪽을 봤다.

다만 유즈루와 코바야시는 아무런 접점도 없으니까, 아리사와 코바야시가 입을 다물어버린 이상에야 대화는 이것으로 끝이었다.

그리고 이런 거북한 침묵에 견디다 못했는지 코바야시는 갑자기 입을 열었다.

"그렇지, 나는 이제 가야 되니까. 다음에 또 봐, 유키시로 씨."

그러면서 석양 아래를 뛰어갔다.

유즈루는 그의 뒷모습을 가리키고 아리사에게 물었다.

"저 사람, 널 좋아하는 게……."

"말 안 해도 알아요."

그리고 아리사는 깊이 한숨을 내쉬었다.

무척 지친 표정을 띠고 있었다.

"고백을 한다면 좋아하지 않는다고 솔직하게 말할 수 있으니까 편할 텐데 말이죠."

"뭐…… 아무런 말도 안 했는데 갑자기 널 좋아하지 않는다고 그럴 수야 없겠네."

좋아하지도 않는 남자가 계속 호의의 감정을 흘린다니.

미소녀도 큰일이구나, 유즈루는 가볍게 동정했다.

겸사겸사 이미 실연이 확정된 코바야시 군에게도 연민의 뜻을 보냈다.

※

여름방학이 시작되기 전날, 통지표와 함께 학년 등수가 적힌 종이가 학생들에게 배부되었다.

"5등인가. 전보다도 올라갔네."

교내 규모의 성과를 보고 유즈루는 만족스럽게 고개를 끄덕였다.

유즈루가 다니는 고등학교의 학생 수는 대략 삼백 명.

일단 '진학교'로 분류될 정도의 고등학교니까 그곳의 5등은 충분히 자랑할 수 있는 등수였다.

'유키시로는 무사히 1등을 했을까?'

학년 등수는 원칙적으로 본인에게만 알린다.

하지만 10등 이내의 학생은 교무실 앞에 붙여놓으니까 그것을 보러 가면 알 수 있다.

평소에 유즈루는 남의 등수 같은 것은 아무래도 상관없다고 생각하지만 이번만큼은 잠깐 보러 갈까, 그런 기분이 들었다.

그래서 유즈루는 순위표를 보러 갔다.

붙인 직후이기도 해서 조금 혼잡했다.

"유키시로는…… 이번에도 1등인가."

제대로 노력의 성과가 나온 듯했다.

자기 일도 아닌데도 불구하고 조금 기뻤다.

"호오—, 유키시로 씨, 이번에도 1등이네."

"그런 모양이야……. 아니, 아야카?!"

"여, 유즈룽."

어느샌가 타치바나 아야카가 유즈루 바로 옆에 있었다.

어째선지 싱글싱글 웃고 있었다.

유즈루는 어쩐지 좋지 않은 예감이 들었다.

"있잖아, 유즈룽. 어째서 유키시로 아리사 씨의 순위 같은 걸 신경 쓰는데?"

"같은 반이니까 딱히 이상한 일은 아니잖아?"

"어—, 그럴까? 유즈룽, 친한 사람의 성적이 아니라면 흥미 없잖아."

여전히 통찰력이 좋은 여자라며 유즈루는 한숨을 내쉬었다.

그리고 순위표로 흘끗 시선을 보내고…….

"그렇지, 아야카. 3등, 축하해."

"응. 지난번이랑 똑같네. 참고로 소이치로 군은 8등, 나기리 씨는 10등이야."

"나기리 텐카 말이지…… 머리 좋네."

외모에서 느껴지는 인상은 무척 성실하게 보였으니까 그녀의 머리가 좋다는 것은 그렇게 의외의 일은 아니었다.

"그래서, 유즈룽. 나기리 씨는 아무래도 상관없는데 어째서 유키시로 씨의 성적이 신경 쓰였어?

우와─, 노골적으로 싫다는 표정이네. 파고드는 거 싫구나. 그렇다는 건, 무언가 관계가 있다는 거지?"

"싫다는 표정인 건 우연히 눈에 띄어서 입에 담았을 뿐인데 이러쿵저러쿵 묻는 소꿉친구가 짜증 나서 그럴 뿐이야. 같은 반이니까 조금은 신경이 쓰이더라도 이상하진 않잖아."

혹시 유즈루와 아리사가 전혀 다른 반이었다면 신경을 쓰는 것은 조금 위화감이 있을지도 모르겠지만 어디까지나 같은 반이었다.

반 친구의 성적이 어느 정도인지 신경 쓰는 것은 이상한 일이 아니다.

유즈루가 그렇게 대답하자…… 아야카는 턱에 손을 대

고 생각에 잠기기 시작했다.

"그렇구나ㅡ. 응, 냉정하게 생각해보면 내 착각에 불과하네.

하지만 말이지……. 뭔가 걸린단 말이지. 유즈루를 의심하는 이유가, 뭔가…… 떠올랐다!"

아야카는 손뼉을 짝 쳤다.

그리고 히죽, 짓궂은 미소를 띠었다.

"생일 선물을 준 상대, 유키시로 씨?"

"글쎄, 그건 어떨까ㅡ."

유즈루의 심장이 아플 정도로 뛰었다.

하지만 이래 보여도 유즈루는 타카세가와 가문의 차기 당주.

감정을 얼굴에 드러내지 않는 것, 시치미를 떼는 것, 거짓말을 하는 것 정도는 가능하다.

사실 감이 좋은 아야카라도 유즈루의 표정에서 진위를 판별할 수는 없었나 보다.

"으ㅡ음, 내가 지나치게 생각하는 건가?"

"너는 내 연애 사정보다도 소이치로와의 연애 사정을 진전시키는 편이 낫지 않을까?"

"유즈룽이 걱정 안 해도, 나랑 소이치로는 알콩달콩 러브거든."

그렇다면 좋겠지만.

유즈루는 또 다른 여자 소꿉친구의 얼굴을 떠올리며 한

숨을 내쉬었다.

※

여름방학에는 한번 돌아와라.

이것은 유즈루가 혼자서 살기 위한 조건 중 하나였다.

다만 알바가 있으니까 본가에서 오래 머무를 생각은 없었다.

본가에서 지내는 것은 고작해야 2주 정도였다.

그래서 여행용 가방에 짐을 채워 넣고 본가로 돌아가기 위해서 유즈루는 전철을 탔다.

그랬더니…….

"어라? 유키시로."

"어머, 타카세가와 씨. 우연이네요."

우연히도 자리에 앉아 있던 아리사와 맞닥뜨렸다.

아리사는 유즈루가 가지고 있는 여행용 가방으로 시선을 향했다.

"그러고 보니 본가로 돌아간다고 그랬죠."

"어, 그래. ……유키시로는 무슨 일이야?"

"여름옷을 사러 갈 생각이라."

아무래도 정말로 우연히 마주쳤을 뿐인 듯했다.

그렇지만 여기서 만날 수 있었던 것은 조금 운이 좋았다.

"그럼…… 2주 뒤에, 다시 만나자."

마지막으로 얼굴을 마주한 토요일에도 그렇게 말하고 헤어졌지만, 그 후로도 등교를 했으니까 엄밀하게는 진짜 '마지막'이 아니었다.

그리고 학교에서는 아리사와 인사를 나눌 수는 없었으니 이것은 좋은 기회였다.

"그러네요. 2주 뒤에 만나기를 기대하고 있을게요."

아리사는 담담하게 그리 대답했다.

딱히 이번 생에서 이별하는 것도 아니고 고작해야 2주 뒤에는 만날 수 있는데다가 메시지가 전화를 하면 연락을 취할 수도 있다는 것을 생각하면 그렇게까지 슬픈 일은 아니었다.

다만…… 의외로 두 사람은 빨리 재회하게 되지만.

※

여름방학이 시작되고 사흘째.

아리사는 서둘러서 여름방학 숙제를 마치고자 책상과 마주하고 있었다.

마침 끊기 좋은 부분까지 과제가 진행되어 한숨 돌리고자 샤프펜슬을 놓았다.

그리고 딱히 의미도 없이 한숨을 내쉬었다.

별생각 없이 달력으로 시선을 향했다.

"다음 토요일은……."

타카세가와 유즈루에게 어떤 요리를 해줄까.

그런 생각을 한 뒤, 지금은 여름방학이라서 그가 본가로 귀성했다는 사실을 떠올렸다.

'의외로 쓸쓸하네…….'

고작 한 달 정도, 이렇다 할 것은 아니었다.

그렇게 생각했는데, 생각했던 것보다도 유즈루의 존재는 아리사의 생활에 스며들어 있었다.

토요일에 유즈루의 집에 가서 같이 놀고 요리를 한다.

아리사는 본인도 모르는 사이에 그것을 무척 기대하게 된 것이었다.

"빨리, 만나고 싶어……."

무심코 그리 중얼거리고 아리사는 뺨을 물들였다.

이래서야 마치 사랑하는 소녀가 아닌가.

'타카세가와 씨랑 나는, 그런 게 아니야……. 적어도 나는 타카세가와 씨한테 어울리지 않아.'

주변 사람들은 아리사는 '착한 아이'로 생각하고, 아리사 본인도 그렇게 행동했다.

하지만 그것은 그럴 수밖에 없었으니까…… 과거의 아리사는, 지금의 아리사에게는 눈을 가리고 싶어질 만큼 제멋대로인 아이였다.

……그리고 사람의 본질은 그리 변하지 않는다.

아리사는 지금도 자신이 제멋대로이고 어떻게 할 도리

가 없는 인간이라 생각했다.

'나는 타카세가와 씨한테…… 거짓말을 해버렸으니까.'

아리사는 하나.

유즈루에게 큰 거짓말을 하고 있었다.

아리사 스스로를 일방적인 피해자처럼 꾸며서 유즈루의 보호 욕구를 자극하는, 그런 거짓말이다.

유즈루를 속이고 그의 친절한 마음을 이용해서 아리사가 일방적인 형편에 맞추어 휘두르는 것이었다.

이 어찌나 최악인 인간일까, 아리사는 저도 모르게 한숨을 내쉬었다.

과거에 아리사는 양어머니한테 "거짓말쟁이"라며 매도당한 적이 있는데 정말 그랬다.

틀림없이 이런 인격이기에 미움을 받는 것이리라 아리사는 생각했다.

'분명히 화내겠지…… 환멸할 테고…….'

아리사는 자조하듯 웃었다.

아리사의 본성을 안다면 유즈루는 틀림없이 그녀에게 실망할 테고 지금의 관계는, '위장 약혼'은 없었던 일이 될 것이다.

그것은 싫었다.

'위장 약혼'이라는 방패가 사라진다면 아리사는 또다시 원래의 불안정한 입장으로 내몰리고, 무엇보다도 유즈루에게 미움을 산다면 두 번 다시 그와 함께 있을 수가 없으리라는 사실이 싫었다.

'어쩌지…….'

빨리 말해야만 한다는 것은 안다.

하지만 무서워서 도저히 말을 꺼낼 수가 없었다.

그렇게 아리사가 고민하고 있는데…… 휴대전화가 울렸다.

확인했더니 그것은 유즈루의 전화였다.

아리사의 심장이 크게 뛰었다.

어쩌면…… 거짓말이 들키고 만 것은 아닐까.

떨리는 손으로 휴대전화를 들고 아리사는 가능한 한 평정을 가장하며 받았다.

"예, 여보세요."

『……유키시로?』

"제 휴대전화니까요."

『그것도 그러네.』

그러는 유즈루는 조금 긴장한 목소리였다.

어쩌면 정말로 거짓말이 들키고 만 것일까? 아리사는 그렇게 강한 불안에 사로잡혔다.

긴급한 용건이라도 아닌 한, 메시지라도 보내면 그만이니까.

"무슨 일인가요?"

『아니, 너한테 좀 부탁할 게 있어서…… 지금, 괜찮을까?』

"괜찮아요."

아리사는 안도의 한숨을 내쉬었다.

아무래도 아리사의 큰 거짓말이 들키지는 않은 모양이었다.

아리사는 안심하는 것과 동시에 강한 죄책감은 느꼈다.

『그게, 딱히 억지로 강요할 생각은 전혀 없으니까. 거절해도 괜찮아.』

"예……?"

『이런 부탁을 하는 건 정말로 미안하다고 생각해.』

"그래서, 뭔가요? ……너무 그러면 저도 긴장해요."

그렇게나 중대한 이야기일까?

살짝 심장의 고동이 빨라지는 것을 아리사는 느꼈다.

『……같이 데이트를 해줬으면 해.』

"데이트, 인가요? 지난번 종합 오락 시설인가요?"

그곳은 즐거웠다며 아리사는 떠올렸다.

허나 유즈루는 곧바로 그것을 부정했다.

『아니, 거긴 아니야. ……할아버지가 말이지, 티켓 두 장을 이미 준비해버려서.』

"그렇군요. ……그건 또, 괜한 참견이네요."

『뭐, 본인 말로는 받은 거라는데…… 사실인지 거짓말인지는 모르겠어. 거절하려고 했는데…… 여름방학 중에 한 번도 놀러 가지 않는 커플이 어디 있겠느냐! 라고 그러니까 전혀 반론을 할 수가 없어서.』

"그건……정론이네요. 알겠어요, 같이 갈게요."

애당초 아리사 쪽이 유즈루한테 이 '위장 약혼'을 제안한 것이었다.

유즈루는 아리사를 위해서 이것저것 어울려주는 것이었다.

아리사에게 그것을 거절할 권리 따윈 있을 리가 없다.

……처음부터 아리사가 여러모로 헤아려야 했고, 오히려 아리사가 사과해야만 하는 입장이었다.

『응, 그렇게 말해주니까 기쁘지만…….』

"그래서, 어딘가요? 장소는."

티켓이라고 그러니까 유원지나 영화관 같은 장소일까?

아리사는 그리 생각하며 유즈루에게 물었다.

『……야.』

"미안해요, 다시 한번 부탁할게요."

한순간 노이즈가 끼어서 그의 목소리는 들리지 않았다.

다시 한번 말해달라고 부탁했다.

『수영장이야. ……그게, 같이 수영장에 가줄 수 없을까 해서.』

맞선 보고 싶지 않아서

억지스러운 조건을 달았더니

동급생이 온 일에 대해서

제4장

'약혼자'와의 수영장 데이트

『수, 수영장이요?!』

전화 너머에서 아리사의 동요한 목소리가 들렸다.

역시 안 되나, 유즈루는 마음속으로 한숨을 내쉬었다.

일의 발단은 한 시간 정도 전.

유즈루의 할아버지가 갑자기 "주주 우대로 받았다. 유키시로 씨와 다녀와라"라는 소리를 하며 유명한 물놀이 시설의 티켓 두 장을 유즈루에게 건넨 것이었다.

그렇다, 수영장이다.

수영장에 간다는 것은 수영복을 입는다는 소리다.

수영복을 입는다는 것은 맨살을 드러낸다는 의미다.

아리사는 남성에게 익숙하지 않은 모양이고 남성의 맨살을 보는 것을 불편해했다.

그리고 자신의 맨살을 드러내는 것도 싫을 것이다.

유즈루도 아리사의 수영복차림은…… 뭐, 보고 싶지 않다고 하면 거짓말이지만 아마도 그것을 눈앞에 두면 긴장하고 말 것이다.

긴장과 부끄러움 때문에 제대로 놀지도 못할 것은 눈에 선했다.

유즈루로서는 거절하고 싶었다.

하지만 "평범한 애인들끼리는, 여름에는 수영장이나 바다에서 노는 법이잖으냐" 같은 소리를 해버리니 반론할 수 없었다.

"응, 뭐…… 그러네."

"수영장……인가요. 그렇다면 수영복을 입는다는 이야기인가요."

처음에는 동요한 모양이지만 금세 아리사의 목소리는 다시 차분해졌다.

전화 너머라서 그녀의 감정이 쉽게 전해지지 않았다.

하지만 그럼에도 아마 아리사는 싫어하고 있다.

유즈루가 알고 있는 유키시로 아리사라면, 좋아하지도 않는 남성과 수영장에 가는 것은 싫을 터.

"역시 싫구나. 응, 할아버지한테는 내가 잘 말해둘게."

『……괜찮을까요?』

"나는 몰라도 다른 손님한테 드러내는 건 유키시로가 부끄러워한다든지, 다른 남자한테 여자친구의 맨살을 드러내는 게 싫다든지. 그럴싸한 소리를 하면 물러나지 않을까."

아무리 그대로 억지로 강요하지는 않을 것이다.

다만 대신에 유원지든 영화관이든, 그럴듯한 곳에 갈 필요는 있겠지만.

『……하지만, 어려운 거죠?』

"아니, 뭐…… 간단하다고 그러지는 못하겠지만."

요즘 세상에 수영장에서 수영복 입는 것이 부끄럽다는 여자가 얼마나 있을까?

　애당초 학교 수영 수업에서는 어쩌는데?

　그런 태클이 없을 리가 없었다.

　『가도 괜찮아요.』

　냉정하고 침착한 목소리가 돌아왔다.

　그것은 유즈루에게는 무척 고마운 대답이지만…… 하지만 불안해졌다.

　"싫지는 않아?"

　『싫을 때는 싫다, 그렇게 말하라고 그런 건 타카세가와 씨에요. 딱히 싫지는 않으니까 가도 돼요.』

　"……부끄럽지는 않아?"

　『TPO의 문제예요. 수영장에서 수영복을 입는 건 이상한 일이 아니에요. ……애당초 수영 수업에서는 수영복을 입으니까요.』

　말씀하시는 그대로였다.

　의외로 그런 법인가? 자기가 너무 신경 썼을 뿐인가?

　유즈루는 내심 그렇게 고개를 갸웃거렸다.

　『아, 물론 착각하지는 않았으면 하는데……. 원칙적으로 좋아하지도 않는 이성과 수영장에 가지는 않아요. 다른 사람은 모르겠지만 저는 안 갈 테고, 가고 싶지도 않아요. 그런 절도가 없는 인간도 아니고, 무엇보다 마음이 있다고 착각이라도 한다면 귀찮아요.』

단호하게 아리사는 그리 말했다.

그러고는 담담하게 말을 이었다.

『하지만 타카세가와 씨는 딱히 착각하지는 않겠죠?』

"뭐…… 그러네. 애당초 '약혼'했다는 전제라도 없었다면 권유하지도 않았고."

『그런 거예요. 게다가 타카세가와 씨는 무해하겠죠. 유해한 사람이라면 진즉에 가면이 벗겨졌을 거예요. ……뭐, 굉장히 감추는 게 능한 걸지도 모르지만.』

"유해무해로 따지다니, 무슨 해충이나 해수 같은 부류도 아니니까. ……뭐, 남자는 늑대라고 그러지만."

유즈루도 부정한 마음을 지니지 않았느냐고 묻는다면 그렇지도 않았다.

평범한 고등학생 남자 수준의 성욕은 있다.

『타카세가와 씨는 늑대인가요?』

"……제대로 예의가 교육된 대형견 정도라고는 생각해."

『그렇죠? 다만 저는 고양이파니까 타카세가와 씨는 좋아하지 않지만요.』

"그런가. 참고로 나는 강아지파야."

다만 이 자리에서는 강아지인지 고양이인지, 그런 정보는 그다지 중요하지 않았다.

물론 상대가 계속 논쟁할 생각이라면 유즈루도 받아들일 생각이지만.

『애당초 '약혼'은 제가 꺼낸 이야기예요. 그리고 타카세가와 씨는 저를 감싸는 형태로 이것을 받아들여주었죠. 그렇다면 제 쪽에서 협력적으로 움직이는 것이 도리라는 이야기에요.』

"아니, 그렇게까지 의무감은 안 품어도 딱히 상관은 없는데……."

『사실은 일주일 전, 어쩌면 같은 반 여자애한테 권유를 받을 수도 있겠다고 생각해서 수영복을 새로 맞췄어요. 타카세가와 씨한테 권유를 받은 건 예상 밖이었지만…… 뭐, 타이밍을 생각해도 나쁘지 않아요.』

싫지 않다. 오히려 의욕이 있다.

아리사는 그리 주장했다.

어쩐지 애써 배려하는 느낌이 없지도 않다만…….

이렇게까지 말하는데 "아니, 역시 너도 싫겠지"라고 단정지어 거절하는 것은 아리사에게 실례되는 이야기이리라.

그렇다면 처음부터 연락을 안 했어야 한다.

"그래, 알았어. 장소랑 날짜 말인데……."

『예. 잠깐만 기다려요. 지금 메모할 테니까.』

※

당일.

이미 수영복으로 갈아입은 유즈루는 먼저 수영장 사이드에서 아리사를 기다리고 있었다.

주위에는 유즈루와 마찬가지로 상대를 기다리는 남성이 여기저기 있었다.

이런 일을 하다보면 정말로 애인이 된 것 같은 착각을 느낀다.

다만 유즈루는 아리사를 연애 상대라고는 생각하지 않고, 반대 역시도 그러하지만.

서로가 좋아하지도 않는데 애인 같은 행동을 한다.

참으로 귀중한 체험이었다.

평생의 추억으로 남을 것은 틀림없으리라. 좋든 나쁘든.

그런 생각을 하는 사이, 주위 남성의 시선이 어느 한 점으로 빨려드는 것을 깨달았다.

유즈루 역시도 그에 이끌리듯이 그쪽으로 시선을 향했다.

"기다렸죠."

"……오오."

무심코 감탄사를 흘리고 말았다.

그럴 만큼 아리사의 수영복차림은 아름다웠다.

이 모습에는 자칭 대형견인 유즈루도 빠져들고 말았다.

"타카세가와 씨. 아무 말도 안 하는 건 곤란한데요."

"아, 미안해."

미간을 찡그리고 싸늘한 시선으로 바라봤기에 유즈루는 정신을 차렸다.

그리고 다시금 아리사의 수영복 차림을 관찰했다.

우선은 수영복, 의외로 삼각 비키니였다.

게다가 색깔은 검정.

디자인은 검은색만이 아니라 녹색에 가까운 하얀 무늬 같은 것이 그려져 있고, 중앙은 화려하고 커다란 리본으로 장식되어 있었다.

그 검은색 수영복과 대비되어 그녀의 새하얀 피부는 무척 선명했다.

백자처럼 매끄럽고 요염한 피부가 이상하리만큼 강조되는 것 같았다.

비키니이기도 해서 자연스럽게 유즈루의 시선은 상중하 세 점으로 향했다.

날씬한 몸매라서 전체적으로 가늘다는 인상을 받지만 나올 곳은 나왔다.

우선은 목덜미에서 쇄골에 걸쳐서 매끄러운 데콜테 라인.

그곳에서 이어지는 희고 눈부신 계곡에, 아름답고 풍만하게 여문 과실.

그 아래부터는 매끄러운 곡선을 그리며 가늘어지고, 멋들어지게 잘록한 모양의 단정한 배꼽에 이른다.

그곳을 지나자 갑자기 옆으로 둥근 느낌을 띠기 시작하여 정면에서도 뒤쪽 부분의 라인을 상상하게 만들었다.

검은 수영복에서 뻗은 가늘고 긴, 아름다운 두 다리는 그저 훌륭하다고 표현할 수밖에 없었다.

"뭐, 그게…… 그러네."

"그렇다고요?"

"네가 진짜 내 약혼자가 아니라는 걸, 지금 조금 아쉽다고 생각했어."

반쯤 농담……이라는 말투로 유즈루는 아리사의 수영복 차림을 그렇게 칭찬했다.

제대로 농담이라는 것은 전해졌는지 아리사는 작게 웃었다.

"그건 아쉽겠네요. ……타카세가와 씨도 잘 어울려요. 자택에서 근육 트레이닝을 한다든지 친구랑 헬스장에 간다고 그랬는데, 그건 정말이었군요."

"물론이야. ……뭐, 남자도 어느 정도 체형은 신경 쓰니까."

여성만큼은 아닐지도 모르겠지만 칠칠치 못한 체형은 역시나 부끄럽다.

이럴 때, 제대로 평소부터 운동을 해서 다행이라고 생각하는 것이었다.

"그런데 유키시로. ……너는, 그게, 뭐라고 할까. 이런 건 부끄러워하는 타입이라고 생각했는데?"

맨살을 드러내는 것도, 그리고 남자의 맨살을 보는 것도.

이곳은 불특정다수의 남녀가 있는 곳이라 아무래도 모르는 남성에게 맨살을 드러내고, 모르는 남성의 맨살을 보는 꼴이 된다.

"TPO의 문제, 라고 했잖아요? 그리고 지적하지 말아요. 의식하면 평범하게 부끄러우니까."

그러는 아리사의 피부는 장밋빛으로 물들어 있었다.

부끄러운 것은 부끄럽나 보다.

"그건 내가 잘못했어. ……일단 어디로 갈래?"

"그러네요……. 우선은 느긋하게 놀고 싶어요."

"그럼 유수 풀이라도 갈까."

두 사람은 유수 풀 구역까지 걷기 시작했다.

※

아리사를 데리고 걸으면서 새삼스레 느낀 것인데, 역시나 눈에 띄었다.

아무리 그래도 빤히 쳐다보는 무례한 사람은 그리 많지는 않았지만, 많은 남성이 두 번씩은 쳐다보고 그중에는 흘끗흘끗 이쪽을 엿보는 사람도 있었다.

이만큼 눈에 띄는 용모에 멋진 몸매니까 어쩔 수 없는 일이지만.

미녀세 같은 것이리라.

하지만 재미있는 것은…… 남성만이 아니라 적지 않은 숫자의 여성도 아리사를 향해 어쩐지 선망과 질투가 담긴 눈빛을 보내고 있는 것이었다.

"미인은 눈에 띄어서 큰일이겠어."

유즈루가 반쯤 놀리듯이 그렇게 말하자 어째선지 아리사는 어이없다는 표정을 띠었다.

"……반은 당신 탓이라고 생각하는데요. 자각, 없나요?"

"아니, 뭐⋯⋯. 없지는 않은데."

유즈루는 무심코 쓴웃음 지었다.

일단 남들 이상의 용모이기는 하다, 그런 자각은 있었다.

"아, 타카세가와 씨. 튜브를 빌려주네요. 저, 느긋하게 놀고 싶으니까 빌릴게요."

아리사는 그러면서 수영장 사이드의 한곳을 가리켰다.

그곳에는 다양한 크기의 튜브가 진열되어 있었다.

전통적인 스타일도 있고, 범고래를 본뜬 것 같은 이상한 종류도 있었다.

"⋯⋯2인용 같은 것도 있는데 어떻게 할래?"

"상식적으로 생각해요."

빤히 노려보자 유즈루는 어깨를 움츠렸다.

물론 여기서 말하는 상식적인 생각이라면 1인용 튜브를 빌리는 것이다.

서로 좋아하지도 않는데 피부가 맞닿을 가능성이 높은 2인용 튜브를 빌리는 것은 아무리 그래도 아닐 것이다.

아리사는 정산 밴드를 사용해서 1인용 튜브를 빌렸다.

"타카세가와 씨는 괜찮나요?"

"나는 수영을 좀 하고 싶어서."

두 사람은 천천히 물속으로 몸을 담갔다.

아리사는 엎드리듯이 자세를 잡고 첨벙첨벙 헤엄치며.

한편으로 아리사의 튜브 끈을 손에 잡고서 그녀를 따라 갔다.

"으─응…… 기분 좋네."

"응…… 그러네요. 이러니저러니 해도 오길 잘했어요."

유즈루의 말에 아리사는 맞장구를 쳤다.

평소에 그녀는 쿨한 표정을 무너뜨리지 않지만 오늘은 눈을 가늘게 뜨며 즐거워 보였다.

그렇지만 그저 흘러 다니는 것만으로는 심심하니까, 유즈루는 아리사의 튜브 끈을 붙잡고서 가볍게 헤엄치기로 했다.

"마차에 타고 있는 기분이네요."

의외로 이것은 아리사에게 호평이었다.

완전히 힘을 빼고서 유즈루에게 끌려다니고 있었다. 스스로 움직일 생각은 그다지 없는 듯했다.

"어느 쪽일지 따지자면 눈썰매일까?"

"대형견이니까 그런가요?"

그런 대화를 나누며 두 사람은 순조롭게 헤엄을 쳤지만 도중에 걸음은 멈추었다.

인파에 걸려버린 것이었다.

어찌된 영문인지 많은 사람들이 흐름을 거스르며 그 자리에 멈춰 있었다.

"정체? ……무슨 일 있을까요."

"글쎄…… 뭘까. 나중에 수영장 사이드에서 살펴볼까. 멈추는 건 폐가 될 테고."

유즈루와 아리사는 살짝 끌렸지만, 유수 풀에서 멈추는 것은 폐가 될 것이라 생각해서 그 자리는 곧바로 지나가려고 했다.

……하지만 운이 나빴다. (혹은 좋았다.)

"우왁!"

"꺄!"

유즈루와 아리사는 함께 비명을 터뜨렸다.

위에서 양동이를 뒤집은 것 같은 물이 쏟아진 것이었다.

유즈루는 얼굴에 쏟아진 물을 손으로 훔쳤다.

"다들 목적은 이거였나…… 놀랐어."

유즈루는 그러면서 위를 확인했다.

머리 위에는 거대한 양동이 같은 것이 있고 그곳에서 물이 쏟아졌다.

일정 시간이 지나면 위에서 물이 쏟아지는 구조인 듯했다.

"노, 놀랐어요. 심장이 두근두근해요."

아리사는 엎드린 자세에서 몸을 일으키고 튜브에 매달린 것 같은 모양새로 헤엄치고 있었다.

커다란 두 과실을 튜브에 얹은 형태가 되어 있었다.

물방울이 계곡 안으로 흘러내리는 모습이 보였다.

"타카세가와 씨?"

"아니, 하지만 놀라기는 했어도 재미있었지."

유즈루가 얼버무리듯이 말하자 아리사는 싱긋 미소 지었다.

"못 알아차렸을 거라 생각하나요?"

"죄송합니다."

유수 풀을 둘이서 딱 한 바퀴를 돌았을 참에, 두 사람은
일단 물에서 올라왔다.

"저, 사실은 파도 풀은 가본 적이 없어서요. 같이 가도
될까요?"

"나도 처음이야. 조금 신경 쓰이네. 응, 갈까."

파도 풀인 만큼 바다를 이미지로 만든 것 같은 수영장이
었다.

물론 모래밭은 없이, 모래밭 같은 디자인으로 되어 있을
뿐이지만.

유즈루와 아리사는 수영장으로 들어가서 안쪽까지 이동
하려고 했지만······.

튜브를 사용하는 아리사는 파도가 올 때마다 흘러가는
바람에 이동하기 힘든 모양이었다.

"내가 당길까?"

"잘 부탁해요."

아리사의 튜브를 붙잡고 떠밀듯이 안쪽으로 나아갔다.

파도가 치면 그에 끌려가는 모양새로 아리사도 흘러가
고. 그리고 파도가 밀려드는 것과는 반대쪽으로 흘러갔다.

가장자리로 흘러갈 뻔할 때마다 유즈루가 흘러가는 아
리사를 받아냈다.

"바다랑 달라서 위험할 일도 적고 재미있네요."

"튜브라면 파도를 탈 수 있어서 재미있겠네."

서핑처럼, 그러기에는 조금 다르지만 파도를 타고 위아래로 흔들리는 아리사는 무척 즐거워 보였다.

물론 아리사의 표정 변화는 작지만…… 눈을 가늘게 뜨고 입가는 풀어졌으니까 즐거워하는 것은 한눈에 할 수 있었다.

자신도 튜브를 빌려올까, 유즈루는 잠시 고민했다.

"그럼 잠깐 교대할까요?"

"괜찮아?"

"독점하진 않아요."

아리사는 그러더니 튜브에서 빠져나왔다.

그리고 유즈루에게 튜브를 넘기려고 했지만…….

"하얏!"

"유키시로!"

뒤에서 큰 파도를 맞고 크게 앞으로 떠밀렸다.

황급히 유즈루가 달려가자 아리사는 혼란에 빠졌는지 매달리듯이 안겨들었다.

살짝 물에 빠질 뻔한 모습이었기에 유즈루도 아리사를 끌어안듯이 몸을 부축했다.

아리사의 몸은 부드럽고, 따뜻하고, 그리고 놀라울 만큼 가벼웠다.

"괜찮아?"

"콜록, 물을 마셔버렸어요."

그러면서 아리사는 가볍게 기침을 했다.

그리고 자신이 유즈루에게 안겨 있다는 사실을 깨달았는지 황급히 떨어졌다.

피부가 살짝 붉었다.

"미안해요. 폐를 끼쳤어요."

"신경 쓰지 마."

유즈루는 아무것도 아니라는 표정으로 못 알아차린 척을 하며 그리 대답했다.

그러자 아리사 쪽도 얼버무리듯이 말했다.

"저, 사실은 수영을 그렇게 잘하지는 못해요. 수영장은 좋아하지만요."

"호오, 그렇구나. 그건 의외네."

운동 신경이 좋은 아리사라면 수영 정도는 평범하게 할 수 있다. 유즈루는 그리 생각했다.

그러자 아리사는 붙임성 있는 미소를 띠며 대답했다.

"25미터를 미처 못 가요. 숨을 쉬는 걸 그다지 못 해서."

"그렇구나."

그렇다면 다음에 기회가 있을 때 가르쳐줄까.

그렇게 입 밖으로 나오려던 말을 유즈루는 황급히 삼키는 것이었다.

"저건 워터 슬라이드……죠?"

파도 풀에서 놀던 중.

아리사가 그러면서 가리킨 것은 조금 떨어진 장소에 보이는, 파이프 같은 것이었다.

살펴보니 높은 곳에서 아래쪽으로 그 파이프는 이어져 있었다.

"그래, 그렇겠네. 일단 이 수영장의 핵심……이라고 그러네."

일단 사전조사를 해둔 유즈루는 아리사의 물음에 답했다.

무척 대형인 워터 슬라이드라고 그래서 유즈루는 살짝 기대하고 있었다.

"타보고 싶어?"

"그러……네요. 도전하고 싶어요."

긴장과 흥분, 불안과 호기심이 뒤섞인 것 같은 표정으로 아리사는 작게 고개를 끄덕였다.

이 모습을 보면 대형 워터 슬라이드를 타본 경험은 없는 모양이었다.

"그럼 가볼까."

"예."

유즈루와 아리사는 파도 풀에서 나와 워터 슬라이드까지 찾아왔다.

조금씩 계단을 올라가서 줄에 섰다.

잠시 후…… 아리사는 안절부절못하기 시작했다.

"유키시로? ……왜 그래?"

"아, 아뇨……. 그게…… 아무것도 아니에요."

흘끗흘끗 아래쪽을 살펴보고는 한 손으로 자신의 팔을 꽉 붙잡듯이 몸을 안았다.

"혹시 무서워졌어?"

"……새, 생각했던 것보다도 높아서."

확실히 유즈루도 올라와 봤더니 조금 높다는 인상을 품었다.

다만 높으면 높을수록 이런 놀이는 스릴이 강해지고 즐거워지는 법이라 유즈루는 두근두근했지만.

"돌아갈까?"

하지만 아리사가 무섭다면 지금은 물러나야 할 것이다.

나중에 유즈루 혼자서 타면 된다.

"아뇨, 그게……. 타고 싶다는 기분도 있어서……."

아리사의 표정에서는 호기심의 기색은 지워지지는 않았다.

공포와 기대의 두 감정으로 흔들리는 모양이었다.

하지만 아리사가 그렇게 고민하는 사이에…….

"그럼 다음은 오빠랑 언니시네."

직원이 그들을 부르고 말았다.

움찔, 아리사의 몸은 떨렸다. 그리고 꽉, 양손을 움켜쥐었다.

이제 와서 뒤로 물러날 수는 없다고 결심한 모양이었다.

"한 사람씩 탈래요? 둘이서 탈래요?"

직원은 유즈루와 아리사에게 그리 물었다.

아무래도 워터 슬라이드에는 1인용과 2인용 튜브가 있어서, 둘이서 타는 것도 가능한 듯했다.

하지만 2인용 튜브는…… 틀림없이 피부와 피부가 접촉할 것이다.

진짜 애인이라면 그것은 바라는 일일지도 모르겠지만 유즈루와 아리사는 《가짜》 '약혼자'였다.

아리사도 남자인 유즈루와 너무 피부가 접촉하는 것은 싫으리라.

……유즈루 쪽은 딱히 그렇지도 않고, 오히려 이득이라는 생각도 없지는 않지만.

"그럼 혼자……."

"둘이서 탈게요."

아리사는 유즈루의 말을 가로막고 큰 소리로 그렇게 선언했다.

그리고 유즈루의 손을 꽉 쥐고 그를 올려다봤다.

불안으로 흔들리는 비취색 눈동자가 이쪽을 가만히 바라봤다.

"그게…… 부탁, 할게요."

"그래, 알았어. ……둘이서 타는 게 더 즐거울 테고."

무서우니까 둘이서 타고 싶다.

그런 아리사의 바람을 유즈루는 쾌히 받아들였다.

직원은 흐뭇한 커플을 봤다는 듯한 표정을 띠고, 그리고 2인용 튜브를 꺼냈다.

튜브는 도넛을 두 개 합친 것 같은 모양이었다.

"남자친구랑 여자친구, 누가 앞에 탈래요?"

"여, 여자친구……."

아리사는 부끄러운 듯이 뺨을 물들이고 얼굴을 숙였다.

이미 그 반응이 풋풋한 커플, 애인으로 보이고 마는 것을 아리사는 깨닫지 못했다.

유즈루는 부끄러운 심정을 느끼면서도 아리사에게 물었다.

"어떻게 할래? 앞이 좋아? 뒤가 좋아?"

"………………뒤로 할게요."

한동안의 침묵 후, 아리사는 그리 대답했다.

뒤쪽이 공포는 덜하리라고, 그리 생각한 모양이었다.

실제로 유즈루는 앞과 뒤, 어느 쪽이 무서운지 모른다.

롤러코스터는 뒤쪽이 무섭다는데…… 이것은 워터 슬라이드다. 과연 같을지 알 수 없었다.

"그럼 제가 앞에 탈게요."

유즈루와 아리사는 튜브에 탑승했다.

'긴장하고 있구나…….'

유즈루는 뒤쪽에서 뻗은 아리사의 다리를 바라보며 생각했다.

발끝까지 꽉 힘이 실려 있는 것을 분명하게 알 수 있었다.

표정은 알 수 없지만 틀림없이 공포로 굳어 있을 것이다.

"갑니다―, 손은 떼지 않도록 부탁드려요. 셋, 둘, 하나……."

카운트다운과 동시에 튜브를 앞으로 밀어내고, 원형 미끄럼틀로 빨려 들어갔다.

두 사람을 태운 튜브는 물을 타고 내려가면서 점점 속도가 붙었다.

"오오…… 꽤, 빠르…….""

"타카세가와 씨!"

갑자기 등에 부드러운 무언가가 닿았다.

꽉, 뒤쪽에서 뻗은 하얀 손이 유즈루를 단단히 붙잡았다.

덧붙여서 아름답고 긴 다리도 유즈루의 몸을 사이에 끼웠다.

"유키시로?!"

"히으…….""

작은 숨결을 등으로 느꼈다.

아무래도 아리사는 직원이 이야기했던 "손을 놓지 마라"라는 충고를 잊고 유즈루를 등 뒤에서 끌어안은 모양이었다.

유즈루의 등에 얼굴을 묻고서 떠는 아리사의 모습이 유즈루는 눈에 선했다.

"……."

유즈루는 저도 모르게 숨을 삼켰다.

반에서 가장 귀엽다는 평판인 소녀가 도움을 청하듯이, 등 뒤에서 가슴이 눌릴 만큼 끌어안은 것이었다.

워터 슬라이드의 스릴도 합쳐져서 유즈루의 심박수가 단숨에 뛰어올랐다.

그런 두 사람을 태운 튜브는 더더욱 속도가 빨라지고, 이윽고 출구에 다다랐다.

"햐으……."

"괜찮아?"

착수의 충격으로 아리사의 몸이 크게 앞으로 숙여졌다.

튜브에서 손을 놓고 있던 아리사는 그대로 유즈루의 등에 밀착하게 되었다.

한편 유즈루는 제대로 튜브 손잡이를 붙잡고 있었기에 두 사람이 튜브에서 내동댕이쳐지는 일은 없었다.

"하으…… 어찌어찌……."

아리사는 유즈루의 등에 달라붙은 상태로 그리 말했다.

그리고 금세 자신이 이성 친구와 피부를 밀착시킨 상태임을 깨달았는지 허둥지둥 몸을 뗐다.

"햐앗?! 미, 미안해요…… 꺄아!!"

"괜찮아?!"

그리고 그 기세 그대로 뒤로 쓰러지며 튜브에서 떨어졌다.

유즈루는 황급히 튜브에서 내려 아리사의 손을 잡아당기듯이 일으켜주었다.

"참 바쁘네."

유즈루가 놀리는 말을 던지자 아리사의 뺨이 화악 붉게 물들었다.

그리고 머리를 꾸벅 숙였다.

"미, 미안해요."

실패해서 그런가, 아니면 유즈루의 등에 달라붙고 말아서 그런가. 혹은 양쪽 모두인가.

아리사는 치욕으로 얼굴을 새빨갛게 물들이며 작게 고개를 끄덕였다.

워터 슬라이드 앞에서 너무 오래 머무르면 뒷사람에게 폐가 될 테니까 두 사람은 일단 수영장에서 나왔다.

그리고 워터 슬라이드용 튜브를 반납했다.

"꽤 재미있었지."

"그, 그러……네요. ……그게, 미안해요. 끌어안아 버려서. 몇 번이나……."

아리사는 미안하다는 듯이 유즈루에게 그리 말했다.

몇 번이나, 그 말은 파도 풀에서 있었던 일도 포함된 것이리라.

"시, 싫었죠……. 좋아하지도 않는 아이가, 이렇게나……그게, 달라붙어서. 정말로 폐를 끼쳐서, 미안해요."

시무룩하게, 면목 없다는 모습인 아리사.

물론 유즈루는 전혀 민폐라고 생각하지는 않고, 그리고 아리사가 슬퍼하는 것도 싫었다.

아리사는 좀 더 즐거워했으면 좋겠다.

"나는 전혀 신경 안 써. 괜찮아."

그리 말하고 위로하자 아리사는 유즈루를 올려다봤다.

"정말인가요?"

"정말이야. 오히려……."

"오히려?"

아리사는 고개를 갸웃거렸다.

아리사를 위로하려는 마음, 유즈루 자신이 전혀 신경 쓰지 않는다고 전하려는 마음이 앞서서 그만 실언을 흘리고 말았다.

물론 이제 와서 입을 다물 수는 없었다.

"이득이었을까……."

유즈루는 자신의 뺨이 어렴풋이 뜨거워지는 것을 느꼈다.

실패했구나, 유즈루는 스스로 자각했다.

"……."

"아니, 지금 그건……. 의지가 될 수 있어서 기쁘다는 걸로. 그게, 끌어안겨서 기쁘다든지 그런 이야기는……."

침묵에 잠겨버린 아리사를 보고 유즈루는 황급히 말을 덧붙였다.

하지만 입을 열면 열수록 사태는 점점 악화하였다.

그런 유즈루에게 아리사는…….

"야해요."

그러고는 쿡쿡 웃었다.

그리고 유즈루의 등을 가볍게 밀며 미소 지었다.

"알겠어요. ……다음 수영장으로 갈까요?"

"어, 어어…… 다음으로 가자."

아무래도 아리사는 기운은 되찾은 모양이었다.

유즈루는 어쩐지 납득이 안 되는 기분을 품으면서도 안

도의 한숨을 내쉬는 것이었다.

　둘이서 놀며 한 시간 반 정도의 시간이 흘렀다.
　휴식 시간이 되어서 두 사람은 수영장에서 나왔다.
　"조금, 피곤하네요."
　젖은 머리카락을 쓸어 넘기며 아리사는 그리 말했다.
　그 동작은 무척 요염하고 품위 있었다.
　"……그러고 보니 타카세가와 씨."
　"왜 그래?"
　"오늘은…… 그게, 증거 사진 같은 건 필요한가요?"
　손을 한쪽 팔에 대며 아리사는 유즈루에게 그리 물었다.
　이 수영장 데이트는 할아버지의 '지령'이니까, 이제까지
의 패턴을 생각하면 사진 촬영을 명령하더라도 이상하지
는 않았다.
　하지만…….
　"아니, 이번에는 괜찮아."
　"……그런가요?"
　"아무리 그래도 네 수영복 사진을 넘기라고 그러지는 못
할 테니까. 게다가…… 이제 정말로 걱정 없겠다고 여기는
모양이니까."
　할아버지가 유즈루에게 사진을 보내라고 그랬던 것은
두 사람의 관계를 걱정해서 한 일이었다.
　일단 고등학생이 맞선, 약혼이라는 것은 너무 빠르다……

라는 의식이 할아버지한테도 있었던 것이다.

유즈루와 아리사를 대면시킨 것은 자신이니까 그런 쪽으로도 확실하게 돌본다……라는 것은 할아버지가 의도한 부분이었다.

하지만 최근에 보낸 두 장의 사진으로 할아버지는 이미 유즈루와 아리사의 관계가 그럭저럭 양호하다고 확신한 듯했다.

"이번에는 사진은 필요 없다. 이미 충분히 사이가 좋은 모양이니까 말이야. 이것 참, 젊다는 건 멋지구나. 호호호호……."

그런 뻔한 웃음과 함께 직접 그리 말했다. 조금 화가 난 것은 비밀이었다.

물론 어린 소녀의 수영복 사진을 요구할 수는 없다는 할아버지의 윤리·도덕관도 있으리라.

"그런가요. ……그런가요."

틀림없이 아리사는 안심하겠지, 기뻐하겠지. 유즈루는 그리 생각했는데 어째선지 시무룩한 표정이었다.

어쩐지 아쉬워하는 것처럼 보였다.

"저기…… 찍지 않을래요?"

작은 목소리로 아리사는 말했다.

"어?"

유즈루는 무심코 되묻고 말았다.

그러자 아리사는 뺨을 물들이고 부끄러운 듯이 우물쭈물하면서 대답했다.

"그러니까…… 그게, 추억으로, 자신을 찍었으면 좋겠다고…… 생각했어요. 안 될까요? ……친구들끼리 사진을 찍는 건 이상한 게 아니잖아요?"

"뭐, 뭐어…… 그건 확실히, 그러네."

딱히 이상한 일은 아니다.

유즈루는 결코 사진을 좋아하지는 않지만 친구와 어딘가로 놀러갈 때 정도는, 한두 장 정도의 사진을 찍은 적은 있었다.

"하지만, 괜찮아? ……그게, 수영복을 사진으로 남기는 건."

"……뭐, 수영장이니까요."

어쩐지 변명처럼 아리사는 말했다.

그러고는 훗, 웃음을 띠었다.

"아니면 악용할 목적이 있나요?"

"설마. ……그래, 알았어, 찍을까."

"이번에는 제가 찍어도?"

"괜찮아."

사진을 찍고 싶다는 것은 자신이니까.

그런 이야기일까, 아리사는 휴대전화를 가지러 로커로 한 번 돌아갔다. 잠시 후에 아리사가 돌아왔다.

그녀는 어쩐지 긴장한 표정이었다.

"그럼 찍죠. 어디가 좋을까요?"

"저쪽은 어때? ……다들 찍고 있는데."

딱 괜찮은 느낌의 오브젝트를 유즈루는 가리켰다.

그곳에서는 여러 커플이 사진을 찍고 있었다.

"……."

"……."

"뭐, 친구들끼리 찍는 사람도 있으니까."

"그, 그러네요."

얼버무리듯이 두 사람은 그리 말하고는 오브젝트 앞에 섰다.

아리사는 살며시 유즈루 쪽을 몸을 가져다 댔다.

두 사람의 몸이 살짝 맞닿았다.

"……."

"……."

아리사가 든 휴대전화 화면에는, 유즈루와 아리사가 가슴부터 얼굴까지 비쳤다.

물론 둘 다 수영복 차림이라서 맨살을 드러냈다.

화면에 비치기 위해서 서로 다가서서 피부와 피부가 살짝 맞닿는 것을 확실하게 알 수 있었다.

"음…… 찍었어요. 볼래요?"

아리사는 그러면서 휴대전화를 건넸다.

유즈루는 휴대전화를 받아들고 사진을 확인했다.

"음…… 뭐, 나쁘지는 않을까."

둘 다 자연스러운 표정으로 사진을 찍을 수 있었다.

좋든 나쁘든 둘이서 사진을 찍는 것에 익숙해졌으리라.

"호오…… 저기저기, 나한테도 보여줘."

"응, 알겠어. ……응?"

별생각 없이, 자기 옆에서 휴대전화를 들여다보던 소녀에게 휴대전화를 건네고 나서…… 깨달았다.

그것은 아리사가 아니었다.

"괜찮네. 어쩐지 관계가 좀 차분해져서 익숙해진 커플이란 느낌이라."

싱글싱글 웃으며 그렇게 말한 것은…… 빨간색 비키니를 입은 흑발 소녀.

타치바나 아야카였다.

"아, 아야카?!"

유즈루가 놀라서 소리 높이자 오브젝트 뒤에서 그림자가 둘, 나타났다.

"저도 있어요!"

"여, 유즈루. ……꽤나 즐거워 보이네."

아야카와 마찬가지인 미소를 띠며 나타난 것은 치하루와 소이치로였다.

틀림없이 착각하고 있다.

유즈루와 아리사는 순간적으로 아이콘택트를 했다.

("어, 어쩌죠?")

("어, 얼버무릴 수밖에 없겠지.")

두 사람은 뜻을 다지고 소이치로, 아야카, 치하루를 돌아봤다.

유즈루는 아무것도 아니라는 표정으로 세 사람에게 인

사했다.

"우연이네, 셋 다."

"그래, 우연이네, 유즈루. 그런데……."

"거기 귀여운 여자애, 유키시로 씨죠?"

"있지―, 유즈룽. 어째서 둘이 같이 수영장에서 사진을 찍고 있는데?"

세 사람은 싱글싱글 웃으며 유즈루에게 물었다.

아리사는 유즈루 뒤에 숨는 것 같은 모양새로 몸을 움츠렸다.

완전히 유즈루에게 설명을 모조리 맡길 생각인 듯했다.

"어―, 이건 말이지."

""""이건?"""

"어쩌다가, 우연히 만났어. 설마 너희하고도 만날 줄이야. 우연이라는 건 겹치는 법이구나."

유즈루가 그렇게 말하자…….

세 사람은 얼굴을 마주 봤다.

""""그건 무리가 있어." 있어요." 있잖아."

얼버무리지 못했다.

※

우선 소이치로는 근처에 있는 음식점을 가리켰다.

"지금은 가게라도 들어가서 식사하면서 이야기하지 않

을래?"

그곳은 수영복 그대로 식사를 할 수 있는, 수영장 안의 시설이었다.

점심시간이라 유즈루도 아리사도 무언가 먹으려고 생각하던 참이라 마침 잘 됐다.

게다가 섣불리 도망치는 것보다도 제대로 설명하는 편이 나을 것이다.

유즈루는 아리사에게 눈짓을 한 뒤, 함께 고개를 끄덕였다.

"호흡이 딱 맞잖아. 내 예상대로, 유즈룽이랑 유키시로 씨는 애인…… 아얏! 유즈룽이 때렸어!"

"지레짐작하지 마."

유즈루는 아야카의 머리를 가볍게 때렸다.

테이블에 앉아서 음식 주문을 마친 뒤, 아리사는 세 사람에게 인사를 했다.

"그럼 다시, 유키시로 아리사예요. 처음 뵙겠습니다……."

그러자 세 사람은 모두 가볍게 머리를 숙이고 저마다 인사에 답했다.

"사타케 소이치로야. 잘 부탁해."

"타치바나 아야카야. 잘 부탁할게."

"우에니시 치하루예요. 잘 부탁해요."

인사를 마친 참에…….

세 사람의 시선이 일제히 유즈루에게 향했다.

"그래서 유즈루. 역시 유키시로 씨하고는 그런 관계야?"

"어떤 관계야?"

"얼버무리지 말고. 애인 사이냐는 질문."

"그건 노야."

"또 그런…… 애인 사이도 아닌데 남녀가 수영장에 오나요? 애인 사이가 아니더라도 어지간한 마음이 없다면 보통은 안 와요."

"그건……."

자, 어떻게 할지 유즈루는 망연자실했다.

함께 수영복 차림으로 수영장에 있는 모습을 목격한 이상, 어설프게 얼버무려봐야 통하지 않을 것이다.

"……타카세가와 씨. 세 분, 입이 무겁다고 신뢰할 수 있는 편인가요?"

아리사는 유즈루에게 작은 목소리로 물었다.

그 점이 있어서는 문제없다.

셋 다 마음이 깨끗한 성인이라고는 못 할 테지만, 하지만 친구의 비밀을 입에 담을 법한 인간은 아니었다.

……애당초 비즈니스에서 신용만큼 중요한 것은 없다.

여기서 유즈루의 신용을 잃는 것은 장래에 세 사람의 불이익으로 이어진다.

"물론이야. ……그건 약속할 수 있어. 하지만 무슨 일이 계기가 되어서 정보가 유출될지……."

"사정을 어느 정도 이야기해서 저희에게는 무척 중요하

고 진지한 일임을 이해받는 편이 안전하지 않을까요?"

"그건…… 확실히 그럴지도 모르겠네."

당연하지만 입이라는 것은 중요성에 따라서 무거워진다.

그러니까 정말로 입 다물기를 원한다면 단단히 사정을 설명할 필요는 있지만…….

사정 설명에는 아무래도 아리사의 가정 사정에 대해서 언급할 필요가 있다.

유즈루에게 세 사람은 친구이지만 아리사 입장에서는 어디까지나 남이리라.

"……좋아, 알았어. 설명할게."

지금은 아리사의 가정 사정에 대해서는 언급하지 않고 잘 이야기할 수밖에 없다.

그리 생각한 유즈루는 일부 정보를 숨기고 대략적인 사정을 설명했다.

끝까지 들은 아야카는 입을 열자마자 이렇게 말했다.

"유즈룽, 꽤나 재미있는 일이 됐네."

"……자각하고는 있어."

싱글싱글하는 아야카에게 유즈루는 한숨 섞어서 중얼거렸다.

남의 일이라면 이만큼 재미있는 일은 없을 것이다.

만화나 드라마 같은 일이 가까운 곳에서 벌어지는 것이니까.

"그건 그렇고 정말로 유키시로 씨가 왔구나. 너희 할아버지, 대단한데."

"그래…… 얕봤어. 좀 더 말도 안 되는 설정을 해뒀어야 했는데. 우주인이라든지 이세계인이라든지 초능력자라든지 미래인이라든지."

감탄한 것 같은 표정을 띤 소이치로에게 유즈루는 대충 대답했다.

다만 애당초 아리사는 금발도 아니고 벽안도 아니니까 조건이 충족되지는 않았다.

퇴짜를 놓을 생각이라면 얼마든지 퇴짜를 놓을 수 있었으리라.

그럼에도 유즈루가 그러지 않았던 것은…….

"하지만 유즈루 씨. 유키시로 씨는 금발 벽안이 아니에요. 그걸 이유로 거절하면 되지 않았을까요. ……사실은 의외로 솔깃했던 거 아닌가요?"

모순을 찔러주마.

마치 그러고 싶은 표정으로 치하루는 말했다.

확실히 유즈루의 설명에서 그 부분은 큰 모순점이었다.

본래는 거절하려고 생각했다면 거절할 수 있었음에도 불구하고 유즈루가 그것을 받아들였다……. 그 이유는 유즈루 쪽이 아리사가 그럭저럭 마음에 들었기 때문이 아닌가?

그리 생각할 수 있었다.

실제로 아리사는 미인이니까 평범한 남자는 잘만 하면 되겠다고 생각할 테고, 유즈루도 아리사의 수영복차림을 보고 "진짜 애인이라면 좋았을 텐데"라며 반은 농담 반은 진담으로 생각한 것은 사실이었다.

"취향인 타입을 데려오라 그러고, 그런 사람이 안 오면 좋고 오면 또 그것도 좋고. 그러네, 유즈루도 꽤나 머리 굴렸잖아―."

"역시나 모략의 '타카세가와'네요."

"유키시로 씨는 딱히 타입이 아니라고 나한테 그랬던 건 그냥 부끄러워서 감추려고 그랬나."

아야카와 치하루와 소이치로, 세 사람 모두 미묘하게 사실과는 다른 착각을 했다.

이래서는 유즈루가 살짝 음험한 남자가 되어버리는데…….

감추고 싶은 부분을 감추면서 제대로 설명할 자신이 없었던 유즈루는 그냥 그런 것으로 해두자고 생각했다.

"아니에요."

하지만 아리사는 그들의 생각을 부정하듯 그리 말했다.

유즈루는 저도 모르게 아리사 쪽을 봤다.

"아니, 유키시로."

"타카세가와 씨는…… 저를 감싸려고 이 이야기를 받아들여 준 거예요."

아리사는 유즈루가 그녀의 프라이버시를 지키기 위해서 감추었던 것, 그러니까 자신이 약혼 사례금이 목적인 정략결혼의 말이 될 뻔했다는 사실을 전부 이야기해버렸다.

"분명히 타카세가와 씨는 거절할 수 있는 입장이었어요.

하지만 그건 흑심 때문이 아니라…… 저를 위해서 그렇게 해준 거예요. …………아니, 전혀 흑심이 없었던 건 아닐지도 모르겠지만요."

"아니, 그건 마지막까지 확실하게 부정해줘."

어째선지 후반, 자신 없다는 듯이 말하는 아리사에게 무심결에 딴죽을 걸었다.

한편으로 세 사람은 조금 놀란 모양이었다.

"호오…… 너, 역시 좋은 녀석이구나. 아니, 나는 처음부터 믿고 있었다고."

"역시 유즈루. 물론 나도 틀림없이 그럴 거라 생각했어."

"제 안에서 유즈루 씨의 주가가 급상승 중이에요. 아, 물론 처음부터 그건 예상했어요."

"틀림없이 거짓말이잖아."

유즈루가 가볍게 노려보자 세 사람은 어깨를 움츠렸다.

마침 그 타이밍에 음식이 나왔다.

대화는 잠시 중단하고 그들은 음식을 먹기 시작……

하지는 않았다.

"있지있지, 유키시로 씨. 너, 아리사라고 불러도 돼? 나는 아야카라고 부르면 되니까."

"아, 저도 치하루라고 불러요. 대신에 아리사 씨라고 불러도 될까요?"

"예? ……그건 상관없는데. 저기, 아야카…… 씨, 치하루…… 씨?"

아야카와 치하루, 두 사람이 바싹 다가오듯이 말하자 아리사는 곤혹스러운 표정으로 작게 고개를 끄덕였다.

그러자 두 사람은 정신적인 거리를 더더욱 좁혔다.

"나 있지, 아리사한테 묘한 친근감이 들어서 말이야."

"어, 으음…… 그런가요?"

"그게, 이름이 비슷하잖아?"

"'아'랑 '세 글자'라는 것밖에 공통점, 없잖아."

무심코 유즈루는 태클을 걸고 말았다.

『치하루』와 『유즈루』의 이름이 비슷하다는 수준의 마구잡이 논리이리라.

"그건 그렇고 아리사 씨는 예쁘네요."

"그건…… 감사, 합니다."

갑자기 치하루가 칭찬하자 아리사는 조금 놀란 표정으로 인사했다.

하지만 치하루를 상대로 그 대응은 잘못이었다.

"머리카락도 찰랑찰랑해서 예쁘고, 피부도 희고 잡티 하나 없어서…… 가슴이랑 엉덩이도 커요. 하지만 배는 탄탄히 조였고. 얼굴도 굉장히 단정하고……. 솔직히 제 타입인 느낌이에요."

"아─, 알겠어. 아리사, 귀엽지. 나도 취향일지도. 하얀 피부에 검은 수영복이 무척 화사하네. 그렇다고 할까, 청초한 분위기인데 의외로 대담하다고 할까…… 그렇지! 있지, 아리사네 부모님은 외국 사람이었다든지? 참고로 나는 고조할머니가 영국인이고…… 아야아야!"

"그, 그만! 소이치로 씨!!"

아야카와 치하루의 폭주는 거기까지였다.

소이치로가 두 사람의 목을 등 뒤에서 움켜쥐고 억지로 잡아당겼으니까.

"유키시로 씨가 곤란해 하잖아. 정말이지……."

몸을 내밀고 있던 아야카와 치하루 두 사람을 억지로 착석시켰다.

그리고 아리사에게 가볍게 머리를 숙였다.

"바보 둘이 폐를 끼쳤어. ……이 두 사람은 좀 엄하게 말하지 않으면 못 알아듣는 타입이니까. 싫다면 싫다고, 짜증 난다면 죽으라고 말해줘."

"어, 아뇨…… 괜찮아요. 조금 놀랐을 뿐이니까. ……저는 어머니가 러시아 사분의 삼과 일본 사분의 일, 아버지가 프랑스와 일본 반반. 그렇게 기억해요. 국적은 부모님 모두 일본이에요."

아야카의 질문에 아리사는 성실하게 대답했다.

어느 나라와의 혼혈인지는 직접 들은 적은 없지만…… 맞선 때에 사전 정보로 이미 들었으니까 유즈루는 놀라지는 않았다.

유즈루의 기억이 옳다면 '유키시로'는 아리사의 아버지 쪽이다.

무역상 일을 했다나.

그리고 아리사의 양부모 중에 직접 피가 이어진 것은 양어머니 쪽이다.

아리사에게는 큰어머니에 해당된다.

이전에 맞선 자리에서 얼굴을 마주했는데 확실히 동유럽인 경향이 강한 얼굴이었다.

그리고 '아마기'는 아리사의 양아버지 성씨다.

양아버지는 평범한 일본인이고 아리사와는 혈연 상으로 이어지지는 않았다.

"호오─, 참고로 거기 유즈룽 말인데. 유즈룽 증조할머니는 북유럽계 미국인이거든."

"어, 그런가요?"

조금 놀란 기색으로 아리사는 유즈루 쪽을 봤다.

유즈루는 작게 고개를 끄덕였다.

"뭐, 그래. 꽤나 먼…… 오차 범위이기는 하지만."

거의 일본인이니까 적어도 외모를 보고서는 알 수 없으리라.

듣고 보니 그런 느낌이 없지도…… 아니, 없을까─, 그런 생김새였다.

굳이 말하면 푸른 눈동자 정도일까.

참고로 증조할아버지에서 2대를 거슬러 올라간, 고조할아버지의 어머니에 해당되는 인물은 독일인 여성이기도 했다.

여기까지 오면 메이지, 다이쇼 시대의 이야기니까 유즈

루의 입장에서 보면 '고전'의 범위였다.

　가정 사정(혹은 가계 사정)으로 대화를 나누는 사이, 그들은 식사를 마쳤다.

　가게를 나오자 아야카는 이런 제안을 했다.

　"모처럼 만났으니까 다 같이 놀지 않을래?"

　여기서 말하는 다 같이는 유즈루와 아리사를 포함한 다섯 명이리라.

　유즈루의 입장에서는 아야카도 치하루도 소이치로도 소꿉친구니까 아무런 문제도 없지만…….

　"아니…… 하지만 오늘은 유키시로랑 왔으니까."

　아리사의 입장에서 세 사람은 남이다.

　자신을 제외한 네 사람이 친한 관계인데 그 사이에 있다면 조금 거북할 것이다.

　그것은 상상하기 어렵지 않았다.

　다만 아리사 입장에서 그것을 거절하기는 힘들겠다고 생각해서 유즈루는 그렇게 말했다.

　그러자 아야카는…….

　"나, 아리사랑 놀고 싶은데. 뭐, 유즈룽이랑 아리사가 단둘이서 알콩달콩하고 싶다면 이야기는 또 다르지만 말이지?"

　"기왕이면 남녀로 나뉘지 않을래요? 여자들끼리, 스스럼없이 놀고 싶어요."

　우리는 아리사에게 용건이 있는 것이다.

　넌지시 아리사만 제외하는 짓은 하지 말라고 그러는 아

야카와 치하루.

항상 장난만 치는 것처럼 보이지만 그녀들은 이래 보여도 이런 통찰력은 좋은 것이었다.

"명안이네. ……나도 아야카랑 치하루를 지키느라 솔직히 지쳤어."

아야카와 치하루에게 슬쩍 얹는 모양새로 소이치로는 그리 말했다.

이것도 아리사를 배려한 말이지만…… 표정에 피로의 기색이 보이는 만큼 비교적 본심이기도 할 것이다.

"저는 괜찮아요. 여러분과 가까워지고 싶어요."

아리사는 자연스러운 표정으로 그리 대답했다.

……딱히 싫어하는 모습은 온 기색은 보이지 않았다.

아무래도 세 사람의 배려가 전해진 듯했다.

"뭐, 네가 그렇게 말한다면…… 그렇게 할까."

일단 남녀로 나뉘어서 놀게 되었다.

※

"자, 아리사!"

"예! 치하루 씨."

"이런, 아야카 씨!"

파도나 흐름도 없는 지극히 평범한 수영장에서 세 미소녀가 비치발리볼 패스를 돌리고 있었다.

딱히 명확한 규칙이 있는 것은 아니지만 물에 떨어뜨리면 안 되는 모양이었다.

그리고 세 미소녀를 멀리서 바라보는 남자가 둘.

"유즈루, 나는 가끔 생각해."

소이치로는 절절하게, 어쩐지 도라도 깨달은 것 같은 표정으로 단언했다.

"이 세상에 남자는 필요 없지 않을까?"

그 말에 유즈루는 가볍게 코로 웃음을 흘렸다.

"무슨 소릴 하는 거야."

"그러니까……."

"——라고, 얼마 전의 나라면 그렇게 대답했을지도 몰라."

유즈루는 세 미소녀——그러니까 아리사, 아야카, 치하루——가 즐겁게 노는 모습을 바라봤다.

아리사는 해외의 유전자가 강해서 피부색이나 머리 색깔, 그리고 얼굴의 생김새도 역시 평범한 일본인과 어쩐지 다른 분위기를 띠고 있었다.

날씬하지만 굴곡이 있는 몸은 어쩐지 예술적이라서 전혀 외설적으로 느껴지지 않았다.

그런 아리사는 중앙에 리본이 장식된 검은색 삼각 비키니를 입고 있었다.

그녀는 청초한 인상이지만 이런 대담한 수영복을 입고 있으니 갑자기 어른스럽게 보였다.

하얀 피부에 검은 천이 도드라져서 그녀를 무척 아름다워 보이도록 만들었다.

아야카는 유즈루와 마찬가지로 먼 혈연으로 코카소이드 계열의 유전자를 이어받아서 그런지, 어쩐지 일본인과 동떨어진 외모이고 얼굴 조형도 짙은 분위기에 무척 단정했다.

높은 콧대, 분홍색 아름다운 입술 등 부분 하나하나가 무척 아름답고, 그것이 황금비라고도 할 수 있는 밸런스로 배치되어 있었다.

머리카락은 비단결처럼 윤기 나는 검은색, 눈동자는 붉은 기가 강한 호박색.

피부는 아름다운 상아색이고 무척 매끄러웠다.

그녀는 아리사에게 지지 않을 만큼 멋진 몸매의 소유자였다.

팔다리는 길고, 허리는 날씬하고, 흉부와 둔부는 아름다운 형태를 그리고 있었다.

그런 아야카는 무척 심플한, 새빨간 삼각 비키니를 입었다.

나이가 무색한 스타일에 정열적인 빨간 수영복을 입자 그 순간에 관능적이 되었다.

그 모습은 도저히 열다섯 살로는 보이지 않았다.

치하루는 오랜 역사와 전통을 가진 신사의 상속자다.

그래서 그런지, 혹은 전혀 관계가 없을지도 모르지만(아마도 관계없다) 어쩐지 신비한 분위기가 감돌았다.

황갈색 눈동자에 햇빛을 받아서 밝게 빛나는 갈색 머리카락이 인상적이었다.

시원스러운 콧날에 긴 속눈썹으로 덮인 동그란 눈을 가진, 일본 느낌의 얼굴이었다.

피부는 백자처럼 매끄럽고 아름다웠다.

흉부와 둔부는 아리사, 아야카 이상으로 부풀었지만 허리는 잘록했다.

팔다리는 가늘고 길었다.

그런 치하루는 흰색과 핑크색 천에 녹색 프릴로 장식된 비키니를 입고 있었다.

프릴 때문에 가슴의 계곡이나 둔부가 살짝 가려져 있어서 노출도에 비해서는 청초한 인상을 주었다.

그런 그녀들이 사이좋게 놀고 있는 모습은 무척 그림이 되었다.

무엇보다 멋진 것은 그녀들 셋은 모두 멋진 흉부의 소유자들이라는 점이었다.

공을 위로 올릴 때마다 그녀들 흉부의 공도 크게 흔들리는 것이었다.

천국 같은 광경이라 할 수 있었다.

"응, 이 세상에 남자는 필요 없겠네."

그것이 유즈루의 감상이었다.

"유즈루…… 드디어 알아주는 거냐."

"그래…… 이제까지의 나는 미숙했어."

유즈루는 얼마 전까지의, 세계를 몰랐던 스스로가 부끄러웠다.

이제까지는 저 멋진 풍경을 몰랐기에 소이치로의 의견에 찬동할 수 없었다.

하지만 지금이라면 공감할 수 있다.

"아니, 알아준다면 됐어. ……친구여."

"소이치로, 고맙다."

유즈루와 소이치로는 굳게 악수를 나누었다.

그리고 두 사람은 양손을 떼고…….

"뭐, 콩트는 이만하고, 소이치로. 솔직히 덕분에 살았어. ……유키시로랑 단둘이서 하루를 보내는 건 솔직히 어려웠으니까."

유즈루는 소이치로에게, 조금 전의 장난과는 다르게 진지한 감사를 입에 담았다.

딱히 아리사를 싫어하지는 않는다.

지금도 같이 있으면 즐겁다고 생각했다.

실제로 그녀와 함께 유수 풀이나 파도 풀에서 노는 것은 즐거웠다.

하지만…… 한계가 있다.

진짜 애인이라면 알콩달콩, 보디 터치니 무엇이니 거듭하면서 영원히 즐겁게 지낼 수 있을지도 모르겠지만, 유즈루와 아리사는 그런 일은 못 한다. (적어도 유즈루는 그녀의 신뢰를 배신하는 짓을 할 생각은 없었다.)

그래서 아야카랑 치하루와 합류할 수 있었던 것은 고마웠다.

여자들끼리는 스스럼없이 놀 수 있다.

그리고 유즈루는 소이치로 앞에서 어깨의 힘을 뺄 수 있다.

……여자 앞에서는 아무래도 좋은 모습을 보여주고 싶어서 긴장하는 것이 남자의 본성이다.

"그건 나도 마찬가지야. ……저 두 녀석을 하루 종일 계속 상대하는 건 솔직히 지치거든. 아니, 즐겁기는 하지만."

여자 하나를 상대하는 것만으로도 큰일이다.

게다가 두 사람이 함께하면 더더욱 큰일일 것이다.

유즈루는 소이치로를 동정했다.

……하지만 냉정하게 생각해보면 양다리를 걸치고 있는 것은 그의 자업자득이니까 동정의 여지는 전혀 없었다.

유즈루는 한순간이라도 동정했던 것을 금세 후회했다.

"그런데 유즈루. 실제로…… 억지로 결혼을 시킨다니, 가능할 것 같아?"

"불가능한 일은 아니지만, 그만한 리스크를 무릅쓸 메리트가 없지 않을까?"

소이치로의 물음에 유즈루는 대답했다.

"그렇겠지. ……옛날이라면 모를까, 요즘 시대에는 불가능할 거야."

"그래. ……그런 일을 시키는 건 시대착오겠지."

옛날이라면 어쩔 수 없이 포기할 수밖에 없었던 일을 지금은 갑질, 성희롱으로 고발할 수 있는 훌륭한 시대가 되었다.

아리사의 의사를 무시하고 결혼을 시키려는 짓을 한다면 고발을 당할지도 모른다.

그러니까 리스크 매니지먼트가 되어 있다면 그런 짓은 안 한다.

"결국에는 뜻에 맞지 않는 혼담 따위 억지로 권유해도 파혼될 게 뻔해. 상식이 있다면 안 하겠지."

가장 최악인 것이 주간지에서 다룰 법한 사태다.

웃을 수가 없다.

"그러니까 유키시로 씨의 부모님한테는 상식이 없다고?"

"어떨까? ……양어머니는 모르겠지만, 그녀의 양아버지는 그럭저럭 우수한 사람이라고 들었어."

"……리스크를 생각하지 못할 리가 없나."

"그런 이야기야."

다만 그렇다고 해서 아리사가 거짓말을 하느냐고 묻는다면, 그렇지는 않을 것이다.

그래서 유즈루의 추측으로는…….

"유키시로 씨는 저렇게 보여도 마음 약한 성격이니까. 정신적인 이야기가 아닐까, 생각해."

거두어진 입장에서 양부모에게는 정신적으로도 입장을

따져도 거스를 수 없으리라.

아리사 쪽이 확실하게 거절하지 않았으니까 의욕이 있다고 착각을 해서 혼담을 진행, 그러는 사이에 이제 와서 싫다고 말할 수는 없게 되어버렸다.

그런 사태는 충분히 생각할 수 있었다.

유즈루와 소이치로가 그런 대화를 나누는 사이…….

"야—, 소이치로 군! 유즈룽!! 같이 하자!!"

마침 아야카가 두 사람에게 권유했다.

유즈루와 소이치로는 얼굴을 마주 본 뒤, 세 사람을 향해 헤엄쳤다.

※

모두 함께 놀기 시작하고 몇 시간 뒤.

아야카와 치하루가 이런 말을 하기 시작했다.

"있지, 나, 배가 고픈데."

"저도 고파요—!"

유즈루와 소이치로에게 두 사람은 그리 주장했다.

무심코 유즈루와 소이치로는 얼굴을 마주 봤다.

"그런가."

"큰일이네."

그러자 아야카와 치하루는 노골적으로 불만스럽다는 표정을 띠었다.

그러고는 어리둥절한 모습이던 아리사의 손을 둘이서 잡아당겼다.

"있지있지, 아리사. 아리사도 살짝 배고프잖아?"

"짭짤한 게 먹고 싶다, 생각하지 않나요?"

"예? 뭐, 확실히 몸을 움직였으니까 그런 건 부정할 수 없지만……."

아리사는 좀처럼 아야카와 치하루의 의도를 알 수가 없다는 모습이었다.

하지만 두 사람에게 아리사가 자신들의 의도를 이해했는지, 그것은 그다지 중요하지 않은 모양이었다.

두 사람은 과장스러울 만큼 크게 몇 번이고 고개를 끄덕였다.

"그렇지."

"배가 고프네요."

흘끗흘끗.

그러면서 유즈루와 소이치로 쪽을 봤다.

"역시 멋진 남성의 조건 중 하나는 빠른 눈치의 여부라고 생각하거든."

"저도 알겠어요. 여자가 배고프다고 그러면 아무 말 않고 사줄 법한 분은 멋지죠. ……아리사 씨도 그렇게 생각하죠?"

"예? 아, 아니…… 하지만 그건 미안해서……."

간신히 아야카와 치하루의 의도를 알아차린 아리사는

고개를 가로저으며 부정하려고 했다.

하지만 두 사람은 그것을 가로막듯이 큰 목소리로, 들으라는 것처럼 말했다.

"아―, 귀여운 소꿉친구가 지금 배가 고픈데 말이지―."

"약혼자께서도 배가 고프신 모양인데 대체 뭘 하는 걸까요―."

유즈루와 소이치로는 한숨을 내쉬었다.

우선 소이치로가 아야카와 치하루에게 물었다.

"하아…… 뭘 사오면 되는데?"

"나, 야키소바로."

"타코야키가 좋겠어요."

소이치로가 사오는 이상, 유즈루도 동행할 수밖에 없었다.

유즈루는 곤혹스러워하는 약혼자께 여쭈었다.

"유키시로는?"

"저, 저기…… 그게……."

"나도 배고프니까 말이지."

유즈루가 그렇게 말하자 아리사는 희고 날씬한 배에 손을 댔다.

그리고 살짝 뺨을 물들이고 수줍어하며 핑크색 입술을 움직였다.

"그럼 프렌치프라이를 부탁드릴게요."

"알았어."

유즈루와 소이치로가 발길을 돌리자…….

"아, 마실 것도 부탁할게!"

"저희는 저쪽에서 기다릴게요!"

소꿉친구의 목소리가 등 뒤에서 들렸다.

유즈루와 소이치로는 서로 얼굴을 마주 보고 어깨를 으쓱였다.

※

"좋─아, 갔지."

"갔어요."

유즈루와 소이치로를 지켜보던 아야카와 치하루는……

아리사에게 바짝 다가갔다.

"저, 저기…… 왜 그러나요?"

"걸즈 토크를 좀 할까."

"아리사 씨한테 이것저것 물어보고 싶어요."

아리사는 마치 두 사람에게 연행되는 것 같은 모양새로 의자에 앉혀졌다.

아리사를 딱 포위하는 듯한 배치로 아야카와 치하루가 앉았다.

"그래서 말이지, 아리사.

……본심으로는, 유즈룽을 어떻게 생각해?"

아야카는 아리사에게 그리 물었다.

그러자 아리사는 "예?"라며 놀라서 소리 높였다.

"어, 어떻게······?"

"남성으로서, 좋아하나요?"

구체적으로 치하루는 아리사에게 물었다.

아리사의 피부가 희미하게 홍조를 띠었다.

고개를 붕붕 가로저었다.

"설마요! ······연애 감정은 없어요."

아리사의 대답에 아야카와 치하루는 고개를 갸웃거렸다.

"유즈룽, 학교에서는 조금 칠칠치 못하기는 하지만 꾸미면 멋있다고 생각하는데."

"인격도 훌륭하다고 생각하는데요, 무언가 불만인 점이라도?"

그러자 또다시 아리사는 고개를 가로저었다.

"아, 아뇨······. 확실히 타카세가와 씨는 멋진 남성이라, 생각하는데요······."

부끄러운 듯이 아리사는 눈을 내리깔았다.

잠시 머뭇거린 뒤, 솔직하게 말했다.

"하지만 그렇다고 해도 연애 감정은 다른 이야기 아닌가요."

"······흐―응."

"그런가요."

유즈루가 남성으로서 멋지다고 하더라도······ 사랑에 빠질 이유가 되지는 않는다.

그것은 아야카와 치하루가 유즈루를 상대로는 어디까지나 이성 친구로서의 감정밖에 없는 것과 마찬가지다.

그래서 두 사람은 깨끗이 물러났다.

……그럴 리가 없다.

"그럼 유즈룽이 좋아한다고 그러면 어떻게 할래?"

"후에에?!"

방심한 참에 갑작스러운 질문에 아리사는 놀라서 소리 높였다.

새하얀 피부가 새빨갛게 물들었다.

"그, 그런…… 그런 일은, 있을 리가 없어요."

"어디까지나 만약에, 말이에요. 시험 삼아서 사귀어보자, 그런 생각은 없나요?"

고개를 몇 번이고 크게 가로젓는 아리사에게 생글생글 웃으며 치하루는 물었다.

"그, 그런 불성실한 짓은 못해요!

게다가……."

""게다가?""

아리사는 작게 한숨을 내쉬었다.

그리고 가냘픈 목소리로 말했다.

"저 같은 것보다도…… 훨씬, 타카세가와 씨한테 어울리는 여성은 있어요. 그만큼 멋진 사람이니까요."

그러더니 아리사는 웃었다.

그것은 미소라기보다는 자조하는, 자학적인 웃음이었다.

"흐—음."

"그런 느낌인가요—."

아야카와 치하루는 무언가 납득한 모양이었다.

아리사가 어리둥절한 사이, 두 사람은 웃음을 띠었다.

"이상한 질문을 해서 미안해, 아리사."

"불쾌했다면 미안해요."

"아, 아뇨…… 전 괜찮아요. ……타카세가와 씨와는 소꿉친구, 인 거죠? 신경이 쓰이는 건 당연한 일이에요."

그런 대화를 나누는 사이…….

"야, 우리 왔어."

"마실 건 적당히 샀으니까 좋아하는 걸로 골라."

소이치로와 유즈루가 돌아왔다.

여자 세 사람은 아무 일도 없었던 것처럼 미소로 그들을 맞이했다.

※

잔뜩 논 그들은 평상복으로 갈아입고 레저 시설을 나왔다.

그러고는 조금 이르지만 근처에 있던 레스토랑에서 식사를 마쳐버렸다.

"있잖아, 나 택시를 부를 생각인데…… 몇 대 부를까? 유즈룽이랑 소이치로 군은 '전철파'였지?"

유즈루는 소파에 몸을 기대듯이 말했다.

"나는 '전철파'지만…… 오늘은 지쳤어. 내 택시도 불러줘."

도중부터 너무 들떠버리기도 해서 온몸이 나른했다.

특히 중간에 수영장에서 수영 대결을 했던 것이다.

"이하동문. ……전철로 돌아갈 기력은 없어."

소이치로는 이미 다운될 지경인지 팔꿈치를 테이블에 대고서 꾸벅꾸벅하며 대답했다.

치하루는 그런 소이치로의 머리카락을 만지작거리고 있었다.

"저기, 저는 전철로……."

"유키시로는 겸사겸사 내가 바래다줄 테니까 택시는 같이 타면 돼. 돈은 내가 낼 테니까 걱정 말고."

아리사의 말을 가로막듯이 유즈루는 그리 말했다.

"그게, 저는 괜찮은데요."

"너만 전철로 돌아가면 나중에 무슨 소리를 들을지 몰라."

"……뭐, 그런 이야기라면."

유즈루와 아리사의 대화를 들은 아야카와 치하루는 감탄을 흘렸다.

그리고 잠들려던 소이치로를 둘이서 흔들었다.

"나도 바래다줬으면 좋겠는데."

"저도 바래다주세요."

"너희 집 반대 방향이잖아……. 그보다도 나는 이제 빨리 돌아가고 싶어. 돌려보내 줘. 졸린다고……. 오히려 너희가 날 바래다줘."

정말로 졸린 표정으로 그렇게 말하는 소이치로.

유즈루는 통쾌하다고 생각했지만 다정한 아리사는 딱하

게 여긴 듯했다.

조력에 나섰다.

"그렇지, 아야카 씨, 치하루 씨. ……연락처, 교환할 수 없을까요?"

"그럼!"

"그러고 보니 아직 안 했네요."

세 사람은 연락처를 교환했다.

보아하니 오늘 수영장에서 무척 친해진 듯했다.

유즈루는 조금 기쁘다고 느낀 것이었다.

※

그날 귀갓길.

유즈루와 아리사는 택시에 나란히 앉아 있었다.

"오늘은 즐거웠어요."

아리사는 절실하게 말했다.

평소에는 쿨한 그녀도 아야카랑 치하루의 분위기에 이끌렸는지 중간부터는 신나게 노는 것처럼 보였다.

유즈루로서는 진귀한 모습을 볼 수 있어서 만족했다.

"아야카랑 치하루…… 꽤 친해진 모양이네."

"예. ……친구가 될 수 있었다, 그렇게 말해도 될까요?"

"네가 어떻게 생각하든지 그 애들은 그렇게 생각하겠지."

태도를 보면 아리사가 상당히 마음에 든 모양이었다.

슬며시 "아리사를 울리면 사형이니까" "남자라면 책임을 가지고 행복하게 해주세요"라는 엄명을 받았다.

……가짜 약혼자라고 설명했을 텐데.

"그러고 보니 타카세가와 씨."

"왜?"

"그 세 분도…… 그럭저럭 유복한 가문이죠?"

"응? 뭐, 유복한 부류가 아닐까."

다만 한마디로 '유복'이라고는 해도 차이는 존재하지만.

"다들 어디에 살고 있나요? 평소부터 택시 같은 걸 이용하나요?"

아야카가 가볍게 택시를 불렀으니까 평소에는 어떻게 이동하는지 신경 쓰였으리라.

유즈루는 세 사람의 현재 거처와 통학 상황을 기억에서 끄집어냈다.

"아야카는…… 차로 한 시간 이내인 곳에 살고 있을까. 전속 운전기사가 태워줄 거야."

"그런가요? 본 적, 없는데요."

"학교에서 도보로 3분 정도 떨어진 곳에 내린다고 그래. ……뭐, 교문 앞에 내려놓으면 보통은 부끄러울 테니까."

유즈루가 다니는 학교는 사립이라 유복한 집안의 자녀가 적지 않았다.

하지만 전체적으로 따지면 일반 가정의 자녀가 과반수임은 굳이 말할 필요도 없었다.

그녀도 사춘기 여자니까 그에 맞는 수치심은 있는 것이었다.

"사타케 씨는?"

"그 녀석은…… 정확한 거리는 기억이 안 나는데, 평범하게 집에서 다녀. '전철파'지만. ……그 녀석은 형제가 많아서 말이야."

"형제가 많다? 몇 명인가요? 네 명, 이라든지?"

소자녀화가 문제시되는 요즘.

네 명 정도만 있어도 충분히 일본의 인구 문제에 공헌한 부부라고 할 수 있을 것이다.

하지만 사타케 가문은 레벨이 달랐다.

"야구팀 하나를 만들 수 있는 정도는 있다고 기억해."

"그건…… 정말 많네요."

이 사실에는 아리사도 놀랐는지 눈을 동그랗게 떴다.

유즈루는 고개를 끄덕였다.

"소이치로(宗一郞)는 이름을 보면 알 수 있다시피 장남이야. ……유치원생, 초중학생이 몇 명 있는지는 기억 안 하지만 매일 아침에 아홉 명 이상을 차로 바래다준다면 운전기사가 그만큼 필요할 테니까."

물론 고용을 못 할 것은 아닐지도 모르지만.

적어도 그의 일족은 필요 없다고 생각할 것이다.

어느 정도 연령의 남자는 다들 걸어서 등교한다나.

그래도 여자는 차로 바래다주는 것이다.

"건강을 위해서 걷는 편이 좋다든지, 그런 소리도 했어. 그리고 뭐, 말로 꺼내지는 않지만 바래다주는 건 부끄럽겠지. 남자니까."

"치하루 씨는 어떤가요?"

"그 녀석 본가는 칸사이야. 아무리 그래도 거기서 통학은 못 하니까 여기서 혼자 살거든."

그러니까 유즈루와 같다면 같은 것이었다.

다만 한 시간 정도의 통학 시간이 아까웠던 유즈루와는 혼자서 살 필요성에 큰 차이가 있지만.

"여자가 혼자서 산다니 위험하지 않을까요? 그녀도 좋은 곳의 자녀겠죠?"

"응, 그래. 그러니까 아파트 양옆으로 경호원인지 고용인인지 모르겠지만 관계자가 산다고 해. ……그게 무슨 혼자서 사는 건지."

과연 그것을 혼자서 산다고 해도 될지 의심스러웠다.

다만 타당한 판단이었다.

세상에는 택배원을 가장해서 방으로 침입하려고 드는 악인도 있으니까.

……치하루는 저렇게 보여도 '무투파'니까 어설픈 남자라면 격퇴당하고 말 것 같지만.

"그렇다면…… 타카세가와 씨의 양옆에도?"

"아니, 양옆에는 평범한 사람들이고, 그렇게 거창한 경비를 확인한 적은 없어. ……절대로 없다고 단언할 수는 없겠지만."

다만 유즈루는 그것을 적극적으로 찾을 생각은 없었다.

윌리도 아니니까 찾을 필요도 없는 것이었다.

모른다면 그냥 모르는 것으로 충분하리라.

"……그런데, 유키시로. 아마기 쪽은 어때?"

"양아버지는 운전기사를 고용하셨어요. 하지만 뭐……
기본적으로는 다들 전철이에요. ……우리 집은 지금 절약
중이니까요."

"그건 참."

소문으로 들었다시피 아마기의 자금 융통은 좋지 않은
모양이었다.

그 원인은 선대 아마기 당주, 아리사의 양아버지의 부친
이 사업에 실패한 것 때문이라, 지금 당주는 분주하게 재
건 중이라고 한다.

그것을 생각하면 아리사를 시집보내면서까지 원조금을
원한다는 것은…… 그 심정에는 전혀 공감할 수는 없지만
필사적임은 이해할 수 있었다.

그런 대화를 나누는 사이, 아리사의 집 근처까지 도착했다.

유즈루가 먼저 내린 뒤, 아리사에게 손을 건넸다.

아리사는 한순간 망설이는 표정을 띠었지만…… 금세
유즈루의 손을 잡았다.

"고마워요."

"천만에요."

아리사를 차에서 내려줬다.

"그럼, 유키시로. 어쩌면 여름방학 중으로 또 만날지도 모르겠지만."

"그러네요. 그때는 제 쪽에서 권유를……."

그때였다.

"아리사!"

젊은 남성의 목소리가 들렸다.

여행용 가방을 끌고 있는, 20세 전후의 청년이 이쪽으로 걸어왔다.

단정한 생김새의 호청년이었다.

"누구야?"

유즈루가 작게 묻자 아리사 역시도 작은 목소리로 답했다.

"아마기 하루토예요. 제 사촌오빠이자 의오빠예요."

그렇게 말하는 아리사의 표정에는 얼핏 다정해 보이는, 하지만 실제로는 아무런 감정도 드리우지 않은 가면 같은 미소가 떠 있었다.

한편으로 하루토는 기뻐하는 표정이었지만 아리사 옆에 있는 유즈루의 존재를 깨닫고…… 얼굴이 어두워졌다.

이건 또 귀찮은 상황이 되겠는데, 유즈루는 마음속으로 한숨을 내쉬었다.

※

"오랜만이에요, 하루토 씨. 돌아왔군요. ⋯⋯무슨 일 있었나요? 여름에는 돌아오지 않을 거라고만 생각했는데."

아리사는 담담하게 하루토에게 물었다.

아마기 가문에는 칸사이 쪽에서 자취 중인 대학생 아들이 있다.

그런 정보는 이미 들었으니까 그는 바로 그 아들이리라고 유즈루는 추측했다.

"응. 뭐, 그럴 생각이었는데 말이야. 그게, 아리사가 약혼했다고 들어서. 어떻게 된 일일까 싶어서 돌아왔어."

그리고 하루토는 아리사 옆에 서 있는 유즈루에게 시선을 향했다.

그다지 우호적인 표정이 아니었다.

"⋯⋯그래서 너는?"

하루토는 유즈루에게 그리 물었다.

이럴 때에 만화나 애니메이션에서는 "상대에게 이름을 묻기 전에 네 이름을 대라"라고 그럴 것이라 생각하며, 유즈루는 대답했다.

"처음 뵙겠습니다, 아리사 씨의 오라버님. 타카세가와 유즈루라고 합니다. 그게, 아리사 씨의 약혼자예요."

"그렇군, 네가⋯⋯ 그런가. 나는 아리사의 의오빠, 아마기 하루토다."

그리고 하루토는 잠깐의 침묵 뒤, 유즈루에게 물었다.

"⋯⋯정말로 유즈루 군이 아리사의?"

"예, 그래요."

"······나이는?"

"열다섯입니다. 아리사 씨랑은 같은 학년이죠."

유즈루는 아리사와 마찬가지로 사교적인 미소를 띠고 온화하게 대응했다.

차기 당주로서의 교육은 받고 있으니까 이 정도는 가능했다.

"유즈루 군은 너무 빠르다고 생각하지는 않나?"

물론 그렇게 생각한다.

하지만 설마 당사자인 유즈루가 이 '약혼'을 부정할 수 있을 리도 없다.

그렇다고는 해도 전혀 위화감을 느끼지 않는다면 그건 그것대로 일반상식과 뒤틀려 있을 것이다.

"그러네요. 그러니까 결혼 그 자체는 대학교 졸업 이후가 되지 않을까요."

"······결혼할 생각인가?"

엉뚱한 소리를 하는 사람이라고, 유즈루는 마음속으로 생각하면서도 그것을 직접 입 밖으로 꺼내지는 않았다.

"결혼하지 않을 생각으로 약혼을 하는 사람이 이 세상에 어디 있나요?"

말장난과 빈정거리는 태도를 포함해서 그렇게 대답했다.

이 세상에 어디 있느냐, 바로 여기에 있다.

유즈루와 아리사는 결혼할 생각 따윈 없으니까.

그리고 유즈루는 가볍게 아리사의 옷자락을 잡아당기고 눈짓을 했다.

"그렇지? 아리사 씨."

그에게 진실을 이야기해야 할까.

일단 확인은 한다.

그러자 아리사는 유즈루의 귓가에 작은 목소리로 속삭였다.

"감춰요."

그러니까 말하지 않았으면 한다는 이야기였다.

유즈루는 하루토가 신용할 수 있는 인물인지 아닌지 모르지만······.

오랫동안 함께 생활한 아리사가 "신용할 수 없다"라고 판단한다면 그에 따라야 한다고 결심했다.

"대학교 졸업 후, 유즈루 씨와 결혼할 생각이에요. 말 안 해서 미안해요. 이미 나오키 씨한테서 들었을 거라고만 생각해서."

나오키란 아마기 나오키.

그러니까 아리사의 양아버지이리라.

아리사 쪽에서 직접적인 연락을 하지 않은 시점에서, 하루토가 아리사에게 그다지 신용 받지 않는다는 사실은 어쩐지 알 수 있었다.

"······괜찮은 거야, 너희는?"

담담한 유즈루와 아리사의 태도에 하루토는 가볍게 충

격을 받은 모양이었다.

다만 굳이 따지자면 그 말은 유즈루보다도 아리사에게 건넨 모양이었다.

'그렇군……'

여기까지 오면 하루토가 아리사에게 어떤 감정을 가지고 있는지 넌지시 알 수 있었다.

그는 아마도 사촌동생인 아리사를 좋아하는 것이리라.

자각하고 있는지, 자각이 없는지는 알 수 없지만.

그래서 아리사의 결혼에 대해서는 반대 입장이리라.

"물론이에요. 아리사 씨는 무척 매력적인 여성이죠. 그녀와 부부가 되는 건, 제게는 바라 마지않는 일이에요."

"저도 유즈루 씨라면 평생을 함께해도 된다고 생각해요."

유즈루와 아리사는 입을 모아 그렇게 대답했지만……
하루토는 납득이 안 가는 모양이었다.

그렇다고는 해도 사랑하는 사람인 아리사에게 창끝을 들이댈 수는 없었는지, 그는 유즈루를 대상으로 정했다.

"유즈루 군은…… 알고 있어?"

"뭘요?"

"아리사의, 아마기의 사정 말이야. ……이 결혼은 돈을 목적으로 하는 정략결혼이라고."

그런 일은 굳이 말 안 해도 안다.

애당초 명문가 사이의 결혼이라는 것은 과거든 지금이든 다소나마 그런 요소가 있는 법이다.

"무슨 말을 하고 싶은 거죠?"

"……아리사는 자신의 입장 상, 싫다고 그러지는 못해. 알잖아? 그저 따르는 것뿐이야."

그때, 유즈루의 귀에 작은 소리가 들렸다.

그것은…… 아리사가 낸, 작디작은, 혀를 차는 소리였다.

곁눈질로 아리사의 표정을 확인했다.

'우와…… 화났어.'

원래부터 차가운, 죽은 것 같은 눈동자는 더더욱 싸늘해지고 있었다.

표정은 조금 전의 미소를 유지하고 있지만, 이따금 입술이 꿈틀꿈틀 움직였다.

명백하게 기분이 상했다.

다만 하루토는 그것을 전혀 깨닫지 못한 것 같지만.

"아리사 씨. 너희 오라버니는 그렇게 말하는데……."

"하루토 씨, 그건 지나친 생각이에요. ……걱정해줘서 고마워요. 하지만 안심해요. 저는 진심으로, 유즈루 씨와 결혼했으면 좋겠다고 생각해요."

적어도 지금은 그렇게 해주는 편이 낫다.

유즈루 개인으로서는 "그도 결혼에 반대한다면 사정을 이야기해서 협력을 받아도 되지 않나?"라는 생각도 없지는 않지만…….

아리사가 하루토를 신용할 수 없다고 판단한 이상, 그런 것으로 해두는 편이 낫다.

"그렇다고 하는데요."

"……그러네. 아리사의 입장에서는 그렇게 말할 수밖에 없어. 유즈루 군도 알겠지."

"뭐, 그러네요."

아무래도 하루토 역시 아리사를 신용하지 않는다……. 적어도 그 말을 믿지는 않는 모양이었다.

물론 그것은 결코 잘못된 판단이 아니라서, 아리사는 하루토에게 거짓말을 하고 있었다.

하지만 아리사가 무슨 말을 하려고 해도 "그저 따르는 것뿐이다"로 일관한다는 점은 변함이 없었다.

그러니까 아리사가 어떤 의사를 표시할지라도 하루토에게 그것이 불편한 이야기라면 그것은 거짓이리라.

이래서는 아리사가 하루토를 신용하지 않는 것도 납득이 갔다.

다만…….

아리사가 하루토를 신용하지 않기 때문에, 하루토는 아리사를 믿을 수 없는 것일까.

아니면 하루토가 아리사를 믿지 않기 때문에, 아리사는 하루토를 믿을 수 없는 것일까.

어느 쪽이 먼저인가는 달걀이 먼저인가 닭이 먼저인가, 그런 문제라서 해답은 나오지 않았다.

하지만 상호불신이 두 사람 사이에 있는 것은 틀림없었다.

"하지만 그렇다고 해서…… 아마기 하루토 씨. 당신은

저한테 뭘 원하는 건가요?"

"유즈루 군이 정말로 아리사를 사랑한다면 결혼을 억지로 강요하는 건 그만뒀으면 해. ……유즈루 군도 아리사가 불행해지는 것은 바라지 않겠지?"

"그건, 뭐……. 말씀하시는 그대로인데요."

슬슬 아리사가 꾸며낸 미소를 버티기가 어려워진 기색이었다.

게다가 너무 기다리게 두는 것도 택시 운전사에게 미안했다.

그래서 조금 치사한 표현으로 이야기를 끝내기로 했다.

"설령 제가 아리사 씨와의 결혼을 취소하더라도 아마기 가문의 재정 상황이 개선되지 않는 한, 아마기 씨는 아리사 씨를 자산가와 결혼시키려고 하지 않을까요?"

"그건…… 아, 아니, 하지만……."

"당신에게 아리사 씨를 지킬 수 있는 힘이 있다면 또 모르겠지만, 없다면 쓸데없는 행동은 하지 않는 편이 좋지 않을까요."

그냥 대학생에 불과한데다가 당주인 나오키와 사이가 나쁜 모양인 하루토에게는 아무런 권한도 힘도 없는 것이 아니냐는 유즈루의 예상은 틀리지 않은 듯했다.

그는 입을 다물어버렸다.

그것을 확인하고 유즈루는 머리를 숙였다.

"죄송해요. 지나친 소리를…… 실례되는 말을 해버렸어요.

이 이상은 아마기 가문의 문제. 저는 참견하지 않도록 하죠. 그럼…… 아마기 하루토 씨, 아리사 씨. 저는 실례하겠습니다."

유즈루는 그리 말하고 총총히 그 자리를 떠난 것이었다.

맞선 보고 싶지 않아서

억지스러운 조건을 달았더니

동급생이 온 일에 대해서

제5장

'약혼자'의 거짓말과 여름 축제

일본 모처.

일본풍 저택.

커다란 문제는『타카세가와』문패.

다다미가 깔린 방에서 4인 가족이 저녁을 먹고 있었다.

넷 다 일본식 옷이었다.

"최근에 아마기 따님과는 어떠냐? 유즈루."

저녁 식사 자리에서 유즈루에게 그리 물은 것은…… 타카세가와 카즈야.

유즈루의 아버지였다.

쿼터 혼혈인 그는 외모에서 서구인다운 특징이 조금 보였다.

유즈루도 물려받은 파란 눈동자는 그 유전자를 분명하게 증명했다.

맞선 자리에서 카즈야는 유즈루의 할아버지와 함께 있었는데, 그 자신은 유즈루와 아리사의 결혼에 그다지 열의가 있는 기색은 아니었다.

그래서 그런 아버지가 아리사와의 관계를 물은 것은 유즈루에게 조금 놀라운 일이었다.

게다가 가장 결혼에 적극적인 유즈루의 조부모는 현재 미국 여행 중이었다.

은퇴를 결정하고 두 사람은 부지런히 해외로 여행을 다니고 있는데…… 특히 미국이 마음에 드는 모양이었다.

유즈루 할아버지의 어머니(그러니까 유즈루의 증조할머니)는 미국인이니까 당연하다면 당연한 것일지도 모르겠지만.

"유키시로랑? ……어제 수영장에 갔잖아? 그럭저럭 괜찮은 느낌이야."

유즈루는 적당히 대답하면서 된장국을 입으로 옮겼다.

어머니가 만든 된장국은 결코 맛이 없지는 않지만…….

'유키시로가 만든 게 더 맛있는데.'

이미 아리사가 손수 만든 요리에 중독 증상이 발생한 기분이었다.

여름방학이 끝나고 학교에 가는 것은 귀찮지만, 그러나 아리사의 요리는 먹고 싶다.

무척 복잡한 기분이었다.

그런 유즈루의 생각을 헤아렸는지, 유즈루의 어머니——타카세가와 사요리——가 물었다.

또한 사요리도 선조 가운데 서구 출신인 사람이 있는데…… 무척 멀어서 그녀의 외모는 무척 일본인다웠다.

"아리사 씨 요리랑 내 요리, 어느 쪽이 맛있어?"

"유키시로."

"즉답이라니. 이것 참, 푹 빠졌잖아! 어쩌면 금세 손자의 얼굴을 볼 수 있을지도 모르겠네."

조부모 다음으로 유즈루의 결혼을 장려한 것이 사요리였다.

다만 굳이 따지자면 사랑 이야기를 좋아해서 소란스러운 것뿐이지만.

나이 먹고 뭘 하는 거냐, 그러고 싶은 참이지만…….

젊게 꾸민 결과인지 나이치고는 젊어보였다. 다만 그녀 앞에서 나이 이야기는 금물이었지만.

"어머니, 요리 별로 잘하지는 않으니까……. 그 레벨을 넘어서는 건 그렇게 어려운 일도 아니겠지."

어이없다며 그렇게 말한 것은 유즈루의 여동생.

타카세가와 아유미였다.

현재 중학교 2학년.

성격은 조금 건방지기는 하지만…… 동생이니까 호의적으로 보게 되는 부분을 제외하더라도 귀여운 용모였다.

맑고 푸른 눈동자가 인상적이었다.

"하지만 그렇게나 맛있다면 먹어보고 싶을까. 평가해줄게."

"벌써 시누이 기분이냐…… 기가 막히네."

"오빠가 빈말로 그러는지 진심으로 그러는지, 신경 쓰이잖아?"

절임을 먹으며 태연하게 말하는 아유미.

다만…… 유즈루와 아리사가 결혼할 일은 실제로는 없

으니까 그녀가 시누이가 될 가능성도 없지만.

"하지만 오빠. 그렇게나 좋아하는데…… 아직 '유키시로'라고 성으로 부르네."

아픈 부분을 찌르는 동생.

유즈루는 스스로 통찰력이 좋은 편이라고 생각하지만…… 아유미도 이런 직감이 있는 타입이었다.

그래서 방심할 수가 없었다.

"……호칭을 바꾼다는 건 말이지, 좀 부끄러운 일이거든."

"흐―응."

다행히도 아유미는 딱히 파고들지는 않았다.

건방지게도 싱글싱글 웃고 있었지만.

"뭐…… 지금은 조금 어색한 부분이 있을지도 모르겠지만. 유즈루, 서로가 좋아하게 되겠다고 생각한다면 제대로 좋아하게 될 수 있는 법이야. 맞선 결혼이라는 건 의외로 나쁘지 않거든."

"그러네―. 나도 처음에는 카즈야 씨랑 함께할 수 있을지 불안했지만…… 찾아보니 멋있는 모습이 잔뜩 있었어."

또― 시작됐다.

그런 표정으로 부모를 보는 유즈루와 아유미.

두 사람의 부모인 카즈야와 사요리는 맞선 결혼으로 맺어졌다.

그래서 맞선 결혼에 무척 호의적이었다.

아마도 아유미한테도 어떠한 형태로 맞선을 권유할 생

각이리라.

다만 억지로 강요하지는 않겠지만.

"그런 법일까―."

그리고 아유미도 그런 부모와, 그리고 약혼자와 친밀한 (것으로 되어 있는) 유즈루의 모습을 봐서 그런지 맞선 결혼에 대해서 그다지 부정적이지는 않았다.

유즈루 본인도 사실은 맞선 결혼이라는 것을 싫어하지는 않았다.

아무리 그래도 열다섯 살은 너무 빠르겠지, 그리 생각할 뿐이었다.

대학교를 졸업한 뒤라면 그렇게 반발하지는 않았을 것이다.

"그래그래, 유즈루. ……일주일 뒤에 근처에서 여름 축제가 있잖아?"

갑자기 그런 말을 시작하는 카즈야.

유즈루는 금세 아버지의 의도를 알아차렸다.

"유키시로랑 같이 가라고?"

"이해가 빠르네. 뭐, 무리해서 가라고 그러지는 않겠지만."

그렇게 말은 하지만 근처에서 축제가 벌어지는데 애인을 부르지 않는 것은 조금 이상한 이야기였다.

필연적으로 아리사를 부르게 될 것이다.

"뭐…… 그러네. 하지만 아유미는 괜찮겠어?"

작년까지 유즈루는 아유미와 함께 여름 축제에 갔던 것

이다.

　오빠의 에스코트가 없어도 괜찮겠어? 유즈루는 동생에게 그리 물었다.

　"친구들이 있으니까 괜찮아. 하지만 나한테도 제대로 소개해줘. 얼굴 사진으로만 봤으니까. 오빠가 사랑하는 사람."

　"예예."

　적당하게 대답을 하며…….

　아리사한테 또 전화를 해야 되겠네, 유즈루는 그리 생각하는 것이었다.

※

　어느 날.

　갑자기 유즈루한테서 『이야기를 하고 싶으니까 적당한 시간을 알려줘』라는 메시지가 왔다.

　설거지를 마친 아리사가 『지금이라면 괜찮아요』라고 보내자 금세 전화가 왔다.

　그것은 여름 축제 초대였다.

　『그렇게 되었는데, 어때? 이번에는 티켓 같은 게 있는 것도 아니고 어디까지나 아버지가 갑자기 생각한 제안 같은 느낌이니까 다른 용건이 있다고 거절할 수도 있는데.』

　수영장 때와는 다르게 여름 축제는 그날의, 특정한 시간으로 한정된다.

그러니까 그때는 마침 빠질 수 없는 용건이 있다……는 변명이 통한다.

"여름 축제인가요……. 불꽃놀이 같은 것도 볼 수 있나요?"

그렇지만 수영장과 비교해도 축제는 심리적 허들이 낮다.

게다가 혹시 예쁜 불꽃놀이를 볼 수 있다면, 조금 흥미도 있었다.

『어…… 볼 수 있어. 규모도 그럭저럭 커.』

여름 축제라니 과연 몇 년 만일까. 초등학교 때 이후로 처음일지도 모르겠다.

"그럼 초대에 응할게요."

『고마워……. 그리고 여동생이랑 어머니가 널 만나고 싶어 하는데, 괜찮겠어?"

"아, 예. 알겠어요."

그러고는 만날 장소와 시각을 정한 뒤, 아리사는 전화를 끊었다.

그리고 보고를 위해서 거실로 돌아왔다.

"누구랑 전화했지?"

가장 먼저 아리사에게 그리 물은 것은 그녀의 양아버지, 나오키였다.

신문을 펼치고 아리사와 얼굴을 마주하려고 하지도 않지만…… 그러나 이의를 허락하지 않는 강한 말투였다.

"타카세가와 유즈루 씨에요. ……일주일 뒤, 여름 축제에 오지 않겠냐고 초대를 받았어요."

"받아들였느냐?"

"예."

아리사가 그렇게 대답하자…… 그녀의 양어머니──아마기 에미──는 작게 혀를 찼다.

노골적으로 불쾌하다는 표정을 띠었다.

그리고…….

"싫어라…… 완전히 남자를 홀려서는."

한마디, 그렇게 말했다.

아리사의 이모에 해당되는 그녀는 자신의 동생이었던 아리사의 어머니와 사이가 나빴다.

그래서 동생의 딸인 아리사를 싫어하는 것이었다.

아리사에게 싫은 소리를 하거나 심술궂게 굴거나, 때로는 손을 대는 것은 양어머니인 에미였다.

"너무 그런 소리를 집 안에서……."

"홀리지 않으면 곤란한데 말이야."

냉담한 목소리로 나오키는 말했다.

그 한마디에 에미는 입을 다물었다.

나오키는 업무로 집을 비우는 일이 많아서 집안일이나 자식 교육에 대해서는 에미에게 일임하고 있다 보니, 얼핏 보면 그녀가 피라미드의 정점에 있는 것처럼 여겨진다.

하지만 신기하게도 그녀는 나오키에게만큼은 거스르지 않는 것이었다.

"이 혼담은 아마기에게도, 아리사에게도 무척 중요한 일이야. ……그런 이야기는 몇 번이나 했을 텐데."

"……알았어요, 나오키 씨."

그렇지만 에미는 불만스러운 표정을 띠고 있었다.

양아버지인 나오키와는 달리 양어머니인 에미는 이 혼담에 반대하는 입장이었다.

물론 아리사를 생각해서 그러는 것이 아니었다.

아리사로서는 전혀 공감할 수 없는 이야기지만…….

정말 싫어했던 동생과 쏙 빼닮은 조카가 『타카세가와』라는 유복한 가문의, 용모도 단정하고 품위가 있으며 다정해 보이는 좋은 청년에게 시집을 가는 것이 마음에 들지 않는 모양이었다.

요컨대 아리사가 행복해지는 것이 싫은 것이리라.

에미와 아리사의 어머니 사이에 무슨 일이 있었는지는 모르겠지만 아리사에게는 부조리한 이야기였다.

"그러고 보니 유카타는 가지고 있나?"

갑자기 나오키가 아리사에게 그리 물었다.

아리사는 고개를 가로저었다.

"아뇨, 안 가지고 있어요."

"설마 평상복으로 갈 생각이었느냐."

"……그러면 안 될까요."

"그런 케케묵은, 수구적인 집안의 아들이야. 그는 유카타를 입겠지. 그 옆에서 평상복으로 걸을 생각이냐."

어이가 없다, 마치 그러듯이 나오키는 말했다.

듣고 보니 그것은 무척 얼빠진 그림이었다.

더 없는 구경거리이리라.

아리사가 위축되어 있는 사이, 나오키는 말없이 일어섰다.

그리고 서랍에서 지갑을 꺼내어 만 엔 지폐를 다섯 장 꺼냈다.

그것을 테이블 위에 놓았다.

"이걸로 사와라. 남으면 용돈으로 쓰고."

"가, 감사……합니다."

쭈뼛쭈뼛 아리사는 돈을 받았다.

아리사에겐 자신을 학대하는 에미보다도 나오키 쪽이 훨씬 무서운 존재였다.

나오키는 아리사에게 손을 대지는 않고 심술궂은 소리도 하지 않는다.

그러기는커녕 에미가 지나치다며 그녀를 나무라거나 아리사를 감싸준 적도 있었다.

사실 에미는 나오키 앞에서는 아리사에게 거의 손을 대지 않았다.

하지만 동시에 아리사에게는 한없이 무관심에 가까웠다.

적어도 아리사에게는 그렇게 보였다.

자신에게 알기 쉬운 증오를 드러내는 상대보다도 무슨 생각을 하는지 알 수 없는, 그러나 누구보다도 이 가정에서 '강력'한 존재인 나오키 쪽이 무서웠다.

전혀 피가 이어지지 않은 성인 남성이라는 사실이 그 공포에 박차를 가했다.

"나오키 씨, 너무 오냐오냐하는 건⋯⋯."

"필요 경비야."

나오키가 유일하게 신경 쓰는 것은 자기 집안의 평판이었다.

정확하게는 그것이 원인이 되어 비즈니스에 영향이 미치는 것을 꺼렸다.

"아리사. 이 혼담을 바란 건 너다."

"예. ⋯⋯알고 있어요."

아리사는 유즈루를 상대로, 억지로 맞선을 받아들였다.

그리 설명했다.

하지만 그 설명은⋯⋯ 살짝, 아리사 본인에게 적절하도록 각색된 이야기였다.

양아버지인 나오키는 아리사에게 "혼담이 몇 개 들어왔는데 받아보지 않겠느냐?"라고만 물었다.

그래서 맞선을 보겠다고, 그리 대답한 것은 아리사였다.

나오키가 무서워서 싫다고는 할 수 없었다.

그러는 사이에, 나오키는 몇몇 혼담을 아리사에게 가져왔다.

원래 결혼 따위는 하고 싶지 않았던 아리사는 그것을 계속 거절했다.

에미의 입장에서 보면 남성을 고르는, 제멋대로에 건방진 여자로 보였을 것이다.

이 이상은 거절할 수 없다.

어찌할지 알 수 없었을 그때, 간신히 유즈루와 만날 수 있었던 것이다.

"잘 처신해라. 너 자신을 위해서라도."

"예."

순수하게 아리사의 연애를 응원할 생각으로 말하는 것인가.

아니면 전혀 다른 의도로 말하는 것인가.

아리사로서는 알 수 없었다.

그 사실이 그저, 무서웠다.

※

여름 축제 당일.

유즈루는 한발 앞서 역까지 아리사를 마중하러 나갔다.

역은 유즈루처럼 친구나 애인을 기다리는 남녀로 북적거렸다.

조금 떨어진 곳에서 유즈루는 아리사를 기다렸다.

'아리사는 어떤 유카타를 가져올까.'

그리 생각하는 유즈루는 아직 유카타를 입지 않았다.

입고 있는 것은 외출용 평상복이었다.

그것도 아리사로부터 "유카타가 더러워지는 건 싫으니까, 혹시 가능하다면 타카세가와 씨의 집에서 갈아입게 해주세요"라는 연락을 받았기 때문이었다.

그렇다면 자신도 그때 맞추어서 옷을 갈아입자고 유즈루는 생각했다.

시야에 들어오는 여성들의 유카타를 멍하니 바라보며 아리사의 유카타 차림을 상상하는데…….

"타카세가와 씨. 기다렸죠."

평소의, 그녀다운 차분한 목소리가 들렸다.

목소리가 들린 쪽을 돌아보니 그곳에는 평소의 포커페이스인 아리사가 서 있었다.

"아니, 나도 지금 막 왔어."

아리사는 평상복을 입고 있었지만 손에는 종이봉투가 두 개 들려 있었다.

아마도 그중 하나에 유카타가 들어 있을 것이다.

……그럼 또 하나는?

"그 봉투는?"

"유카타와…… 과자예요. 인사하러 간다면 가져가라고."

"그렇구나."

아마도 그 말은 그녀의 양아버지가 한 말이리라.

직접 나눈 말은 적지만 아리사나 부모님한테 들은 이야기로는, 아마기 나오키는 체면을 신경 쓰는 인간인 듯했다.

전혀 신경을 안 쓰는 것보다는 신경을 쓰는 편이 나으니까 그 점은 딱히 나쁜 일은 아닐 것이다.

내용물이 걸맞은지는 제쳐놓고.

"들어줄까?"

"그럼 유카타 쪽을 부탁할게요. 과자 쪽은 제 손으로 타카세가와 씨의 부모님께 드리고 싶으니까요."

종이봉투 하나를 받아들고 유즈루는 가볍게 손짓을 했다.

"집까지 안내할게. 따라와."

"예. ……알겠어요."

유즈루의 집은 역에서 조금 걸어간 장소에 있었다.

문 앞까지 도착했기에 걸음을 멈췄다.

"여기야."

"……여, 여긴가요."

문을 올려다보고 어이없다는 표정을 띠는 아리사.

입을 떡 벌리고 있었다.

말하기는 그렇지만 평소의 아리사를 아는 유즈루의 입장에서는 조금 '얼빠진' 표정이었다.

"왜 그래?"

"아, 아니…… 크구나, 싶어서요."

"너희 집도 그럭저럭 크잖아."

"이렇게나 높은 벽도 커다란 문도 없어요. 우리 집에는."

두 사람이 외문을 지나가자…….

멍멍, 크게 개 짖는 소리가 여럿 들렸다.

움찔, 아리사의 몸이 떨렸다.

그러는 사이에 개 네 마리가 이쪽으로 달려왔다.

꼬리를 흔들며 유즈루 쪽으로 다가왔다.

"기다려."

유즈루가 그렇게 명령하자 개 네 마리는 뚝 멈췄다.

"앉아."

제스처를 섞어서 명령하자 시간차는 있지만 네 마리는 앉았다.

처음에 아리사는 멍하니 있었지만 금세 표정에 감탄의 기색이 드리웠다.

"훈련이 잘되었군요."

"집 지키는 개니까. 정원에 풀어놓고 기르거든."

다만 현재까지 그들이 도움이 된 적은 유즈루의 인생에서 한 번도 없었다.

이따금 개 짖는 소리가 날 법한 집에는 도둑도 들어오고 싶지는 않을 것이다.

"만져도 되나요?"

"괜찮아. 가볍게 인사를 해줘."

유즈루는 그렇게 말하고는 우선 네 마리를 향해 이름을 부르며 손짓했다.

"알렉산더."

그러자 그중 한 마리, 늠름한 생김새의 적갈색 개가 걸어왔다.

"기다려, 앉아, 손."

명령대로 유즈루의 손에 앞발을 얹는 알렉산더.

착하지착하지, 가볍게 머리를 쓰다듬어줬다.

"이 아이는 여기서는 가장 서열이 높아. ……우선은 냄새부터 맡게 해주고 만지도록 해."

"리더라는 건가요. ……시바견인가요?"

"아니, 아키타견이야."

그 아키타견에게 우선 아리사는 하얀 손을 뻗었다.

킁킁, 아키타견은 가볍게 냄새를 맡았다.

그리고 아리사는 목덜미나 머리 등을 다정하게 쓰다듬어줬다.

그다음은 새카만 털의 개, 그리고 적갈색 털의 개, 턱은 갈색이지만 얼굴이 검고 피부가 늘어진 개를 상대로 각각 인사를 했다.

유즈루는 아리사에게 한 마리씩 이름을 가르쳐줬다.

"그건 그렇고…… 무척 굉장한 이름이네요. 알렉산더, 피로스, 한니발, 스키피오라니…… 뭐랑 싸울 생각인가요."

"도둑일까."

"과잉 전력이에요……. 이름도 그렇지만 그게, 크기도."

그리고 아리사는 개 네 마리에게 시선을 향했다.

아키타견을 포함한 두 마리는 평범한 대형견 사이즈지만 다른 두 마리는 그보다도 한 아름 더 컸다.

"알렉산더가 아키타견이고 피로스가…… 저면 셰퍼드죠? 그리고 여기 한니발이랑 스키피오는…… 무슨 견종인가요?"

한니발이라는 이름이 붙은 개의 몸높이는 대략 80센티미터 정도.

그리고 스키피오는 그것을 살짝 웃돌았다.

두 마리 모두 머리 크기는 아리사의 얼굴 두 개 분은 될 듯했다.

아무리 얌전하다고는 해도 이런 사이즈의 개가 가까이 있으니 아무리 아리사도 압도당한 것처럼 살짝 얼굴이 굳어 있었다.

"한니발은 스페니시 마스티프이고 스키피오는 잉글리시 마스티프야. 뭐, 네 마리 전부 실전 경험은 없다고 할까. 도둑이 들어올 일은 없지만 말이야."

"일단 살고 봐야 하니까요. 사전 조사를 한다면 안 들어오겠죠."

말은 그러면서도 아리사의 표정은 부드러웠다.

눈빛은 황홀하게 녹아들고, 입가는 칠칠치 못하게 풀어져 있었다.

그녀는 고양이파라고 공언하지만 평범하게 개도 좋아하는 모양이었다.

착하지착하지, 네 마리를 쓰다듬었다.

"그럼 유키시로. 이제 슬슬."

"그러네요. ……너무 길어지는 것도, 인사 전에 옷이 더러워질 테니까 좋지 않으니."

아리사는 아쉽다는 표정으로 일어섰다.

해산을 명령하자 네 마리는 정원 어딘가로 뛰어갔다.

개를 보낸 뒤, 유즈루는 현관으로 통하는 미닫이문을 열었다.

그러고는 큰 소리로 외쳤다.

"다들─, 유키시로를 데려왔어."

잠시 후, 일본식 옷을 입은 인물이 나타났다.

아버지, 타카세가와 카즈야.

어머니, 타카세가와 사요리.

여동생, 타카세가와 아유미.

세 사람이었다.

"잘 왔어요, 아리사 양. 항상 아들이 신세를 지고 있어요."

"오랜만입니다. 타카세가와…… 유즈루 씨한테는 오히려 제가 많은 도움을 받고 있어요."

그러면서 아리사는 정중하게 인사를 했다.

카즈야는 천천히, 눈매에 호를 그렸다.

"뭐, 일단 올라와요. ……대화를 나누고 싶어서 근질근질한 두 사람이 있는 모양이니까."

카즈야는 그렇게 말하고는 자신의 등 뒤로 가볍게 눈짓을 했다.

사요리와 아유미는 이제나저제나 기다리고 있었다.

먼저 유즈루는 신발을 벗고 집으로 들어갔다.

그리고 아리사에게 손을 내밀었다.

"자."

"고마워요."

아리사가 집으로 들어오는 것을 노려서 여성진 두 사람

이 앞으로 나왔다.

"유즈루의 엄마, 타카세가와 사요리에요. 항상 유즈루가 신세를 지고 있어요, 아리사 양. 그건 그렇고…… 사진으로 보는 것보다도 실물이 귀엽네."

"동생인 타카세가와 아유미에요. 오빠가 신세를 지고 있어요—. 정말로 예쁘네요. 오빠가 푹 빠진 것도 무리는 아닐까요—."

"처음 뵙겠습니다, 유키시로 아리사예요. 잘 부탁드립니다. ……저, 저기, 그게……."

두 사람이 바싹 다가오자 곤혹스러운 표정을 띠는 아리사.

유즈루는 한 걸음 앞으로 나와서 아리사를 감싸듯이 섰다.

"유키시로가 곤란해하니까. ……이야기는 차를 마시면서, 그렇지?"

그리고 유즈루는 아리사에게 가볍게 손짓했다.

"안내할게."

"예. ……오늘은 잘 부탁할게요."

다시금 아리사는 인사를 했다.

※

당초의 예정대로 아리사는 타카세가와 집의 방을 빌려서 유카타를 갈아입게 되었다.

그동안에 유즈루도 옷을 갈아입기로 했는데…….

역시나 여자 쪽이 이래저래 채비가 큰일인 듯했다.

먼저 갈아입은 것은 유즈루 쪽이었다.

유즈루는 한 번, 거울로 자신의 모습을 확인했다.

검은색에 가까운 짙은 남색 천에 흰색과 어두운 파란색 조릿대 무늬가 그려져 있었다.

띠는 어두운 붉은색.

머리카락은 드물게도 왁스로 정리했다.

"뭐, 문제없나."

아리사 옆에서 걸어도 문제가 없을 정도로는 준비가 되었다.

그리고 유즈루는 잠시 조마조마한 기분을 품으며 아리사를 기다렸다.

"타카세가와 씨, 기다렸죠."

그 목소리는 평소보다 조금 굳어 있었다.

표정은 평소의 평온한 얼굴이지만 어렴풋이 긴장과 불안의 기색이 보였다.

"아니, 괜찮아. ……호오."

유즈루는 찬찬히 아리사의 유카타 차림을 관찰했다.

천은 진한 남색.

무늬는 연보라색 커다란 나팔꽃에 하얀 패랭이꽃이나 싸리꽃 따위가 그려져 있었다.

허리띠는 삼베 이파리 모양의 자주색.

머리카락은 예쁘게 땋아 올리고 빨간 구슬(아마도 산호)로 장식된 비녀로 묶었다.

유카타의 전체적인 색상과 디자인은 결코 화려하다고 할 수는 없는, 굳이 따지자면 차분한 인상을 주었다.

그와는 대조적인 것은 허리띠 색깔로, 무척 아름답고 선명한 색상이었다.

귀엽다기보다는 아름다운, 어른스러운 인상이었다.

평범한 여성이라면 매몰되어 버릴지도 모르지만 나이에 어울리지 않은 차분함과 색기를 가진 아리사는 그것을 훌륭하게 소화하고 있었다.

예쁜 비녀는 그것을 북돋웠다.

"……이상하지 않나요?"

"아니, 잘 어울려. 무척 예뻐. 평소보다 어른스럽게 느껴지네."

유즈루가 그런 말로 아리사를 칭찬했지만, 그녀의 표정은 밝지 않았다.

아리사는 유즈루한테 등을 돌렸다.

깔끔하게 묶은 허리띠가 보였다.

"제대로 묶여 있나요?"

불안한 듯이 묻는 아리사.

그 물음은 어울리나? 그런 질문이라기보다는 제대로 유카타를 입고 있느냐? 라는 물음으로 들렸다.

"응, 잘 됐다고 생각해. 매년 동생의 유카타를 보니까 그런 쪽으로는 판단할 수 있어. 안심해도 돼."

유즈루가 그렇게 말하자 아리사는 안도의 한숨을 흘렸다.

그러고는 변명하듯이 말했다.

"사실 유카타 같은 건 몇 년이나 안 입어봐서…… 인터넷으로 조사했어요."

"그렇구나."

그렇다면 확실히 불안할 것이다.

처음부터 그렇게 말해줬다면 어머니가 동생한테 부탁할 수 있었을 텐데, 유즈루는 그렇게 생각했지만 새삼스럽게 입 밖으로 꺼내지는 않았다.

"그런데, 저기. 타카세가와 씨도, 잘 어울려요. ……무척, 멋있다고 생각해요."

"그런가, 고마워."

여자아이가 옷을 칭찬해주는 것은 의외로 부끄러운 일이구나, 유즈루는 생각했다.

어머니나 동생한테서는 전혀 느낀 적이 없는데.

"바쁘신 와중에 괜찮을까요?"

귀여운 목소리가 들렸다.

돌아보니 귀여운 금붕어 무늬 유카타를 입은 아유미가 서 있었다.

그녀가 빙글 턴을 했다.

"어때? 오빠."

"잘 어울려. 귀엽다고 생각해."

"어쩐지 아리사 씨랑 비교해서 담백한데—."

그런 불평을 흘리면서도 아유미는 생글생글 미소로 아리사에게 다가갔다.

그리고 가만히 아리사의 유카타 차림을 바라봤다.

"역시 아리사 씨, 예쁘네. 응, 우리 새언니로 인정해줄게요."

"아하하, 감사합니다."

어째선지 거만하게 가슴을 펴는 아유미.

무어라 형용할 수 없는 표정을 띠는 아리사.

실제로는 결혼할 생각 따위는 없다, 그런 말을 할 수 없으리라.

"그건 그렇고 아리사 씨. 오빠랑 유카타 취향이 맞네요. 서로 맞춘 건 아니죠? 이렇게 통해버리다니…… 내가 이모라고 불릴 날도 가까울까."

이미 언동이 그런 나잇대 같다고.

그런 말을 유즈루는 황급히 집어삼켰다.

한편으로 결혼한 생각이 없는데도 상대가 결혼한다는 전제로 이야기하자 아리사는 거북했는지 이야기를 돌렸다.

"그런데 아유미 씨. ……좀 전의 일본식 옷으로 축제에 가는 게 아니었군요."

"예? 그건…… 그건 수수하니까 안 돼요. 좀 더 귀여운 유카타를 입어야지."

아유미도 유즈루도, 애당초 타카세가와 가문의 인간은

전원 평상복으로 일본식 옷을 입는 경우가 많았다.

설마 평상복으로 그런 옷을 입는 여자가, 그보다는 그런 옷을 입는 일족이 이 세상에 존재할 줄은 몰랐으리라.

"우리는 집에서 편안하게 있을 때는 일본식 옷을 입어."

그래서 유즈루는 아리사에게 그리 보충 설명을 했다.

그러자 아리사의 표정에는 금세 납득한 빛이 드리웠다.

"그건 또, 진귀하네요. ……저기, 가훈이라든지 관례라든지, 정해져 있는 건가요?"

"아니, 딱히. 뭐…… 우리는 아버지랑 어머니가 입고 있으니까 따라 하는 것뿐이야."

"어릴 적부터 이랬으니까요. ……게다가 이 집에는 일본식 옷이 맞는다고 생각하지 않나요? TPO……라고 해도 될지 모르겠지만 그런 느낌이에요."

참고로 유즈루는 아파트 자기 방에서는 평범한 옷을 입는다.

그 방에서 일본식 옷을 입는 것은 이상하고, 밖에 나가면서 옷을 갈아입는 것이 귀찮기 때문이었다.

아유미 스타일로 말하면 TPO라는 것이다.

"딱히 큰 의미는 없으니까 아리사 씨는 굳이 안 따르더라도 아무 상관 없어요. ……그건 그렇고 유카타, 잘 어울려요."

"그래그래. 아리사가 시집을 온다면 이런 케케묵은 규칙 따윈 박살 내도 아무 문제 없어. 그건 그렇고, 아리사는 역시 귀엽구나. 정말로 잘 어울려."

마침 그때 유즈루의 부모가 찾아왔다.

두 사람이 입을 모아 유카타에 대해서 칭찬하자 아리사는 복잡한 표정을 띠었다.

칭찬받은 것은 기쁘지만 속이고 있다는 사실은 괴롭다.

그런 표정이었다.

이곳에 너무 오래 있지는 않는 편이 좋겠다고 판단한 유즈루는 아리사의 손을 잡았다.

"그럼 우리는 축제에 갈 테니까."

"아, 저기…… 먼저 실례할게요."

살짝 억지스러운 형태로 유즈루는 아리사를 데리고 그곳에서 이탈했다.

"미안해, 유키시로. ……신경 쓸 것 전혀 없으니까 말이지?"

아리사를 데리고 나와서 유즈루는 그녀에게 사죄했다.

심약한 아리사로서는 유즈루의 부모님을 속이는 듯한 모양새가 되어버린 것은 괴로우리라.

"아뇨……. 이런 건 제대로 자각해야만 하는 일이라고 생각해요. 불성실하게 구는 것은 저니까요."

"역시 너무 지나치게 생각하고 있어, 너는."

유즈루는 한숨을 내쉬었다.

유즈루와 아리사는, 이 약혼에 대한 인식이 살짝 다른

듯했다.

"딱히 우리 가족들은 유키시로가 나를 차서 약혼을 깨더라도 화 안 내."

"예? ······그런가요?"

"결혼이 아니라 어차피 약혼이야. 그야 사이가 나빠져서 파혼이 되거나 약혼이 깨질 가능성 정도는 염두에 두고 있을 테니까."

요즘 세상에 이혼조차 딱히 드문 이야기도 아니다.

단순한 약혼이라면 더더욱 그럴 것이다.

"그런 가능성이 있으니까 우리 약혼은 타카세가랑 아마기 양쪽에만 공유되어 있고, 함부로 이야기해서는 안 되는 걸로 되어 있어. 퍼뜨려서는 안 된다고, 너도 다짐을 받았잖아?"

"예. ······그건 그런 의도인가요?"

원래부터 감추어둘 생각이었던 아리사는 "퍼뜨리지 마라"라는 양아버지의 명령에 담긴 의미를 깊게 생각하지 않았나보다.

"그런 거. ······결혼이나 약혼이라는 건 관계를 주지시키고 깊은 관계가 있다는 사실을 어필하기 위해서 하는 일이야. 하지만 그걸 공표하지 않았어. 그건 그러니까······ 이 약혼은 비공식적인 것이고, 극단적으로 이야기하면 구두 약속에 불과하다는 소리야. 혹시 공식적인 일이었다면 타치바나랑 사타케, 우에니시에도 이야기가 갔을 테니까."

특히 타치바나는 타카세가와에게는 맹우이자 동시에 라이벌이라고 할 수 있는 존재다.

그런 상대에게 차기 당주의 약혼 소식을 전하지 않았다는 것은, 그것은 아직 비공식적인 일이고 정식 약혼은 아님을 의미한다.

다만 유즈루는 아야카에게 약혼 이야기를 해버렸지만…….

중요한 것은 당주들 사이에서 편지 등의 수단을 통해서 전달되지 않았다, 그 점이었다.

수영장에서 아이들끼리 이야기했을 뿐인 내용은 '듣지 않은' 것과 마찬가지였다.

애당초 이 약혼을 주지시키고 싶지 않은 이유는 유즈루와 아리사의 관계가 깨졌을 때에 그것이 추문이 되지 않도록 하려고…… 요컨대 두 사람의 프라이버시 보호를 위해서였다.

그리고 다음으로 두 사람의 파혼이 주가 등에 영향을 주지 않도록 하기 위해서였다.

그러니까 절대로 알려져서는 안 될 법한 비밀은 아니었다.

어디까지나 언급하지 않는 편이 나을 뿐인 이야기.

게다가 타치바나 가문 같은 집안이 타카세가와 가문과 아마기 가문의 접근을 모를 리가 없다. 아마도 무척 이른 단계에서 타치바나 가문의 당주는 유즈루와 아리사의 '가약혼' 정보를 파악했을 터.

공식적으로 인정되지는 않았을 뿐, 정보 누설 그 자체를

엄격하게 금하는 것은 아니었다.

오히려…… 다소 정보가 새는 편이 타카세가와 가문과 아마기 가문의 접근을 주지시킬 수 있다.

약혼의 리스크와 리턴을 비교하면 '적당히 흘리는' 정도 가 양가에게는 가장 바라는 바였다.

"그런 것……일까요? 그렇게나 무겁게 생각하지 않더라 고 괜찮은가요?"

"그래그래. ……애당초 우리는 막 중학교를 졸업했을 뿐 인 어린애잖아? 정신적으로 미성숙한 존재에게 약혼을 강 요하고 그걸 성실하게 지키도록 만드는 편이 도리에 어긋 나는 일이야. 그러니까 신경 쓰지 마."

적어도 유즈루의 부모는, 궁극적으로는 유즈루를 신용 하지는 않을 것이다.

제대로 된 판단도 못 하는 어린애를 신용하는 편이 이상 하다.

양식 있는 어른은 어린애를 어느 정도는 신용하면서도 최후의 일선은 의심하는 법이다.

"그렇구나. ……그럼 너무 걱정하지는 않도록 할게요."

"그러는 게 나아. 너는 피해자야. 무엇 하나 잘못도 없지 는 않을지라도…… 절대로 악인이 아니야."

유즈루는 강한 말투로 그리 단언했다.

그러자 아리사는 살짝 촉촉한 눈으로 조금 안심한 것 같 은, 어쩐지 구원을 받은 것 같은 표정으로 중얼거렸다.

"고마워, 요."

※

조금 침울한 분위기가 되었다.

아리사를 달래기 위해서 말했는데, 지금부터 즐겁게 보내려는 이때 할 말은 아니었을지도 모르겠다.

그렇지만 이대로 아리사에게 계속 부담이 걸린 상태로는 그녀도 순수하게 즐기지 못한다……고 생각하니 판단이 어려운 부분이지만.

"자, 재미없는 이야기는 여기까지만 하고…… 축제를 즐기자. 뭔가 하고 싶은 일이나 먹고 싶은 음식은 없어?"

"……솔직히 저는 그다지 이런 곳에 온 적이 없어요. 오더라도 뭘 사거나 그런 적도 없고요."

조금 전의 침울한 분위기가 계속 이어지는지 시무룩한 음색으로 아리사는 말했다.

아리사의 성격으로 미루어보아 양부모에게 무언가를 사달라고 조르지는 못할 것이다.

"그런가. 그럼…… 걸어가면서 결정할까."

"그러네요."

역시 축제라는 것은 사람의 마음을 밝게 만들어주는 듯했다.

처음에 아리사는 침울하게 어두운 분위기를 드리우고

있었지만 걸어가는 사이에 서서히 밝아지기 시작했다.

두리번두리번 흥미진진하게 노점을 살피거나 들여다봤다.

표정 자체는 변하지 않지만 그녀의 눈빛은 평소보다 생생했다.

하지만 축제의 떠들썩한 분위기를 만들어내는 것은 수많은 사람이지 인파다.

아직 시작된 지 얼마 안 되었지만 그럼에도 사람들의 숫자는 많았다.

아무래도 주변의 사람들과 부딪친다든지 그러고 마는 측면이 있었다.

"앗……."

"괜찮아, 유키시로?"

부딪치면서 돌멩이에 발이 걸려 넘어질 뻔한 아리사.

유즈루가 얼른 그녀를 부축했다.

"미안해요."

"아니, 내 배려가 부족했어. ……익숙하지 않겠구나."

유즈루는 잠시 고민한 뒤에 손을 건넸다.

아리사는 멍한 표정으로 유즈루의 손을 바라봤다.

"왜 그러나요?"

"괜찮으면 손이라도 잡을까 해서. 그러는 편이 여차할 때는 도와주기도 편해."

싫다면 안 잡아도 상관없지만.

그렇게 말하기 전에 아리사는 하얀 손으로 유즈루의 손을 붙잡았다.

　　그리고 수줍어하며 말했다.

　　"에스코트, 부탁할게요."

　　"알겠습니다. 공주님."

　　"……말하고서 부끄럽지는 않나요?"

　　"지적받으면 부끄러우니까 말을 안 했으면 했는데."

　　유즈루는 쓴웃음을 띠었다.

　　그리고 아리사의 손을 단단히 붙잡고 다시 걸어가기 시작했다.

　　'하지만…… 그러네. 세상의 커플들은 왜 거리에서 알콩달콩하고 싶어 하는지 의문이었는데, 수수께끼는 풀렸네.'

　　주위의 시선을 받으며 유즈루는 그런 생각을 했다.

　　아리사는 원래 아름답지만, 오늘은 옅게 화장을 한 탓인지 평소보다도 훨씬 요염하게 보였다.

　　그리고 아름다운 유카타를 입고 있는 것이었다.

　　그 때문에 거리를 오가는 남성들로부터 뜨거운 시선을 받고 있었다.

　　그리고 그런 미소녀와 손을 잡고 있는 유즈루에게는 질투와 선망의 눈빛이 쏟아졌다.

　　이것이 신기하게도 기분 좋았다.

　　다만 아리사는 유즈루 것이 아니니까 동시에 공허함도 따르지만.

진짜 애인이나 약혼자였다면 그 우월감은 틀림없이 기분 좋았을 것이다.

"아, 솜사탕…… 괜찮을까요?"

"솜사탕인가…… 응, 괜찮아."

"……지금 웃지 않았나요?"

"설마."

원래 어른스럽고, 그리고 오늘은 한층 더 그런 분위기를 드리우고 있으면서도 취향은 어린아이 같아서 귀엽다고 생각한 것은 비밀이다.

그렇구나, 이것이 소이치로가 말한 갭모에라는 녀석인가.

새롭게 그런 경지에 다다르며 유즈루는 아리사와 함께 노점으로 다가갔다.

"실례합니다. 예, 어서 오세요. ……아, 타카세가와 씨 댁 형씨인가."

노점 주인은 유즈루의 얼굴을 보고 기쁜 듯 눈으로 호를 그렸다.

매년 축제에 노점을 여는 멤버는 변함이 없다.

그리고 유즈루는 매년 이 축제에 얼굴은 내밀고 있다.

그러니까 유즈루와 이 축제에 노점을 여는 사람들 다수는 크든 작든 안면이 있었다.

"동생은 아까 왔어. ……아니, 그건 그렇고 또 키가 크지 않았나? 지금 몇 센티미터?"

"올해로 170센티미터를 넘었어요."

"호오—, 이래서야 내년에는 따라잡히겠는데."

그리고 주인은 유즈루 옆에서 어리둥절한 아리사에게 시선을 향했다.

그러고는 히죽 웃었다.

"그 아이가 동생이 말했던 여자친구인가? 이것 참 미인 이시네. 부러워."

"감사합니다."

주인의 말에 아리사는 예의 바르게 머리를 숙였다.

그리고 주인은 솜사탕을 만들기 시작했다.

"솜사탕은…… 여자친구가 드실 건가. 동생이랑 다르게 오빠는 더 이상 사주질 않으니까 말이야."

"하하, 죄송하네요."

매년 동생이 사 먹으니까 그것으로 용서해줬으면 하는 참이었다.

잠시 기다리자 다른 손님과 비교해서 한 아름 커다란 솜 사탕이 완성되었다.

조금 놀란 표정으로 아리사는 머뭇머뭇 그것을 받아들 었다.

솜사탕을 건넨 주인은 유즈루에게 윙크를 했다.

"타카세가와 씨한테는 매년 신세를 지고 있으니까. ……내 년에도 잘 부탁드린다고 전해주지 않겠어?"

타카세가와 가문은 축제의 운영에 직접 관여하지는 않 는다.

하지만 일정한 발언력이나 영향력이 있었다.

그가 유즈루나 아유미의 얼굴을 기억하는 것은, 노점을 열면서 타카세가와를 상대로 매년 인사 편지를 보내기 때문이기도 했다.

"할아버지랑 아버지한테 전해둘게요."

유즈루는 그리 대답하고는 아리사를 데리고 노점을 떠났다.

그러고는 근처에 있던 노점에서 프랑크소시지를 구입했다.

"있잖아, 유키시로. 조금만…… 솜사탕, 받을 수 없을까?"

"아까 바보 취급하지 않았나요."

농담 같은 말투와 표정으로 아리사는 보란 듯이 화를 냈다.

미안해, 미안해. 유즈루가 그렇게 사과하자 아리사는 솜사탕을 내밀었다.

"여기요."

"입을 대도 괜찮아?"

"저는 신경 안 쓰니까요."

그건 그것대로 조금 복잡한데.

그리 생각하며 솜사탕 표면을 입으로 베어 물었다.

"음……."

"어떤가요?"

"설탕이네."

"당연하죠."

아리사는 어이없다는 듯 말했다.

그리고 유즈루는 프랑크소시지를 아리사에게 건넸다.

"먹을래? 아직 입 안 댔는데."

"그럼 감사히."

아리사는 작은 입을 벌려서 프랑크소시지 끝부분을 베어 물었다.

날름, 입술 표면에 묻은 기름을 혀로 핥는 동작은 어째선지 요염했다.

"어때?"

"맛있어요. 다만……."

"다만?"

"어쩐지 부끄럽네요."

"그렇지?"

유즈루와 아리사는 얼굴을 마주 보고 웃었다.

※

그 후에 유즈루는 오징어구이를, 아리사는 포도맛 사탕을 구입했다.

사과 사탕과 달리 작아서 먹기 편하다며 포도 사탕은 아리사에게 대호평이었다.

"다음은 뭘 먹을까? 나는 슬슬 달콤한 걸로 할까 싶은데……."

"아, 금붕어 건지기……."

아리사가 가냘픈 목소리를 흘렸다.

걸음을 멈추고 노점을 가만히 바라봤다.

"해보고 싶어?"

"음…… 하지만 해본 적이 없어서요. 어렵겠죠?"

"무슨 일이든 도전해봐야지."

그러면서 격려했지만 아리사는 무척 망설이는 모습이었다.

과연? 하고 싶다면 하면 되잖아, 유즈루는 그리 생각했지만 금세 납득이 갔다.

"못 키운다면 우리 집에서 맡아줄 테니까 신경 쓸 것 없어."

"괜찮나요?"

"우리 집, 연못이 있으니까. 옛날에 내가 잡은 금붕어는 지금도 거기서 헤엄치고 있어."

금붕어 건지기의 금붕어는 원래 질이 나쁘거나, 아니면 쫓기느라 스트레스가 쌓인 탓인지 쉽게 죽는다.

하지만 그것을 뛰어넘은 금붕어는 일단 끈질기다.

아무렇지도 않게 10년 이상을 사는 것이었다.

그가 받아준다고 해서 안심한 아리사를 데리고 노점으로 향하는 유즈루.

처음에 새로운 손님이 왔다며 미소로 "어서 오세요"라던 점주가, 지금 온 사람이 유즈루임을 깨달은 순간에 얼굴을 찡그렸다.

"으잭! 타카세가와 오빠인가! 너희 남매는 출입금지라고 했잖아!"

이제까지 방문한 노점 주인들은 다들 유즈루에게 호의적이었기에, 이 주인의 태도는 아리사에게는 의외였나 보다.

놀란 표정으로 유즈루를 올려다봤다.

"……무언가 저질렀나요?"

"옛날에 금붕어를 지나치게 남획했거든."

"몇 마리 정도인가요?"

"동생이랑 합쳐서 백 마리일까."

"그건 참…….'

이제 와서 생각해보면 참으로 민폐인 남매였으리라.

그렇지만 당시의 유즈루와 아유미는 어렸던 것이다.

참고로 나중에 유즈루의 아버지가 금붕어 대금을 (백 마리 몫의 원가만이 아니라 기회손실분도 포함해서) 지불했다.

"자자…… 건지는 건 내가 아니라 이 사람이에요."

유즈루는 그러면서 아리사의 어깨를 두드렸다.

아리사는 꾸벅 인사를 했다.

이 모습에는 주인도 놀라서 눈을 동그랗게 떴다.

"호오……. 이것 참, 무척 미인이시네. 이런 귀여운 아이라면 대환영……이라고 했으면 좋겠지만, 사실은 금붕어 건지기 달인이라든지 그런 건 아니겠지?"

"얘는 금붕어 건지기, 해본 적 없대요."

"……그렇다면 뭐."

일단 납득해준 모양이었다.

주인은 돈과 맞바꾸어 그릇과 종이 뜰채를 아리사에게

건넸다.

아리사를 팔을 걷어 올리고 긴장한 표정으로 뜰채를 물에 담갔다.

그리고 금붕어 위로 들어 올렸지만…….

찢어져 버렸다.

"으음…… 어렵네요. 정말로 이런 종이로 건질 수 있나요?"

"아가씨 남자친구랑 동생은 그 종이로 우리 가게를 박살 낼 뻔했다고."

주인은 기분 좋다는 듯 말했다.

아리사가 진짜 해본 적이 없다는 사실을 깨달았기 때문이리라. 그의 입장에서는 좋은 봉이었다.

하지만 돈을 너무 낭비하게 만들 수도 없었다.

"시범을 보여주고 싶으니까 제가 해보면 안 될까요? 돈은 낼게요."

"너는 안 돼."

"건진 건 돌려줄게요. 그리고 남획해서 약하게 만드는 짓은 안 해요. ……여자친구한테 좋은 모습을 보여주고 싶거든요. 협력해주세요."

"……어쩔 수 없네."

근본은 착한 사람이니까 '여자친구'를 끄집어내자 간단히 뜻을 굽혀주었다.

다만 여기서 말하는 '여자친구'란 성별이 여자인 친구, 유키시로 아리사를 가리키는 대명사일 뿐이지 진짜 애인을 의미하는 것은 아니었다.

그러니까 유즈루는 결코 거짓말을 하지는 않은 것이었다.

유즈루는 뜰채를 받아서 아리사에게 강의를 시작했다.

"수직으로 올리거나 내리거나, 그러면 종이가 찢어져. 그러니까 물을 가르듯이, 들어 올릴 때도 넣을 때도 비스듬히 움직이는 거야."

가능하다면 꼬리 쪽은 얹으면 안 된다지만 초보인 아리사에게는 무리일 것 같아서, 가장 기초의 기초부터 가르쳤다.

그리고 눈앞에서 한두 마리 시범을 보여줬다.

"같이 해볼까."

"예."

아리사는 뜰채를 들고 유즈루는 그녀의 등 뒤로 갔다.

손을 잡고 천천히 움직여서 금붕어를 건졌다.

이것으로 세 마리.

"참고로 이것도 놔줘야 하는 건가요?"

"당연하잖아."

그렇게 말했기에 세 마리를 풀어줬다.

그리고 새 뜰채를 받아서 아리사에게 건넸다.

"해봐."

"예……."

평소답지 않게 진지한 표정으로 종이 뜰채를 들고 천천히 금붕어 쪽으로 움직였다.

노리는 것은 수면 가까운 곳까지 올라온 금붕어였다.

금붕어 밑으로 뜰채를 넣고 건져 올렸다.

종이 위로 금붕어가 올라왔다.

유즈루는 얼른 그릇을 내밀고 아리사는 그 안으로 금붕어를 넣었다.

"됐어요, 해냈어요!"

기쁜 듯 웃는 아리사.

생글생글 기분이 좋은 모양이었다.

그려는 평소에도 충분히 미인이고 귀엽지만…… 웃으면 평소보다도 훨씬 더 매력적인 표정이 된다.

유즈루만이 아는 사실이었다.

"그래, 해냈네. 역시 유키시로야."

유즈루는 아리사의 어깨를 툭툭 두드렸다.

평소에는 가벼운 마음으로 그녀의 몸을 건드리는 짓은 안 하지만, 오늘은 어쩐지 그런 기분이 들어서 자연스러운 흐름으로 해버렸다.

한편으로 아리사 쪽도 딱히 신경 쓰지 않고 오히려 기쁜 듯이 미소 지었다.

"벌써 잡아버렸나."

하지만 눈을 피하며 퉁명스럽게 건넨 주인의 말에 정신을 차렸다.

아리사는 어렴풋이 뺨을 붉히고, 유즈루도 겸연쩍은 심정 때문에 금붕어한테 시선을 향했다.

그리고 아리사는 금붕어 세 마리를 건져서 도합 네 마리를 손에 넣었다.

첫 체험치고는 큰 전과였다.

※

그 이후로 고리 던지기, 사격, 요요 건지기 등의 게임을 하며 둘이서 축제를 즐겼다.

한바탕 놀았더니 이번에는 살짝 배가 고팠다.

"이런 곳의 야키소바나 타코야키는 맛있어 보인단 말이지."

"그러네요. ……좋은 냄새가 나요."

분위기와 냄새와 소리에 이끌리는 모양새로, 두 사람은 야키소바와 타코야키를 하나씩 구입했다.

그리고 인근의 신사 근처 계단에 앉았다.

그리고 그것을 절반씩 나누었다.

다만 아리사가 소식을 하기도 해서 유즈루 쪽이 살짝 많았지만.

야키소바는 화학조미료 범벅이라 무척 건강에 나쁠 것 같은 맛이었지만 이것도 나름대로 맛있었다.

살짝 염분 과다에 미묘하게 눌어붙어서 바삭한 부분이 있지만 그것이 또 좋은 것이었다.

물론 축제 같은 장소에서 분위기에 취해 가끔씩 먹으니까 맛있게 느껴지지만.

타코야키는 반죽이 흐물흐물하고 소스 범벅이었다.

이쪽도 살짝 염분 과다였다.

중요한 문어 부분은 기대하지 않았지만 생각하던 것보다도 컸으니까 이 타코야키는 '당첨'이리라.

물론 축제 같은 장소에서(이하 생략).

"축제에서 먹으면 이런 건 맛있거든. 뭐, 9할은 분위기인 것도 같지만."

"그러네요. 하지만…… 철판의 화력은 가정에서는 쉽게 낼 수 없으니 거의 먹을 수 없는 맛이라는 건 분명하다고 생각해요."

맛있기는 맛있지만 역시 짰다.

유즈루는 노점에서 산 레모네이드를 입에 댔다.

참고로 이것은 레몬즙과 시럽을 섞고, 얼음을 넣고, 거기에 사이다를 따라서 만든 것이었다.

냉정하게 생각해보면 이러고 300엔은 비싼 것 같기도 하지만 분위기에 휩쓸리는 형태로 사버렸다.

맛은 나쁘진 않았다. 300엔의 가치가 있느냐고 물으면 그것은 또 다른 이야기지만.

한편으로 탄산이 불편한 아리사는 오렌지주스를 마시고 있었다.

페트병이나 캔이 아니라 유리병에 들어 있어서 맛있게 보였다.

다만 아마도 보기에만 그럴 것이다.

"타카세가와 씨, 저기……."

"탄산, 도전해볼래?"

유즈루가 묻자 아리사는 작게 고개를 끄덕였다.

"예. 그게, 하지만 처음이니까 너무 강한 건……."

"이미 꽤 빠졌으니까 그럴 정도도 아니야."

유즈루는 그러면서 플라스틱 컵을 아리사에게 건넸다.

요염한 입술을 컵에 대고 한 모금 마셨다.

"어때?"

"조금 아프지만 맛은 맛있어요."

"마음에 든다니 다행이야."

그리고 유즈루는 손목시계를 확인했다.

불꽃놀이가 시작될 때까지 앞으로 30분 정도.

전부 먹은 야키소바와 타코야키 쓰레기를 한데 모으고 일어섰다.

"불꽃은 집에서도 볼 수 있고, 그게 더 차분하게 볼 수 있을 거야. 그러니까 그 전까지 돌아갈까 싶은데, 어떨까?"

"그러네요. ……타카세가와 씨 집에서 보는 게 분위기적으로도 예쁠 것 같아요."

아리사는 동의하듯 고개를 끄덕였다.

실제로 불꽃이 예쁘게 보일 법한 장소는 사람들이 잔뜩 모여 있어서 풍취도 뭐도 없는 것이었다.

다만 둘만의 세계를 만들 수 있는 애인 사이라면 또 다른 이야기겠지만.

"이제 들를 수 있는 건 한 곳 정도일까. ……뭐 먹을래?"

"타카세가와 씨 집으로 길 쪽에서 크레이프 가게를 본 것 같아요. 먹어보고 싶어요."

"알겠어. 그럼 크레이프를 사서 돌아갈까."

두 사람은 집으로 돌아가는 길에 있는 크레이프 가게로 걸음을 옮겼다.

유즈루는 블루베리, 아리사는 딸기 크레이프를 구입했다.

그리고 당연하다는 듯이 둘이서 한 입씩 나눠 먹었다.

손을 잡고 크레이프를 먹으며 길을 걸었다.

그다지 예의 바른 행동은 아니지만 축제날만큼은 이런 일은 허락되는 것이다.

크레이프를 전부 먹었을 무렵, 마침 집에 도착했다.

주위는 무척 어두워져 있었다.

외문을 지나자…….

멍멍, 또다시 개 짖는 소리. 어둠 속에서 눈이 빛나는 모습은 조금 무서웠다.

그렇지만 개는 밤눈이 밝아서 들어온 것이 유즈루와 아리사임은 금세 이해했다.

꼬리를 크게 흔들며 마치 10년 만에 재회하는 것만 같은 기세로 달려왔다.

두 사람은 네 마리를 가볍게 쓰다듬어준 뒤, 집 안으로 들어갔다.

※

불꽃놀이가 시작될 때까지 10분 정도 남았다.

그래서 유즈루와 아리사는 불꽃을 볼 수 있는 위치의 툇마루에 앉아 있었다.

참고로 두 사람을 방해해서는 안 된다고 멋대로 판단한 아유미는 10미터 정도 거리를 두고서 앉아 있었다.

딱히 유즈루와 아리사는 애인도 아니지만…… 혹시 진짜 애인이라면 유즈루는 아유미에게 감사했을 것이다.

배려를 해야만 할 때는 배려할 수 있는 아이였다.

참고로 아유미는 혼자서 쓸쓸하냐고 묻는다면 결코 그렇지는 않았다.

"꺄, 정말─, 이 녀석, 핥지 마! 어쩔 수 없는 아이네─."

스페니시 마스티프와 잉글리시 마스티프 두 마리와 놀고 있었다.

두 마리는 최근에야 강아지를 졸업한 참이라 아직은 한창 응석을 부리고 싶은 것이었다.

"저거, 굉장하네요."

"어찌 봐도 육식동물한테 습격을 당하는 아이로 보이네."

양쪽 다 『마스티프』인 만큼 몸높이는 아유미의 절반 이상에 일어섰을 때에는 아유미의 키를 넘고, 그리고 체중은 두 배에 가까운 것이었다.

달라붙어서 장난을 치는 것만으로도 큰일이리라.

그러는 동안에 아유미의 몸이 뒤집혔다.

희고 긴 다리 틈새에서 속바지가 엿보였다.

여동생의 팬티 따위는 봐도 재미없으니까 유즈루는 시선을 아리사 쪽으로 옮겼다.

"저거, 안 도와줘도…… 괜찮을까요?"

"『기다려』라고 명령하면 기다리도록 훈련이 되어 있으니까 안심해. 아유미는 자기가 좋아서 저러는 거겠지."

다만 "기다려"라고 그러는 것도 시간문제이리라.

그렇게 생각하는 사이, 부엌에서 어머니가 부르는 목소리가 들렸다.

"잠깐 갔다가 올게."

"다녀오세요."

부엌까지 갔더니 살짝 달콤한 냄새가 났다.

"수박인가."

유즈루가 그리 중얼거리자 쟁반을 손에 든 사요리가 고개를 끄덕였다.

커다란 쟁반을 유즈루에게 건넸다.

유카타가 더러워지지 않도록 배려하는 것인지 작은 주사위 모양으로 잘려 있었다.

"자, 이쪽이 유즈루랑 아리사 거야. 아유미한테도 부엌으로 오라고 말해줘. 그리고 개를 만졌다면 손부터 씻도록 하고."

"알았어."

쟁반을 둘, 툇마루까지 옮겼다.

도착했더니 이미 개 두 마리는 아유미한테서 떨어져 있었다.

어쩐지 시무룩하게 보였다. 아유미한테 혼이 났으리라.

"야, 아유미."

"어라, 오빠. 무슨 일…… 어, 수박이잖아."

"이건 우리 거야. 일단 손부터 씻어. 그리고 네 건 어머니한테 받아와."

"예—."

타박타박 툇마루를 달려가는 아유미.

애견이라고는 해도 더러운 것은 더러운 것이다.

아유미를 배웅한 뒤, 유즈루는 아리사 곁으로 향했다.

"기다렸지, 유키시로."

"예. 수박, 고마워요."

수박은 툇마루에 놓고 이쑤시개를 사용해 둘이서 먹었다.

"이 수박, 무척 달고 맛있네요."

"그러네. 좋은 수박이야."

수박 냄새에 이끌렸는지 스페니시 마스티프와 잉글리시 마스티프 두 마리가 두 사람의 발밑까지 다가왔다.

게다가 아키타견과 저먼 셰퍼드 두 마리까지도 이쪽을 향해 꼬리를 흔들며 다가왔다.

"어, 어쩐지 이걸 노리는 거 아닌가요?"

황급히 쟁반을 가슴 높이까지 들어 올리는 아리사.

네 마리가 덮친다면 순식간에 수박을 빼앗겨버릴 것이다.

한편으로 유즈루는 냉정했다.

"사람의 음식과 개의 음식으로 제대로 접시도 나누어둬서 그런 부분은 알고 있을 테니까 괜찮아. 게다가 슬슬 아유미가, 아니면 어머니가 개들 먹을 걸 가져오겠지."

유즈루가 말했다시피 아유미와 사요리가 쟁반을 들고 나타났다.

아유미가 들고 있는 것은 아마도 자기가 먹을 수박.

한편으로 사요리는 대담하게 수박을 사등분한 것을 네 조각──그러니까 수박 한 통──을 커다란 쟁반에 담아서 가져왔다.

아유미는 자기 쟁반을 툇마루에서 조금 떨어진 장소에 놓더니 입에 손가락을 넣고 휘파람을 불었다.

그러자 유즈루와 아리사 쪽에 보여 있던 개 네 마리가 순식간에 아유미 곁으로 달려갔다.

"자, 기다려! 착하지. 지금 줄 테니까."

아유미와 사요리는 둘이서 개 앞에 커다랗게 자른 수박을 놓았다.

그리고는 5초 정도 기다리도록 했다.

"먹어."

아유미가 허가를 내리자 네 마리는 일제히 수박을 먹기 시작했다.

한편으로 사요리는 어째선지 이쪽으로 윙크를 하고는 부엌으로 떠났다.

"정말로…… 훈련이 잘되어 있네요."

"그렇지? 역시 개가 최고야."

"아뇨, 최고는 고양이라고 생각해요."

"……그건 양보할 수 없나."

"양보할 수 없어요."

고양이는 확실히 귀엽지만.

하지만 『기다려』나 『앉아』를 못 하잖아.

인간의 파트너는 역시 개라고 생각하는데.

그런 지론을 유즈루가 전개하려던 그때.

하늘에서 큰 소리가 들렸다.

올려다보니 아름다운 불꽃이 밤하늘을 채색하고 있었다.

※

차례차례 하늘로 올라가는 불꽃.

파랑과 빨강의 빛이 어두운 하늘을 밝게 비추었다.

"예쁘네요."

아리사가 툭 하니 중얼거렸다.

유즈루는 불꽃에서 아리사 쪽으로 시선을 옮겼다.

불꽃이 터질 때마다 예술품 같은 용모가 밝게 비쳤다.

눈을 가늘게 뜨고, 어렴풋이 입가에 미소를 띠고서 멍하니, 하지만 즐겁게 밤하늘을 올려다보는 미소녀의 모습은 무척 그림이 되었다.

정원과 불꽃과 아리사.

이 셋을 사진으로 찍어둘 수 있다면 멋진 작품이 될 것이다.

"……타카세가와 씨? 무슨 일인가요?"

"아니, 예쁘다고 생각해서."

"불꽃이, 말인가요?"

"물론 불꽃이지."

아무리 그래도 "네가"라고 말할 수는 없었다.

유즈루는 다시 아리사한테서 불꽃으로 시선을 옮겼다.

정신이 드니 두 사람은 입을 다물고 있었다.

서로 대화는 없었다.

하지만 신기하게도 불편하지 않고 유즈루는 어쩐지 편안하게 느끼고 있었다.

마지막으로 대규모의 불꽃이 밤하늘을 채색하고 불꽃은 끝났다.

메인이 되는 불꽃이 끝났으니까 이제 축제도 끝났다.

한 시간 정도 있으면 노점은 철수 준비를 시작할 것이다.

"예뻤죠."

"그래……."

둘이서 말없이 밤하늘을 바라봤다.

잠시 후, 아리사는 유즈루를 돌아보며 싱긋 미소 지었다.

"오늘은 즐거웠어요. 고마워요."

"나도. 너랑 같이 놀면서 즐거웠어."

유즈루는 솔직한 마음을 아리사에게 전했다.

그러자 아리사는 또다시 시선을 밤하늘로 향했다.

불꽃놀이가 끝난 뒤의 밤하늘은 신기하게도 쓸쓸하게 보였다.

"타카세가와 씨의 가족도 모두 좋은 분들뿐이었어요. 다들 친절하고, 다정하고, 밝아서."

"네가 와서 조금 들떠 있는 것뿐이야."

"그럴지도 모르죠. 하지만…… 그래도, 우리 집이랑 정말 달라요."

어쩐지 쓸쓸하게 아리사는 말했다.

그녀의 표정에는 선망이나 어렴풋한 질투의 기색이 있었다.

그리고 아리사는 유즈루에게 시선을 옮겼다.

그녀의 눈동자에는 망설이는 기색이 있었다.

불안과 공포, 그리고 죄책감…… 다양한 감정이 뒤섞였다.

아리사는 울 것 같은 표정을 띠며, 하지만 무언가를 결심한 듯이 굳게 주먹을 쥐었다.

"타카세가와 씨."

"……무슨 일이야?"

"정말로…… 죄송해요."

그러면서 아리사는 유즈루에게 머리를 숙였다.

무슨 일로 아리사가 사죄하는지 유즈루로서는 알 수 없었다.

"뭔가, 했어?"

"……거짓말을, 했어요."

작게 꺼질 듯한 목소리로 아리사는 말했다.

거짓말을 했다.

그러니까 유즈루를 속였다는 의미였다.

유즈루는 가볍게 자세를 바로 잡았다.

"무슨 거짓말?"

터무니없는 내용이라면 무섭겠다고 유즈루는 살짝 긴장했다.

그리고 긴장한 것은 아리사도 마찬가지였다.

"이전, 맞선 때에…… 양아버지 때문에 억지로 받아들였다고, 그랬어요."

떨리는 목소리로 아리사는 말했다.

확실히 그녀는 유즈루에게 그런 이야기를 했다.

그렇기에 유즈루는 아리사를 지키기 위해서 가짜 약혼을 맺기로 한 것이었다.

"사실은 아니에요."

"……어떻게 다른데?"

"양아버지한테서는…… 맞선을 보지 않겠느냐는 말을 들었을 뿐이에요. 강제로 나온 게 아니에요. 하지만 저…… 무서워서, 그래서 받아들이겠다고…… 제가 먼저 말했던 거예요."

유즈루의 얼굴을 보는 것이 무서운지 아리사는 얼굴을

숙였다.

표정은 알 수 없었지만 어렴풋이 울먹이고 있으니까, 그 녀가 불안과 공포에 사로잡혀 있다는 것을 잘 알 수 있었다.

"하지만 역시 싫어서…… 계속 거절했어요. 그래서…… 더는 거절할 수가 없게 되어버려서. 그러니까 잘못한 건, 전부 저예요. 제가 스스로 자기 목을 졸랐어요."

뚝뚝, 툇마루에 물방울이 떨어졌다.

부들부들, 아리사의 자그마한 어깨가 떨렸다.

"이 이야기를 하면…… 절대로, 협력해주지 않을 거라 생각해서. 저한테 불리한 내용을 숨겼어요. 그 후로도…… 말을 꺼낼 수가 없어서. 타카세가와 씨의 호의를 이용하는 모양새가 되어서, 죄송해요."

그리고 아리사는 입을 다물어버렸다.

아무래도 그녀의 고백은 이것으로 끝인 듯했다.

유즈루는 무심코 한숨을 내쉬었다.

"뭐야, 그런 일인가. ……고개를 들어줘."

유즈루가 그렇게 말하자 아리사는 쭈뼛쭈뼛하는 느낌으로 고개를 들었다.

그녀의 아름다운 얼굴은 눈물로 엉망이었다.

유즈루는 아리사를 똑바로 바라보고 그녀의 어깨에 양 손을 얹었다.

"그 정도 일, 딱히 신경 안 써."

유즈루는 천천히, 정중하게 그리 말했다.

그러자 아리사의 표정이 일그러졌다.

"하, 하지만……."

"애당초 그건 거짓말이라고는 안 해."

유즈루는 아리사의 말을 가로막았다.

그러고는 아리사의 눈을 바라보고 타이르듯이 이야기했다.

"너는 정신적으로 몰려 있었어. 적어도 양아버지의 제안을 거부할 수 없었지. 그런 정신 상태였어. 그러니까 너는 양아버지의 제안을 받아들일 수밖에 없었겠지? 그건 일반적으로는 『강요당했다』라고 해."

그녀의 양아버지가, 아마기 나오키가 어떤 심정으로 아리사에게 "맞선을 보지 않겠느냐?"라고 제안했는지는 유즈루는 알 수 없었다.

어쩌면 정말로 아리사의 자유 의지에 물었을 뿐일지도 모른다.

아리사가 진심으로 맞선을 바란다고 생각한 것일지도 모른다.

이것만큼은 본인에게 물어보지 않고서는 알 수 없으리라.

하지만…… 결과적으로 아리사는 마지못해 맞선을 보는 신세가 되었다.

약혼이나 결혼을 억지로 강요당하는 상태로 내몰린 것이었다.

"조금 전에도 말했을 텐데, 너는 피해자야. 너는 자신의 행동에 잘못이 있다고 생각할지도 몰라. 실제로 조금은 있

을지도 모르지. 그래도, 그렇다고 해서 불행해져야만 하는
건 아니야. 그리고 도움을 청할 권리가 사라지는 것도 아
니야."

혹시 화가 나는 것이 있다면.

유즈루가 불만스럽게 생각하는 것이 있다면.

그것은 하나뿐이다.

"전에도 말했을 거야. 네가 도움을 청하더라도 민폐라고
하지는 않는다고. 조금은 의지해줘."

아리사에게 하고 싶은 말은 그것뿐이었다.

그녀는 충혈된 눈에 눈물을 글썽이며 가냘픈 목소리로
말했다.

"그럼 하나, 괜찮을까요?"

"괜찮아."

"……가슴을 빌려줘요."

그 말 그대로, 유즈루는 아리사를 끌어안았다.

아리사는 유즈루의 가슴에 얼굴을 대고서 훌쩍훌쩍 흐
느껴 울었다.

끌어안고 보니 새삼 그녀의 몸이 얼마나 자그맣고 가냘
픈지 알 수 있었다.

그녀의 열기와 부드러움, 그리고 몸의 떨림이 전해졌다.

이런 자그마한 몸으로 계속 참았을 것이다.

어쩌면 그녀가 쉽게 죄책감을 품는 것은 어떤 방어 본능

일지도 모른다.

자신이 불행한 것은 부조리 때문이 아니라 자신에게도 잘못이 있기 때문이라고.

그렇게 납득하려고 했으니까…….

그것은 지나친 생각일지도 모르지만, 어쨌든 그녀의 심약한 성격과 타인과 자신 사이에 벽을 만드는 것 같은 태도는 계속 억압당했던 가정환경 탓이리라.

유즈루는 아리사의 머리를 다정하게, 헤어스타일이 흐트러지지 않도록 쓰다듬었다.

이런 일로 그녀의 구원이 될지는 알 수 없지만 그럼에도 무언가 해주고 싶었다.

잠시 후.

아리사는 유즈루의 가슴에서 고개를 들었다.

눈은 여전히 눈물로 젖어 있지만 조금 전보다도 훨씬 멀쩡한 얼굴이었다.

유즈루 앞에서 오열한 것이 부끄러웠는지 얼굴이 붉었다.

겸연쩍게 시선을 피하고서 입을 다물고 있었다.

"유키시로, 기분은 풀렸어?"

"……투정을 좀 부려도, 될까요?"

"물론이야."

"조금 더, 이렇게 있도록 해줘요."

아리사는 그러면서 또다시 유즈루의 가슴에 얼굴을 댔다.

이번에는 얼굴을 파묻는 것이 아니라 뺨을 찰싹 붙인 것 같은 모습이었다.

"머리, 쓰다듬어줘요."

"알겠습니다, 공주님."

"······그거, 말하고서 부끄럽지는 않나요?"

"지적받으면 부끄럽다고 그러지 않았던가?"

"······지적받지 않는 것도, 그건 그것대로 부끄럽지 않을까요."

"네 부탁 역시도 보통은 그럴 거라 생각하는데 말이지."

그리 말하면서도 유즈루는 아리사의 머리를 쓰다듬어줬다. 찰랑찰랑해서 무척 감촉이 좋았다.

강하게 끌어안으며 착하지착하지, 쓰다듬고 있었더니 또다시 아리사는 입을 열었다.

"저기, 타카세가와 씨."

"이번에는 뭔데?"

"······이름으로 불러도, 될까요?"

"이름?"

"유즈루 씨라고, 그렇게 불러도 될까요?"

한순간 유즈루는 당황했다.

동요 때문인지 아리사의 머리를 쓰다듬는 손이 멈춰버렸다.

그러자 아리사는 변명하듯이 말했다.

"그게 말이죠, 사타케 씨도 아야카 씨도 치하루 씨도, 유

즈루 씨를 이름으로 부르잖아요. ……저만 성씨로 부르는
건 조금, 거리감이 멀지 않나 해서요."

어쩐지 토라진 것처럼 아리사는 말했다.

조금 불안한지 유즈루를 흘끗 올려다봤다.

유즈루는 다시 아리사의 머리를 쓰다듬기 시작했다.

"괜찮아. 대신에 아리사라고, 불러도 될까? 다들 이름으
로 부르니까."

"예. 부르세요."

아리사는 만족스러운 듯이 작게 고개를 끄덕이고 눈을
감았다.

그리고 꼬옥, 마음에 드는 이불을 놓으려 하지 않는 갓
난아기처럼 양손으로 유즈루의 몸을 붙잡았다.

"있잖아, 아리사."

"……뭔가요."

"언제까지 이러고 있으면 될까?"

아리사의 머리를 쓰다듬으며 유즈루는 물었다.

계속 쓰다듬는 것도 힘들고, 게다가 밤이라고는 해도 여
름에 몸을 딱 붙이고 있는 것은 조금 괴롭기도 했다.

그 질문에 대한 아리사의 대답은 이러했다.

"계속, 제 마음이 풀릴 때까지요. 안 될까요?"

유즈루는 한숨을 내쉬었다.

"어쩔 수 없네. 정말이지."

유즈루는 아리사의 머리를 계속 쓰다듬었다.

맞선 보고 싶지 않아서

억지스러운 조건을 달았더니

동급생이 온 일에 대해서

후기

처음 뵙는 분은 처음 뵙겠습니다. 오랜만에 뵙는 분은 오랜만입니다. 사쿠라기사쿠라입니다.

『맞선보고 싶지 않아서 억지스러운 조건을 달았더니 동급생이 온 일에 대해서』를 손에 들어주셔서 감사합니다.

이번에는 연애물을 쓰게 되었습니다. 이미 읽어주신 분께서는 아시겠지만, 이 작품은 주인공과 메인 히로인의 일 대 일 연애물입니다. 이런 이야기에는 메인 히로인의 매력을 어떻게 독자에게 전달할 수 있을지가 중요합니다만……. 과연 전해졌을까요? 앞으로도 주인공과 히로인의 연애 모습을 지켜봐 주신다면 좋겠습니다.

그럼 슬슬 감사를 드리도록 하겠습니다.

삽화를 담당해주시는 clear 님. 귀여운, 멋진 일러스트를 그려주셔서 감사합니다. 진심으로 감사드립니다.

이 책에 관여해주신 모든 분, 무엇보다 이 책을 구입해주신 독자 여러분께 감사의 인사를 드리겠습니다.

그럼 2권에서 또 뵐 수 있기를 기도하겠습니다.

맞선 보고 싶지 않아서 억지스러운 조건을 달았더니 동급생이 온 일에 대해서

OMIAI SHITAKUNAKATTA NODE MURINANDAI NA JOKEN WO TSUKETARA DOKYUSEI GA KITA
KENNITSUITE Vol.1
©Sakuragisakura, Clear 2020
First published in Japan in 2020 by KADOKAWA CORPORATION, Tokyo.
Korean translation rights arranged with KADOKAWA CORPORATION, Tokyo.

맞선보고 싶지 않아서 억지스러운 조건을 달았더니 동급생이 온 일에 대해서 1

2021년 11월 1일 1판 2쇄 발행

저　　자 사쿠라기사쿠라
일러스트 Clear
옮 긴 이 손종근
발 행 인 유재옥
본 부 장 조병권
담당편집 정영길
편 집 1 팀 이준환 박소연
편 집 2 팀 정영길 조찬희 박치우 조현진
편 집 3 팀 오준영 곽혜민
디 자 인 김보라 서정원
라이츠담당 한주원 이다정
디 지 털 박상섭 이성호 최서윤
발 행 처 ㈜소미미디어
제 작 처 코리아피앤피
등　　록 제2015-000008호
주　　소 서울시 마포구 토정로 222, 403호 (신수동, 한국출판콘텐츠센터)
판　　매 ㈜소미미디어
마 케 팅 한민지 최정연
물　　류 허석용
전　　화 편집부 (070)4164-3962, 3963 기획실 (02)567-3388
　　　　　 판매 및 마케팅 (070)4165-6888 Fax (02)322-7665

ISBN 979-11-384-0313-9 (04830)
ISBN 979-11-384-0312-2